LES FILLES

DE BRONZE

IV

LIBRAIRIE DE E. DENTU, ÉDITEUR

OUVRAGES DU MÊME AUTEUR

Collection grand in-18 jésus à 3 francs le volume.

Le Mari de Marguerite, 13e édition . . . . 3 vol.
Les Tragédies de Paris, 7e édition. . . . . 4 —
La Vicomtesse Germaine, 7e édition . . . . 3 —
Le Bigame, 6e édition . . . . 2 —
La Maîtresse du Mari, 5e édition. . . . . 1 —
Le Secret de la Comtesse, 4e édition. . . . . 2 —
La Sorcière rouge, 4e édition. . . . . 3 —
Le Ventriloque, 4e édition . . . . 3 —
Une Passion, 4e édition. . . . . 4 —
La Bâtarde, 3e édition . . . . 2 —
La Débutante, 3e édition 1
Deux Amies de Saint-Denis, 4e édition . . . . 1 —
Sa Majesté l'Argent, 5e édition. . . . . 5 —
Les Maris de Valentine, 3e édition. . . . . 2 —
La Veuve du Caissier, 3e édition. . . . . 2 —
La Marquise Castella, 3e édition . . . . 2 —
Une Dame de Pique, 3e édition. . . . . 2 —
Le Médecin des Folles, 4e édition . . . . 5 —
Le Chalet des Lilas, 3e édition . . . . 2 —
Le Parc aux Biches, 3e édition. . . . . 2 —

Sous Presse :

Le Fiacre no 13.
Son Altesse l'Amour.
Les Filles du Saltimbanque.
L'Homme au Masque.

LES FILLES
DE BRONZE

DRAME PARISIEN

PAR

XAVIER DE MONTÉPIN

IV

LA COMTESSE AMÉLIE

PARIS

E. DENTU, ÉDITEUR

LIBRAIRE DE LA SOCIÉTÉ DES GENS DE LETTRES

PALAIS-ROYAL, 15, 17 ET 19, GALERIE D'ORLÉANS

1880

LES

FILLES DE BRONZE

DRAME PARISIEN

DEUXIÈME PARTIE *(Suite)*

LA COMTESSE AMÉLIE

XXXV

A onze heures et demie Lionel Warton et Doménico Séballa arrivaient au Havre, quittaient la
gare, portant chacun à la main un petit sac de
voyage, et prenaient lentement à pied le chemin
de la villa d'Ingouville.

Pierre Landry, prévenu par dépêche de l'arrivée du maître, faisait le guet dans le jardin
auprès de la porte qu'il ouvrit avant même que
le faux mulâtre eût posé la main sur le bouton de
la sonnette.

L'ancien amoureux de Rose Bonchamp n'était plus reconnaissable. — Une expression de calme profond, de béatitude infinie, se lisait sur son visage reposé.

Sans souci du présent, sans inquiétude pour l'avenir, se montrant le moins possible au dehors, attendant avec patience la vengeance promise, se couchant de bonne heure, faisant la grasse matinée, ne se laissant manquer de rien, il prenait de l'embonpoint — (chose que personne n'aurait crue possible) — et s'acquittait d'ailleurs à merveille de ses fonctions de gardien fidèle, entretenant de façon irréprochable le jardin et la villa.

Lionel lui en fit ses compliments puis se retira dans la chambre préparée pour lui, tandis que Jean Renaud en faisait autant de son côté.

Le lendemain matin, Pierre Landry reçut l'ordre de se rendre à la gare pour y recevoir une voiture, un cheval, et un domestique nègre, arrivant par un train omnibus, et pour leur indiquer le chemin de la villa des Falaises.

Il devait en revenant rapporter les provisions nécessaires et préparer lui-même un repas très simple, Lionel Warton ne voulant pas sortir de la maison d'Ingouville.

Après le déjeuner, dont quelques côtelettes et un homard firent tous les frais, Jean Renaud, en costume de voyage et portant en bandoulière une élégante sacoche de cuir de Russie, gagna la ville, se rendit successivement à l'hôtel du *Bras noir* où il causa longuement avec Jupiter, puis chez le banquier Janille, chez un juif nommé Mosès Graft qui prêtait à gros intérêts sur consignation de marchandises aux négociants gênés, et dans deux ou trois autres officines du même genre.

Voyons ce qui se passait à peu près à la même heure, dans l'ex-maison Dereyne et de Funcal, appartenant depuis quelques jours au seul Mercuzza-Funcal.

C'était un jour d'échéance.

Le caissier se trouvait à son poste et son visage exprimait une sérénité complète.

Le ci-devant commandeur des noirs avait réuni la veille, non sans quelque peine, la somme nécessaire pour faire face aux engagements pris, et toutes les traites devaient être payées à présentation.

Mercuzza, seul dans son cabinet, se frottait les mains et souriait.

Quoiqu'il fût momentanément très gêné, il voyait l'avenir en beau.

Cette échéance franchie, c'était le salut croyait-il, c'était la richesse à bref délai, car les deux navires *le Petit-Havre* et *le François I*er devaient arriver d'un moment à l'autre avec des cargaisons d'une grande valeur.

Peut-être, avant que la journée fût finie, entre-raient-t-ils dans les bassins.

Le crédit chancelant de la maison Juan de Funcal se raffermirait aussitôt; il deviendrait possible d'entreprendre des spéculations grandioses, de s'acquitter envers Lionel Warton et, pour peu que la chance heureuse s'en mêlât, d'entasser des millions et de se trouver à la tête du commerce havrais.

Le sénor Mercuzza rêvait de devenir non seulement un homme riche, mais un homme considéré.

Son ambition, quelques mois auparavant, se serait contentée de beaucoup moins.

Une cinquantaine de mille francs à dépenser en crapuleuses débauches aurait suffi pour le rendre fou de joie — du moins jusqu'à la vaporisation du dernier billet de banque.

Maintenant il se prenait au sérieux; — il ne se souciait plus d'une somme plus ou moins ronde à jeter par les fenêtres; — il lui fallait une fortune solide et bien assise, qui lui permît d'épouser la fille de quelque riche éleveur de la vallée d'Auge, d'encaisser une grosse dot, de procréer de petits héritiers du beau nom de Funcal, enfin de faire souche d'honnêtes gens!

Déjà l'ex-commandeur des noirs se voyait négociant de premier ordre, père de famille, jouissant de l'estime universelle et convaincu qu'il la méritait.

Un garçon de bureau, frappant à la porte de son cabinet, le tira du beau rêve qu'il faisait tout éveillé.

— Entrez... — dit-il, et il ajouta, quand le garçon de bureau eut franchi le seuil : — Que voulez-vous ?...

— Monsieur, — répondit l'employé, — c'est un étranger qui est en bas et qui désire vous voir.

— Cet étranger a-t-il dit son nom ?

— Monsieur, voici sa carte.

Mercuzza-Funcal prit le carré de carton-porcelaine que lui tendait le garçon de bureau, et lut :

DOMÉNICO SÉBALLA

Représentant de la maison Brown, Sydney et Cᵉ, de la Trinité.

L'Espagnol tressaillit.

Ce nom de Doménico Séballa, qu'il était sûr d'avoir entendu déjà prononcer, et les mots : *Représentant de la maison Brown,* lui rappelaient un mauvais souvenir.

Il demanda :

— Cet étranger est-il un mulâtre ?

— Oui, monsieur... un mulâtre à cheveux blancs...

— C'est bien lui... — pensa l'ex-commandeur.

— Recevrez-vous ce monsieur ? — reprit le garçon de bureau.

— Oui... — Faites-le monter...

Resté seul pendant quelques secondes, l'Espagnol murmura :

— La maison Dereyne et de Funcal ne doit plus un sou à la maison Brown... — Je n'ai donc rien à craindre de ce côté... — Le représentant de ces messieurs vient, selon toute apparence, me faire des offres de service... Peut-être même se propose-t-il de me confier des fonds...

Cette idée fit sourire Mercuzza qui prisait très haut les témoignages de confiance attestant son crédit et sa bonne renommée.

Jean Renaud entra dans le cabinet, salua l'armateur avec sa courtoisie habituelle, et lui dit :

— Je suis heureux, monsieur, de vous trouver en bonne santé... mais peut-être ne vous souvenez-vous pas de moi, ce qui n'aurait rien d'étonnant car vous ne m'avez vu qu'une seule fois et pendant quelques minutes...

— Pardon, monsieur, — interrompit Mercuzza en indiquant de la main un siège au visiteur, — je me souviens de vous à merveille. — Vous êtes venu, il y a six semaines ou deux mois, toucher cent quarante mille francs représentés par deux traites souscrites au profit de la maison Brown et Sydney par mon ex-associé Martial Dereyne.

— C'est parfaitement cela, monsieur...

— Et, — poursuivit Mercuzza, — vous avez été le premier à m'annoncer un grand désastre qui frappait la maison...

— L'incendie des deux navires... — Votre mémoire vous sert à merveille... — Ah! le coup était rude et vous avez dû maudire le porteur de ces mauvaises nouvelles!

— Pourquoi donc? — Maudit-on la poste ou le télégraphe quand ils annoncent un malheur? — Vous avez joué le rôle d'une lettre ou d'une dépêche, voilà tout... — Le mal est d'ailleurs aujourd'hui réparé complètement... — A quoi bon se souvenir et surtout s'affliger d'une blessure guérie?...

— Vous avez cent fois raison, monsieur, et je vous applaudis de joindre tant de philosophie à tant de prospérité. — J'éprouve, soyez-en sûr, une joie vive de votre heureuse fortune...

— Je n'en doute pas et je vous en remercie... — Puis-je espérer, — ajouta l'Espagnol en souriant, — que vous ne venez point aujourd'hui m'annoncer quelque catastrophe?

— Que Dieu m'en garde!...

— Et me permettez-vous de vous demander le motif d'une visite qui m'est fort agréable, mais à laquelle je ne pouvais m'attendre...

— Ce motif est bien simple, — répondit Jean Renaud. — Je suis porteur de traites créées par vous, et j'ai trouvé convenable d'avoir l'honneur de vous en avertir avant de présenter ces traites à votre caissier...

— Des traites créées par moi! — s'écria Mercuzza. — Mais, monsieur, c'est impossible! absolument impossible!!! — Je ne dois rien à la maison Brown et Sydney!...

— Aussi cette maison ne vous réclame rien...

— Alors, monsieur, vous avez été dupe d'un faussaire!... — Quelle somme représentent ces traites dont j'ignorais l'existence, et de qui les tenez-vous?

— La somme est de neuf cent mille francs, et je tiens les traites d'un de mes compatriotes, M. Lionel Warton, qui lui-même les tenait de vous...

Mercuzza devint pâle comme un mort. — Une angoisse inouïe s'emparait de lui et mettait à ses tempes des gouttes de sueur.

— Lionel Warton... — balbutia-t-il effaré. — Vous avez dans les mains les traites souscrites à Lionel Warton!...

— Mais sans doute... — Quoi d'étonnant à cela? — Ayant un paiement à faire à la Trinité, M. Warton me les a remises hier en échange d'un chèque à vue de neuf cent mille francs sur la maison Brown et Sydney... — Vos traites étant également à vue, je les ai prises comme argent comptant... — Je ne comprends pas ce qui vous surprend dans une transaction si naturelle.

— Eh! monsieur, — répliqua l'ex-commandeur des noirs avec amertume, — j'ai bien lieu d'être surpris, Lionel Warton m'ayant promis, positivement promis, qu'il ne mettrait pas ces valeurs en circulation...

— Avait-il pris cet engagement?

— Je vous l'affirme sur mon honneur!

— Il l'aura sans doute oublié, car il est homme de parole... — Est-ce que ce paiement vous gêne?...

— Il ne me gênerait pas en toute autre occurrence, — répondit l'Espagnol avec un aplomb dont une seconde plus tôt il semblait incapable, — mais c'était aujourd'hui jour d'échéance, ma caisse s'est vidée ce matin et, pris à l'improviste, j'éprouverais quelque embarras, il faut bien l'avouer, si Lionel Warton exigeait un paiement immédiat.

— Eh! monsieur, — s'écria Jean Renaud, — Lionel Warton n'exige absolument rien... — L'honneur de votre signature est seul en cause ici...

— Je le comprends et je m'exprimais mal... — se hâta de dire Mercuzza — mais, monsieur, mettez-vous à ma place... Pouvais-je deviner qu'on présenterait ces traites aujourd'hui? — Cent fois non!... — Cela semblait plus qu'improbable, cela paraissait impossible!... — Est-ce la coutume d'un homme jouissant de son bon sens d'agir à l'en-

contre de ses propres intérêts, et c'est ce que fait
en ce moment Lionel Warton! ... — Jugez-en!—
Ce jeune gentleman a dans ma maison des capitaux considérables, plus de deux millions... — Ma
chute anéantirait ses créances et, si riche que l'on
soit, on ne perd pas de gaîté de cœur une si grosse
somme... — Lionel Warton sait à merveille qu'il
sera remboursé dès que les navires que j'attends
rentreront au port, car leurs cargaisons sont ven-
dues d'avance. — C'est pour cela qu'il a promis
d'attendre, de garder mes traites en portefeuille,
et s'il ne l'a pas fait c'est par suite d'une erreur
ou d'un oubli dont les conséquences, désastreuses
pour moi, seraient très graves pour lui-même...

Mercuzza se tut, épiant d'un regard oblique sur
le visage bronzé de son auditeur l'impression qu'il
venait de produire.

Jean Renaud répondit :

— Mon Dieu, monsieur de Funcal, vos raisonne-
ments me paraissent très logiques... — Vraisemblablement, à votre place, je parlerais comme
vous le faites, mais je vous prie de remarquer
qu'en tout ceci mon rôle est strictement passif...
— Les mobiles qui font agir M. Lionel Warton ne
me regardent pas... — Il a reçu de moi une valeur en échange de laquelle il m'a remis des traites
dont je dois opérer l'encaissement pour couvrir
ma maison... — Puis-je passer à la caisse? —
Serai-je payé?

— Aujourd'hui, non... — répliqua l'Espagnol.
— Et je vous supplie de m'accorder un très court délai.

— Je le voudrais, monsieur, je n'en ai pas le droit... — Songez que je représente ici les intérêts de MM. Brown et Sydney... — Je ne puis vous accorder que ce que vous accorde la loi... — Les traites seront chez l'huissier, pour être protestées faute de paiement, demain à midi. — Donc il vous reste vingt-quatre heures...

XXXVI

— L'huissier !... Un protêt !... — s'écria Mercuzza-Funcal. — C'est le déshonneur !

— Pardon, monsieur, — répliqua sentencieusement Jean Renaud, — ce qui fait une tache à l'honneur commercial, ce n'est pas le protêt, c'est le refus de paiement.

— Eh ! monsieur, je ne refuse point de payer... Je paierai, je vous le jure... Mais je sollicite un peu de temps...

— Que je vous refuse, à mon grand regret.

— Mais pourquoi ?

— Pour conserver le recours de MM. Brown et Sydney contre M. Lionel Warton...

A cela, il n'y avait rien à répondre.

Mercuzza baissa la tête un instant comme assommé par un coup de masse ; puis, se raccrochant à un espoir soudain, il demanda vivement :

— C'est à Paris que M. Warton vous a remis ces traites ?

— Oui, monsieur.

— Quand ?

— Hier.

— Pouvez-vous me donner son adresse ?

— Il habite le château de Saint-Ouen.

— Merci, monsieur.

— Je me retire. — Demain à onze heures et demie les traites vous seront présentées de nouveau, et j'espère qu'alors vous serez en mesure.

Mercuzza répondit à peine. — Assis à son bureau il écrivait d'une main fiévreuse, et il ne songea même pas à reconduire le fondé de pouvoirs de la maison Brown, Sidney et Cᵉ.

Jean Renaud, un étrange sourire aux lèvres, salua silencieusement et quitta le cabinet de l'armateur.

Ce dernier, — quand il eut tracé les dernières lignes d'une longue dépêche adressée à Lionel Warton, au château de Saint-Ouen, — frappa sur un timbre et dit à l'employé qui se présenta :

— Au télégraphe ! Vite ! ne perdez pas une seconde.

L'employé sortit en toute hâte.

Mercuzza resté seul se mit à marcher rapidement, de long en large, allant et revenant comme une bête fauve dans sa cage.

Tout en marchant il balbutiait :

— Avant deux heures j'aurai la réponse... — Elle sera favorable... — L'intérêt de Lionel War-

ton est de me soutenir et non de me perdre... —
Mais pourquoi ces traites sont-elles sorties de ses
mains ?... — C'est incompréhensible... inexplicable... effrayant.

Après une courte interruption il reprit, en se
frappant le front :

— Eh ! quoi ! l'échafaudage de fortune si sa-
vamment édifié s'écroulerait ainsi !! — Il suffirait
d'une heure pour anéantir tous mes rêves... tous
mes espoirs!... — Non... non... c'est impossible...
je sortirai de là... — mais comment ? — Ah ! si les
navires arrivaient !! — Qui sait... en ce moment
ils arrivent peut-être.

Cette supposition, quoiqu'elle ne reposât sur
rien, suffit pour galvaniser Mercuzza.

Il prit son chapeau, quitta son cabinet, puis la
maison, et se dirigea vers le port.

Deux hommes embossés dans l'allée d'une maison, vingt pas plus loin, épiaient sa sortie.

L'un était Jean Renaud, l'autre un matelot
nègre en pantalon large de coutil rayé, en chemise
rouge, en vareuse de drap bleu avec des ancres
brodées au collet.

Le ruban de son petit chapeau de cuir verni
portait en lettres blanches ce nom : *le Vengeur.*

L'ex-associé de Martial Dereyne, absorbé dans
sa préoccupation, passa devant eux sans les remarquer.

— Jupiter, — dit le faux mulâtre au matelot, —

tu connais ce particulier qui marche comme les autres courent ?

— Oui, sénor, je l'ai reconnu quoiqu'il ait fait peau neuve depuis son départ de Guayanila... — C'est un des pires gredins que la terre ait portés... C'est Mercuzza, le commandeur des noirs...

— Il se nomme ici Juan de Funcal et serait en passe de faire une grande fortune si nous n'étions là pour l'en empêcher, et surtout si Dieu n'était pas juste.

— Mais Dieu est juste, sénor... — répliqua Jupiter.

— En ce moment, — reprit Jean Renaud, — en ce moment le misérable sent le terrain qu'il croyait solide trembler et s'effondrer sous ses pieds. — Tu vas le suivre de loin et ne plus le perdre de vue. — Peut-être, quand il lui sera bien prouvé que tout est perdu, essayera-t-il de fuir en emportant une poignée de billets de banque, épave du grand naufrage. — Il faut rendre sa fuite impossible. — Si tu le voyais se disposer à monter sur un navire en partance, ou à prendre le chemin de fer, arrête-le.

— S'il résiste ?

— Étrangle-le. — Mais qu'il ne parte pas !

— Bien, sénor, je l'étranglerai...

— Ce sera d'ailleurs inutile, — poursuivit Jean Renaud, — il suffirait, pour le rendre docile et souple, de lui dire à l'oreille son nom de MER-

CUZZA accompagné de ces trois mots : COMMISSAIRE DE POLICE. — Et maintenant, en chasse, Jupiter!...

Le nègre fit un signe de tête prouvant qu'il avait bien compris et s'éloigna sur la trace de l'armateur, assez lentement pour ne pas le rejoindre, assez vite pour ne point le perdre de vue.

Ils atteignirent ainsi la jetée, l'un derrière l'autre.

On signalait en rade l'arrivée de deux navires de commerce faisant les signaux d'usage pour demander des pilotes.

Mercuzza-Funcal sentit son cœur se dilater soudain et son pâle visage s'empourpra.

— C'est *le Petit-Havre* et *le François Ier* ! — se dit-il. — Je suis sauvé !

Cette illusion ne dura qu'un instant.

L'armateur questionna l'un de ces **vieux matelots** qui passent leur vie sur la jetée, armés d'une lunette marine et étudiant l'horizon.

Le matelot répondit que les deux navires appartenaient à la maison Goldsmith et Pauwel.

Un pilote venant du large, interrogé à son tour, affirma qu'aucune autre embarcation importante n'était en vue.

Un immense découragement s'empara de l'Espagnol. — Il s'efforça pourtant de prendre le dessus et il murmura, mais sans ajouter foi à ses propres paroles :

— Ils arriveront ce soir ou cette nuit !

Mercuzza-Funcal revint sur ses pas, entra dans un café pour tuer le temps, se fit servir un verre d'absinthe qu'il avala d'un trait, prit un journal afin de se donner une contenance, et le parcourut machinalement des yeux sans en déchiffrer une seule ligne.

Sa pensée était ailleurs.

Chose étrange ! cet homme que nous avons vu complice d'un assassinat, cet homme coupable de tant d'infamies, souillé de tant de crimes, perdait la tête en présence de la faillite imminente.

Ce n'est pas la honte qui lui faisait peur... — Que lui importait une tache sur un nom volé ? — Ce qui le désespérait, c'était · la crainte de se trouver d'un moment à l'autre sans ressources !... C'était l'épouvante de n'être plus rien après avoir été un moment quelque chose, et de retomber dans la boue d'où il sortait...

Une heure s'écoula, puis une demie.

L'Espagnol se leva brusquement, jeta sur la table du café une pièce d'argent dont il ne réclama point la monnaie, et regagna sa demeure presqu'en courant, toujours suivi à distance par Jupiter.

Sa première question en entrant dans le bureau du caissier fut celle-ci :

— Est-il arrivé une dépêche ?

— Oui, monsieur...

— Donnez...

Il monta dans son cabinet, déchira l'enveloppe et lut :

« *Le Havre, de Paris,*

« *Monsieur Lionel Warton mon maître a* « *quitté ce matin le château de Saint-Ouen. —* « *Ne sais où il est, ni quand il reviendra.*

« *L'Intendant,*

« Rob. »

Mercuzza, dont la pâleur devenait de plus en plus livide, froissa dans ses doigts crispés le papier bleu de l'administration des télégraphes, et se dit presque à voix haute :

— De ce côté, rien à attendre ! — Lionel Warton est absent, ou bien il a dicté la réponse que voici... — Dans un cas comme dans l'autre compter sur lui serait folie... — Que faire ?...

L'Espagnol se laissa tomber dans le grand fauteuil où il s'asseyait d'habitude pour travailler, appuya ses coudes sur son bureau, plongea sa tête entre ses mains, et répéta dix fois de suite, d'une façon monotone et quasi inconsciente :

— Que faire ?... mon Dieu, que faire ?

Peu à peu les ténèbres de son esprit troublé s'éclairèrent d'une lueur vague ; — un ordre relatif s'établit dans le chaos de sa pensée.

— Je n'ai qu'un parti à prendre, — se répondit-il, — réaliser sans perdre un instant ce que la maison possède encore de ressources et, quand il me sera prouvé que rien ne peut conjurer l'écroulement, disparaître, ce viatique en poche...

Sa résolution arrêtée, il frappa sur le timbre et dit au garçon de bureau qui vint prendre ses ordres :

— Envoyez-moi le caissier...

Ce dernier apparut presque aussitôt avec une figure inquiète.

— Est-ce qu'il se passe quelque chose de fâcheux, monsieur ? — demanda-t-il.

— Oui et non, — répliqua l'Espagnol ; — on m'avise que demain une traite tirée à vue sur moi et que je n'attendais pas sitôt sera présentée...

— La caisse est vide, monsieur... — murmura le caissier...

— Je le sais, mais on peut sinon la remplir, du moins se mettre en mesure de parer le coup... — Vous avez des valeurs négociables en portefeuille...

— Quelques-unes, mais pas beaucoup.

— Pour quel chiffre ?

— Vingt-cinq mille francs à peine...

— Je les endosserai. — Fournissez trois traites à quatre-vingt-dix jours, de cinq mille francs chacune, sur nos correspondants d'Haïti, de Philadelphie et de la Trinité, et apportez-les à ma signature... — Préparez un bordereau du tout et envoyez à l'escompte chez Janille, qui remettra les fonds aujourd'hui même, ou au plus tard demain matin.

— J'y vais, monsieur.

— Ah ! une question encore... — Quelle somme représentent les marchandises que vous avez actuellement en magasin ?

— Environ cent cinquante mille francs.

— Sur consignation de ces marchandises, Mosès Graft prêtera bien cinquante pour cent, n'est-ce pas ?

— Ce n'est pas douteux.

— Eh bien ! soixante-quinze mille et quarante font cent quinze mille, somme plus que suffisante pour faire honneur à la traite inopportune qui n'est que de cent mille... — Apportez-moi, en même temps que les valeurs, un état détaillé des marchandises...

— Bien, monsieur...

Le caissier sortit pour exécuter les ordres qu'il venait de recevoir, et Mercuzza resté seul murmura :

— Certes j'espérais toute autre chose, mais enfin cent quinze mille francs, joints aux quelques billets de banque de ma bourse particulière, constituent un pis-aller fort acceptable. — Je cesserai d'être Juan de Funcal, notable commerçant du Havre, mais je ne redeviendrai pas non plus Mercuzza, commandeur de nègres à Guayanila, et peut-

être, avec cet argent, trouverai-je moyen de m'enrichir ailleurs...

Dix minutes plus tard, le caissier apportait les
valeurs et l'état des marchandises.

Un garçon de recette prenait aussitôt le chemin
de la maison de banque Janille et Compagnie, et
Mercuzza-Funcal se dirigeait vers le logis de
Mosès Graft, honnête israélite que la spécialité des
prêts sur consignation avait rendu millionnaire en
quelques années.

XXXVII

Mosès Graft demeurait, rue de Paris, dans une maison de modeste apparence dont il occupait le second étage.

Ses vastes magasins, sortes de docks encombrés de marchandises de la nature la plus disparate, cafés, cotons, sucres, rhums et tafias, bois des îles, porcelaines et curiosités de la Chine, du Japon et des Indes, etc., etc., se trouvaient près de la gare du chemin de fer.

— Monsieur Graft est-il chez lui? — demanda Mercuzza-Funcal au portier, qui répondit :

— Non, monsieur... — il est à Honfleur, pour affaires.

— Depuis quand ?

— Il est parti après son déjeuner...

— Reviendra-t-il ce soir ?

— Je ne crois pas. — Sa bonne ne l'attend que demain matin.

L'Espagnol ne voulait point remettre au lendemain.

Il se rendit chez les autres négociants qui faisaient, quoique sur une moins grande échelle,
des opérations analogues à celles de Mosès Graft,
mais un malin hasard semblait prendre à tâche
d'entraver, ou pour mieux dire de paralyser ses
démarches.

L'un des prêteurs sur consignation venait de
partir pour Dieppe, un autre pour Fécamp ; — le
troisième fit répondre que, sérieusement indisposé,
il ne pouvait recevoir personne.

Nos lecteurs doivent se souvenir que Jean Renaud, sous le pseudonyme de Doménico Séballa,
s'était présenté le matin même dans ces diverses
maisons. — Peut-être ses visites successives
n'étaient-elles point étrangères aux déconvenues
successives de Mercuzza.

Ce dernier, en proie à un découragement pro-
'ond, prit de nouveau le chemin de la jetée.

L'apparition d'aucun navire n'était signalée au
arge.

Il retourna chez lui la tête basse et le cœur serré.

— Est-on revenu de chez M. Janille ? — de-
nanda-t-il au caissier.

— Oui, monsieur.

— On a rapporté l'argent ?

— L'argent, non, mais les valeurs... — M. Janille refuse de les prendre...

Mercuzza fit un haut-le-corps et s'écria :

— Il refuse ?... — Sous quel prétexte...

— M. Janille n'en a donné aucun... il n'a pas même jeté les yeux sur le bordereau, et il a dit que, son intention étant de ne plus traiter à l'avenir avec la maison Funcal, il vous enverrait demain votre compte...

— Pourquoi cette rupture injurieuse?... — balbutia l'Espagnol atterré.

— Je ne sais pas, monsieur, — répliqua le caissier, — mais si demain on présente la traite dont vous m'avez parlé, je suis hors d'état d'y faire honneur...

— C'est bien... J'aviserai...

Mercuzza regagna son appartement en proie à une angoisse qu'il est plus aisé de comprendre que de décrire.

Il ne toucha pas au dîner qu'on lui servit et il s'enferma dans sa chambre.

Sa nuit fut horrible.

L'effondrement se faisait autour de lui, il le voyait bien. — La déclaration brutale du banquier Janille prouvait l'anéantissement de son crédit. — Le lendemain il ne pourrait payer les traites de Lionel Warton et, dès qu'un huissier aurait franchi le seuil de sa maison, sa chute serait un fait accompli. L'arrivée tardive des deux navires attendus ne le sauverait plus et même, la fatalité s'en mêlant, il se trouverait dans l'impossibilité

de réunir le petit capital indispensable pour sa
fuite.

Ainsi les rêves dorés de l'ex-commandeur abou-
tissaient à la faillite honteuse, et qui sait si cette
faillite n'amènerait pas une enquête sur le passé,
sur l'identité du failli ? — Alors le misérable,
affublé d'un faux nom, aurait pour dernier asile
quelque geôle et peut-être le bagne...

Dès huit heures du matin Mercuzza courut à la
jetée et s'informa.

Le résultat de ses informations fut négatif
comme la veille. — Aucun navire en vue dont le
signalement pût se rapporter soit au *François Ier*,
soit au *Petit-Havre*.

Il alla de nouveau chez Mosès Graft.

— Monsieur est revenu hier soir... — lui dit le
portier, — il est chez lui, vous pouvez monter...

Mercuzza gravit rapidement l'escalier. — Une
servante lui ouvrit la porte et l'introduisit dans le
cabinet de l'israélite.

Mosès était un homme de cinquante ans environ, petit, gros, avec de rares cheveux frisottants,
d'un blond pâle, et des yeux d'un bleu de faïence.
— Vêtu d'un long paletot graisseux et coiffé d'une
toque de fourrure qu'il portait en toute saison, il
offrait le type de certains des juifs allemands qui
suivaient les armées ennemies en 1870, et ache-
taient à vil prix aux soldats prussiens les dé-
pouilles françaises.

Mosès accueillit le visiteur poliment, mais avec un sourire énigmatique, et il entama l'entretien par ces mots :

— Bonjour, monsieur de Funcal... — Mon portier m'a dit que vous étiez venu hier soir, et vous revoilà ce matin... — Il paraît que vous avez grand besoin de moi, et que ça presse...

— J'ai grand besoin de vous et ça presse... — répliqua l'Espagnol.

— Ça ne m'étonne pas... — Quand on ne sait plus où aller, on vient ici. — De quoi est-il question ?

— D'une affaire...

— Bien entendu... mais quelle affaire ?

— Un prêt sur consignation.

— Quelle somme demandez-vous ?

— Soixante-quinze mille francs.

— Quelles garanties offrez-vous ?

— Des marchandises d'une valeur de cent cinquante mille.

— S'agit-il de matières d'or et d'argent ?

— Non, mais de sucres, de cotons, de cafés, de rhums, de...

— Inutile de continuer, — interrompit Mosès Graft, — je ne traiterai pas avec vous...

— Pourquoi ?

— Parce que j'aime, quand je traite, n'avoir affaire qu'à mon emprunteur.

— Eh bien ! n'est-ce point le cas ?...

— Aujourd'hui, oui, mais demain, qui sait?...

— Il m'est impossible de vous comprendre...

— Depuis hier au soir il court de mauvais bruits...

— De mauvais bruits à mon sujet !... — s'écria l'Espagnol. — Lesquels ?

— Je n'ai pas mission de vous les répéter... vous les connaîtrez toujours assez vite...

— Mais ils sont faux !...

— Tant mieux pour vous.

— Je me fais fort, — quels qu'ils soient, — de vous démontrer qu'ils ne méritent aucune créance et que vous pouvez traiter avec moi sans la moindre inquiétude.

— Inutile de vous donner cette peine. — Je refuse l'affaire...

— Cependant...

— N'insistez pas... — Quand j'ai dit : *non !* c'est : *non !* — Au plaisir de vous revoir, monsieur de Funcal, je suis très occupé...

Et Mosès Graft conduisit doucement son visiteur du côté de la porte.

L'Espagnol descendit l'escalier et sortit de la maison en titubant comme un homme ivre.

Le dernier espoir de réaliser un capital quelconque s'évanouissait en présence de ces mauvais bruits répandus dont parlait le juif sans vouloir en dire plus long.

Quels pouvaient être ces bruits ?

Mercuzza ne parvenait point à se l'expliquer, mais devinait vaguement qu'ils étaient relatifs aux navires attardés.

Tandis qu'anéanti au physique aussi bien qu'au moral, et se sentant incapable de tenter de nouvelles démarches, il se dirigeait vers sa maison, Jean Renaud se rendait au télégraphe et expédiait une dépêche portant cette adresse : — *Docdeur Joë Simnel, au château de Saint-Ouen, près Paris.*

La demie après onze heures sonnait aux horloges du Havre au moment où le faux mulâtre franchissait le seuil de la maison du quai d'Orléans.

Il fut introduit sur-le-champ près de l'armateur.

Ce dernier, étendu plutôt qu'assis dans son grand fauteuil de bureau, montrait un visage bouleversé.

C'est à peine s'il eut la force de se lever pour accueillir son visiteur.

— Monsieur de Funcal, — lui dit Jean Renaud, — je vous avais promis de revenir, et je tiens parole... — Êtes-vous en mesure ?

— Non, monsieur... — répliqua l'Espagnol d'une voix à peine distincte, car sa bouche était sèche comme après une nuit d'orgie. — Non, je ne suis pas en mesure, et si vos dispositions sont toujours les mêmes, si vous me refusez du temps, vous voyez en moi un homme absolument perdu.

— N'aviez-vous pas l'intention, hier, de télégraphier à M. Lionel Warton?... — reprit Jean Renaud.

— Je l'ai fait...

— Eh bien?

— L'intendant m'a répondu que son maître venait de quitter Saint-Ouen pour une destination inconnue... — Mais accordez-moi un délai, je partirai à l'instant pour Paris, je trouverai moyen de suivre les traces de Lionel Warton, je le rejoindrai, et j'ai la certitude de l'intéresser à ma situation, d'obtenir de lui mon salut.

Le faux mulâtre parut réfléchir pendant un instant.

— Il me répugne d'être impitoyable au moment où un nouveau et terrible malheur fond sur votre maison... — répondit-il ensuite.

Mercuzza-Funcal regarda Jean Renaud d'un air hébété et répéta :

— Un nouveau malheur. — Quel malheur?

— Quoi, vous ignorez?

— J'ignore tout...

— Je vais donc être, pour la seconde fois, un messager de mauvaises nouvelles... — Un sloop de Philadelphie, monté par un équipage noir, est arrivé au Havre depuis quarante-huit heures, et les matelots de ce sloop affirment que deux navires français, *le Petit-Havre* et *le François Ier*, ont péri par le feu dans la mer des Antilles...

— Mensonge!... mensonge!... — s'écria l'Espagnol que l'épouvante galvanisait.

— Ils ajoutent, — poursuivit Jean Renaud, — (et ceci ne permet guère de mettre en doute leur véracité) — ils ajoutent que les équipages des navires incendiés ont été sauvés par eux, et qu'un clipper transatlantique doit rapatrier ces équipages après avoir touché à Philadelphie...

Mercuzza, qui s'était levé brusquement, se laissa retomber sur son siège en balbutiant :

— Allons, la fatalité s'en mêle! — Ces bruits auxquels faisait allusion Mosès Graft, les voilà donc!...

On pouvait le croire assommé par un coup si rude. — Il n'en fut rien. — La foudre, en tombant sur lui, parut au contraire le galvaniser. — Au bout d'une ou deux secondes il reprit, avec une fiévreuse énergie :

— Eh bien! même en admettant comme vraie l'effroyable, l'invraisemblable catastrophe que vous m'annoncez, je me sens de force à lutter encore; je me sens capable de terrasser la fortune contraire, si Lionel Warton, mon seul créancier important, veut me tendre la main au lieu de me pousser dans l'abîme. — Accordez-moi trois jours, monsieur Séballa, rien que trois jours, et avant que la dernière heure du troisième jour soit écoulée j'aurai rejoint Lionel Warton, je vous le jure, et j'aurai obtenu qu'il retire de vos mains les traites que vous tenez de lui...

— Je vous accorde vingt-quatre heures, — dit Jean Renaud.

— Ce n'est pas assez ! — Impossible en vingt-quatre heures d'aller à Paris et de suivre la piste de Lionel Warton ! — Je ne puis rien...

— Vous pouvez tout...

— Comment ?

— J'ai reçu ce matin une lettre de celui que vous voulez voir...

— Il vous parle de moi ? — demanda vivement l'Espagnol.

— Il ne m'en dit pas un mot, mais il m'annonce qu'il arrivera ce soir au Havre.

— A quelle heure ?

— Je ne sais...

— Où descendra-t-il ?

— Je l'ignore, mais comme il viendra me voir en descendant du chemin de fer, je vous ferai prévenir aussitôt, afin que vous tentiez la démarche dont le succès vous semble certain...

— Et, d'ici là, aucune poursuite Mercuzza-Funcal.

— Aucune, vous pouvez y compter... C'est demain seulement que les traites seront protestées s'il y a lieu. — J'engage ma responsabilité pour vous, monsieur de Funcal... Je me compromets...

— Remerciez-moi...

XXXVIII

Tandis qu'avaient lieu au Havre les choses que nous venons de mettre sous les yeux de nos lecteurs, voici ce qui se passait à Paris ou plutôt à Saint-Ouen.

Le lendemain du jour où Cora et Jean Renaud avaient pris le train du Havre, Georges se présentait au château dans l'après-midi avec son bouquet quotidien, et Robinson, fidèle à la consigne reçue, lui annonçait le brusque départ de la famille Warton.

La stupeur de l'associé d'agent de change se devine sans peine.

Lionel ne lui avait parlé de rien, à lui le fiancé officiel de Paula !...

C'était au moins bizarre ! — Que se passait-il donc ?...

— Partis ! — s'écria-t-il. — Partis, tous ?

— Oui, monsieur... — répondit Robinson.

— Quand ?

— Hier au soir.

— Pour aller où ?

— M. Lionel n'a pas l'habitude de me rendre des comptes.

— Mais Doménico Séballa, le parent de votre maître, ne l'a point accompagné ?

— Pardonnez-moi...

— Puis-je parler du moins au docteur Joë Simnel ?

— Le docteur ne quitte jamais la famille.

— L'absence de M. Lionel et de ses cousines doit-elle être longue ?

— On ne me l'a pas dit.

Georges, voyant l'impossibilité de tirer un renseignement quelconque de ce serviteur qui ne savait rien, ou qui avait l'ordre de se taire, reprit le chemin de Paris très désappointé, et surtout fort inquiet.

Il se demandait avec effroi si cet inexplicable départ ne cachait point un projet de rupture.

Or; nous savons quelles conséquences écrasantes entraînerait fatalement la rupture de son mariage.

Quelqu'amoureux qu'il fût de Paula Warton, il était encore bien autrement épris des millions de la dot.

Si ces millions — qu'il considérait déjà comme son bien — venaient à lui manquer, il se trouve-

rait sans ressources et n'aurait aucun moyen de
se relever.

La misère absolue, la froide misère en habit
noir, remplacerait les radieux mirages qui l'é-
blouissaient depuis quelque temps...

Il rentra chez lui, la tête absolument à l'envers.

Le soir de ce même jour Léopold vint à son
tour à Saint-Ouen.

L'étudiant, après avoir entendu, chez la comtesse de Lasseny sa sœur, Lionel Warton annoncer le prochain mariage de Georges et de
Paula, avait pris une résolution.

Puisque Lionel acceptait l'alliance de son frère,
pourquoi repousserait-il la sienne ?

Ce raisonnement, d'une logique inattaquable,
le décidait à formuler nettement sa demande.

Il prévoyait bien quelque objection basée sur sa
trop grande jeunesse, mais peu lui importait. —
Que Mary lui fût non pas donnée mais promise,
qu'on lui permît l'espoir et, désormais certain
d'un avenir de bonheur, il attendrait avec patience, dût-il attendre pendant plus d'une année.

C'est à force de se répéter ces choses qu'il avait
résolu de se déclarer à Lionel et de solliciter la
main de sa cousine.

Il arrivait surexcité, prêt à tout, comme un
poltron qui s'est monté la tête et devient fanfaron.

D'une main fiévreuse, il sonna à la grille.

La cloche résonna lugubrement et ses vibrations s'éteignirent dans la grande avenue dont les feuillages commençaient à jaunir.

Personne ne venait.

Léopold, impatienté, sonna de nouveau.

Enfin, au bout de cinq minutes, apparut Robinson tenant une petite lanterne.

A travers les barreaux il examina le visiteur et le reconnut.

— Ah! c'est vous, monsieur Léopold... — dit-il.

— Moi-même... — Ouvrez vite, Robinson.

Le nègre, au lieu d'ouvrir, demanda :

— Vous n'avez donc pas vu monsieur votre frère?

— Non... — Pourquoi?

— Parce qu'il est venu dans l'après-midi, et il vous aurait évité la peine de vous déranger... Il n'y a personne au château.

— Personne!!! — répéta Léopold stupéfait.

Puis, à son tour, il entama la série des questions adressées au domestique noir par Georges Dereyne quelques heures auparavant, et il obtint des réponses identiques.

Il s'éloignait la tête basse, à pied (ayant renvoyé la voiture qui l'avait amené), mais au bout de cent pas il se ravisa tout à coup et fit halte.

La créature humaine — homme ou femme — passionnément éprise, possède à de certains moments un instinct de divination, une sorte de seconde vue mystérieuse, — nous en pourrions citer d'innombrables exemples.

On a vu des amants souffrir tout à coup et sans motif appréciable dans leur corps ou dans leur âme, quand la maîtresse dont ils étaient séparés éprouvait à l'improviste une violente douleur physique ou morale.

On a vu des femmes frappées mortellement au cœur, à la minute précise où sur un champ de bataille leur mari ou leur fiancé tombait mort.

L'âme de Léopold venait de recevoir une révélation soudaine.

— On me trompe... — murmura le jeune homme... — ce prétendu départ est un mensonge... — il se peut que Lionel Warton ait quitté Saint-Ouen, mais à coup sûr il n'a point emmené Mary... — Celle que j'aime est au château... Je sens sa présence, et je suis sûr de ne point m'abuser... — il faut que je la voie... — je veux la voir... — je la verrai...

Il revint sur ses pas, mais au lieu d'aller jusqu'à la grille et de s'y heurter contre une consigne inflexible, il quitta la grande route en arrivant à l'angle du parc, longea le mur d'enceinte et arriva sur la berge de la Seine dominée par la splendide terrasse dont nous avons à plus d'une reprise entretenu nos lecteurs.

De là le jeune homme entrevoyait vaguement, dans les ténèbres, la masse sombre du château.

Il lui sembla qu'un pâle rayon lumineux s'échappait des vitres d'une fenêtre de l'étage le plus élevé.

Son attention redoubla, mais la lueur avait déjà disparu, et pouvait venir d'ailleurs d'une chambre de domestique.

Léopold se remit en marche, côtoya les contreforts de la terrasse et atteignit l'endroit où un saut de loup servait de clôture.

Il descendit, ou plutôt il sauta dans le fossé profond et le suivit, cherchant un endroit où l'escalade fût possible; — sa recherche fut bientôt couronnée de succès.

Des lierres, dont les tiges tordues comme des reptiles avaient la grosseur du bras d'un enfant, revêtaient une partie de la muraille interne du saut de loup.

L'étudiant se servit de ces lierres comme d'une échelle et se trouva dans le parc au milieu des massifs.

La lune se levait à l'horizon; — l'obscurité cessait d'être compacte; — le jeune homme s'orienta sans peine et s'engagea dans une allée qui devait le conduire au château.

Un bruit de pas frappa son oreille.

Il s'arrêta, l'œil au guet et ne vit personne, mais on l'avait entendu marcher car une voix cria :

— Qui va là?

Léopold se garda bien de répondre et retint son souffle.

— Qui va là ? — répéta la voix.

Même silence.

Un coup de feu tiré au jugé retentit, et une balle siffla dans les rameaux à dix centimètres au-dessus de la tête de l'étudiant qui, jugeant inutile d'affronter plus longtemps la mort par une absurde fanfaronnade, fit un bond en arrière, se glissa dans les fourrés qui protégèrent sa retraite et regagna le saut de loup où il disparut.

— On fait bonne garde, — se dit-il, — c'est qu'il y a quelque chose à garder !... — A quoi serviraient des sentinelles autour d'une maison déserte ?... — Mary et ses sœurs sont au château, j'en suis de plus en plus sûr, et je ferai en sorte d'en avoir demain la preuve...

Léopold regagna pédestrement Paris où il passa une nuit fort agitée.

Le lendemain, attiré à Saint-Ouen par un aimant irrésistible — auquel d'ailleurs il ne tentait pas de résister — il rôdait dès onze heures du matin aux environs du parc.

Les fenêtres du château demeuraient closes et les contrevents fermés. — Aucun bruit, aucun mouvement ne se manifestaient de l'autre côté des hautes murailles couronnées de verdure.

Vers midi le jeune homme vit un employé du télégraphe, reconnaissable à son képi, au collet bleu de sa tunique et au sac de cuir qu'il portait en bandoulière, s'arrêter à la grille et sonner.

Robinson parlementa avec lui, ouvrit la grille pour le laisser passer, puis la referma, et les deux hommes se dirigèrent ensemble vers le château.

— Allons, — murmura Léopold, — je ne me trompais point... — On reçoit des dépêches, donc il y a des maîtres au logis... — Je n'aurai pas perdu mon temps...

Après s'être fait ce raisonnement d'une logique assez discutable, il alla se poster à cent pas de la grille et il attendit.

Au bout de dix minutes l'employé du télégraphe reparut, se dirigeant de son côté.

L'étudiant l'arrêta.

— Monsieur, — lui-dit-il, — vous venez du château de Saint-Ouen ?

— Oui, monsieur...

— Porter une dépêche ?

— Naturellement, puisque je suis facteur du télégraphe.

— Je croyais, — reprit Léopold, — que M. Lionel Warton, le maître de la maison était en voyage...

— Lionel Warton... — répéta l'employé, — connais pas...

— A qui donc la dépêche était-elle adressée?

— Mais, monsieur... — murmura l'employé en

regardant avec défiance le questionneur, qui s'empressa d'ajouter :

— Ma curiosité est très innocente, croyez-le
bien... — Faites-moi le plaisir d'accepter ceci pour
boire à ma santé...

Et il glissait une pièce de cent sous dans la main
du facteur.

— Merci, monsieur... — dit celui-ci en soulevant son képi, — la dépêche était adressée au docteur Joë Simnel...

— Et cette dépêche venait ?

— Du Havre, je crois... — Je ne l'ai pas lue,
mais j'étais dans le bureau avec l'employé qui la
transcrivait, et il me semble qu'il a parlé du Havre.

— Voilà tout ce que je voulais savoir.

Le facteur continua sa route.

— Je suis fixé... — pensa Léopold. — Le valet
de chambre noir m'a dit hier que le docteur Joë
Simnel ne se séparait jamais de la famille Warton... — Il ne mentait pas... — La famille Warton
est ici... — Lionel seul a quitté le château... Mais
pourquoi tout ce mystère ? — Il y a là quelque
chose de suspect qui m'inquiète... — Mary et ses
sœurs doivent-elles s'éloigner à leur tour ?... —
Ah ! je le saurai !!! — Perdre Mary !!! j'aimerais
mieux mourir...

L'étudiant entra dans le cabaret de mine piteuse
situé au point d'intersection de la route de Saint-
Ouen et de la route de la Révolte.

Il demanda une bouteille de bière et il s'installa à une petite table près de la fenêtre aux vitres poudreuses.

De là il surveillait la grille. — Personne ne pouvait entrer dans le parc ou en sortir sans qu'il le vît.

Cette longue faction fut d'abord infructueuse. — Les heures s'écoulaient lentes et monotones. — Rien d'insolite ne se produisait.

Vers cinq heures un petit fiacre, venant de Saint-Denis et regagnant Paris, s'arrêta devant le cabaret. — Le cocher, sans descendre de son siège, se fit servir un verre de vin, puis il se remit en route au pas de son cheval fatigué...

XXXIX

Un instant après un valet de pied se montra derrière la grille qu'il ouvrit à deux battants.

— Une voiture va partir... — se dit Léopold en jetant une pièce de vingt sous au cabaretier pour payer sa bière ; puis il se leva et se tint debout près de la fenêtre.

Presqu'en même temps un landau attelé de deux chevaux vigoureux sortit du parc au grand trot, et prenant à droite s'engagea sur la route qui conduit à la barrière Clichy.

Une petite main baissa le store de la portière de gauche, mais pas assez vite pour empêcher Léopold de reconnaître Dolorès, assise sur la banquette du devant, près du docteur noir.

Robinson était sur le siège, à côté du cocher.

L'étudiant s'élança hors du cabaret.

— Elles quittent le château !... — murmura-t-il.
— Que signifie ce départ précipité qui ressemble à une fuite, au surlendemain du jour où Lionel

déclarait publiquement mon frère fiancé officiel de Laura Warton?... — Ah! j'aurai le mot de cette énigme... — Je les suivrai jusqu'à Paris... — Je saurai où elles vont...

Le landau filait de toute la vitesse de son attelage.

Léopold, les coudes au corps, ménageant son haleine, se mit à courir.

Pendant cinq minutes il lui fut possible de conserver à peu près sa distance; mais un homme, quelles que soient sa jeunesse et son ardeur, ne saurait lutter bien longtemps contre les jarrets d'acier des chevaux de race à grandes allures.

Bientôt l'étudiant, aveuglé par la sueur qui coulait de son front, les flancs coupés, la poitrine haletante, sentit que la respiration allait lui manquer.

Il ne s'arrêta pas cependant, décidé à risquer sa vie plutôt que de renoncer à son dessein, mais ses forces le trahirent tout à fait. — Il était près de tomber sur la route, épuisé, sans connaissance, quand à dix pas de lui il aperçut le fiacre qui retournait vide à Paris.

L'espoir renaissant le galvanisa et lui permit d'atteindre le véhicule numéroté dans lequel il prit place, en disant au cocher d'une voix à peine distincte :

— Vingt francs pour vous si vous suivez la voiture qui vient de nous dépasser.

— La voiture aux moricauds !... — Elle file d'un rude train, mais enfin on tâchera... — Hue, Coco !

Ces derniers mots, soulignés par un coup de fouet énergiquement appliqué sur les flancs de *Coco,* produisirent un effet immédiat.

La pauvre bête, usée, surmenée, n'en était pas moins, malgré son apparence lamentable, un vieux reste de cheval anglais. — Elle avait du cœur et partit à un trot qu'on ne pouvait raisonnablement attendre de ses jambes arquées et de ses tendons endoloris.

Le landau gagnait du terrain cependant, grâce à l'immense supériorité de son attelage, mais il n'en gagnait pas beaucoup et ne cessait point d'être en vue.

A la barrière un embarras de voitures l'immobilisa pendant quelques secondes et permit de s'en rapprocher beaucoup, mais quand il repartit l'impatience des chevaux de sang doubla la vitesse de leur train et le landau disparut après s'être engagé sur la pente rapide de la rue d'Amsterdam.

— Bourgeois, — cria le cocher en se retournant, —je ne vois plus le berlingot aux moricauds, mais ce n'est pas ma faute... — J'ai fait l'impossible... — Coco en crèvera peut-être.

— Oui... oui... — répondit Léopold, — vous avez gagné votre argent... — A la gare... vite à la gare...

Tandis que le fiacre descendait la pente à son tour, mais assez lentement car *Coco* n'en pouvait plus, l'étudiant se penchait à la portière de gauch e, attentif, regardant toutes les voitures qui croisaien t la sienne.

Bien lui en prit, car à la hauteur de la maison qui fait le coin de la rue de Londres il vit le landau remonter la rue au pas, vide et les stores levés.

Robinson n'était plus sur le siège.

Les suppositions de Léopold se changèrent aussitôt en certitudes.

Le landau retournait à Saint-Ouen après a voir conduit à la gare mesdemoiselles Warton, Joë Simnel et Robinson.

Où allaient-ils ?

Léopold n'eut pas un instant d'hésitation à ce sujet.

Evidemment ils allaient au Havre, puisque la dépêche arrivée le matin même venait du Havre où sans le moindre doute les appelait Lionel.

Le jeune homme ouvrit avec une vague inquiétude son porte-monnaie, mais il se rassura vite en voyant qu'il contenait cent vingt francs.

— C'est plus qu'il ne me faut... — pensa-t-il.

— Une fois au Havre, si Mary s'embarque et si je dois m'embarquer pour la suivre, M. de Funcal, l'ex-associé de mon père, ne refusera pas de mettre à ma disposition tout l'argent dont j'aurai besoin...

IV   3.

Le fiacre s'arrêta.

— Bourgeois, — dit le cocher, — nous sommes
à la gare... — faut-il aller plus loin ?...

— Non, — répliqua l'étudiant en mettant pied
à terre.

Il donna les vingt francs promis, courut au gui-
chet, prit un billet de première classe pour le
Havre et s'élança dans la salle d'attente avec l'espoir d'y retrouver les fugitives.

Cet espoir fut déçu.

Aucun visage de connaissance ne frappa les regards de Léopold.

— Monsieur, — demanda-t-il à l'employé qui
vérifiait les *tickets* à l'entrée de la salle, — n'a-
vez-vous pas vu tout à l'heure trois jeunes filles
très jolies et très brunes, accompagnées par un
mulâtre et par un domestique noir ?...

— Pardon, monsieur, j'ai vu ces personnes il y
a quelques minutes... — répondit l'employé. —
Elles n'ont fait que traverser la salle d'attente pour
gagner un wagon retenu d'avance... — Rien ne
vous empêche de les rejoindre... — Voilà qu'on
ouvre...

— Merci, monsieur...

Les portes de la salle d'attente glissaient en
effet sur les rainures pratiquées *ad hoc*.

Léopold s'empressa de gagner le quai d'embar-
quement et il suivit la file des wagons.

Vers le milieu du train il vit un compartiment

dont les stores de soie bleue étaient hermétiquement fermés et dont la caisse portait un écriteau sur lequel on lisait ce mot : Réservé.

— Elles sont là ! — pensa Léopold. — D'ici au Havre il se produira bien un incident qui me permettra de faire comprendre à Mary que je la suis, et que je la suivrai s'il le faut jusqu'au bout du monde...

En monologuant ainsi l'étudiant demeurait immobile devant le wagon qu'un rideau jaloux fermait à ses yeux.

— Messieurs les voyageurs, en voiture ! — cria l'employé qui fermait les portières.

Léopold prit place dans le compartiment voisin de la caisse réservée.

Il ne se doutait pas que l'un des stores de cette caisse s'était soulevé d'une façon presqu'imperceptible et qu'un regard curieux, — celui de Jocelyn, — s'était fixé sur lui.

— Nous sommes suivis... — murmura le docteur noir.

— Par qui donc ?... — demanda Carmen.

— Par Léopold Dereyne... — Il est dans le train...

Marie devint pourpre.

— Sais-tu, mignonne, qu'il t'adore véritablement, celui-là ! — poursuivit Carmen. — Je le trouve sympathique, ce jeune homme... — Il est fâcheux qu'il soit fils de son père et que ton devoir te défende de l'aimer et t'ordonne de le haïr!

La plus jeune sœur de Cora baissa la tête sans répondre.

Une angoisse profonde s'emparait de son âme. Elle tremblait que Léopold, en la suivant au Havre, ne se jetât tête baissée dans quelque péril inconnu et inévitable.

Le train partit pour ne s'arrêter qu'aux grandes stations.

A chaque halte Léopold descendait, espérant toujours que la vigilance du docteur noir serait un instant en défaut, et qu'un store mal assujetti lui permettrait d'entrevoir sa bien-aimée, ou tout au moins d'entendre sa voix.

Il l'espéra vainement.

Le compartiment réservé demeura clos et silencieux.

A onze heures et demie le train arrivait au Havre.

L'étudiant se plaça en face du wagon en se disant : — Il faudra bien qu'elles descendent.

Et il attendit.

Quelques minutes s'écoulèrent.

Tous les voyageurs avaient quitté le quai. — Léopold était encore là et le wagon ne s'ouvrait pas.

— Qu'attendez-vous, monsieur ? — lui demanda le chef de train en venant à lui.

— J'attends que les personnes qui sont dans ce wagon descendent...

— Alors, vous attendrez longtemps... — Ces
personnes ont changé de compartiment à Ma-
launay...

— Vous en êtes certain? s'écria l'étudiant stupéfait.

— Voyez plutôt!

Et le chef de train, ouvrant la portière, montra
le compartiment vide.

L'évidence s'imposait.

Léopold ne put se dissimuler qu'il venait de se
laisser jouer comme un enfant, car à coup sûr le
docteur noir s'était aperçu de sa poursuite et avait
pris aussitôt des mesures pour la rendre inutile.

Très irrité et très désolé, il quitta la gare, erra
dans les rues de la ville pendant une partie de la
nuit, et ce ne fut guère avant trois heures du matin qu'épuisé de fatigue il se décida à sonner à
la porte d'un hôtel et à demander un lit, remettant
au lendemain des recherches qui n'avaient désormais aucune chance d'aboutir, — il ne s'illusion-
nait point à cet égard.

Rejoignons Mercuzza-Funcal.

L'ex-associé de Martial Dereyne avait passé une
journée épouvantable. — Son unique espoir de
salut était dans les mains de Lionel Warton qui,
s'il fallait en croire Doménico Séballa, devait
arriver au Havre d'un moment à l'autre, mais le
temps s'écoulait et aucun message ne venait lui
fixer l'heure et le lieu d'un rendez-vous, aussi son

angoisse grandissait-elle de minute en minute.

L'évadé de *la Dorade*, après avoir quitté l'armateur, avait remis à un huissier les neuf traites
de cent mille francs chacune en lui disant :

— Si demain à midi vous n'avez reçu de moi
aucun avis contraire, vous signifierez le protêt et
vous assignerez en déclaration de faillite.

Neuf heures, dix heures sonnèrent...

L'Espagnol attendait toujours, seul dans son
cabinet et dans sa maison car il avait autorisé ses
domestiques, assez peu nombreux d'ailleurs, à
faire de leur soirée ce que bon leur semblerait.

Enfin il entendit résonner le timbre du vestibule;
il courut lui-même ouvrir et se trouva en face d'un
inconnu, habillé comme un garçon d'hôtel et qui
n'était autre que Pierre Landry.

L'ex-amoureux de Rose Bonchamp tenait une
lettre à la main.

— Monsieur Juan de Funcal ? — demanda-t-il.

— C'est moi...

— Une lettre pour vous, monsieur...

— De quelle part ?

— Je ne sais pas... — On m'a chargé d'une
commission, je m'en acquitte, voilà tout...

— Donnez...

Mercuzza prit la lettre et Pierre Landry se
retira.

L'Espagnol regagna en toute hâte son cabinet,
déchira fiévreusement l'enveloppe qui devait con-

nir l'assurance de son salut ou de sa condamna-
on sans appel, et lut ce qui suit :

« *Mon maître vient d'arriver ; — il attendra le*
énor Juan de Funcal, à minuit, à la villa d'In-
ouville qui appartenait en dernier lieu à Mme Rose
onchamp, après avoir appartenu à M. Martial
ereyne.

« *Le sénor Juan de Funcal sera introduit en*
résentant cette lettre ; — il est prié de venir
eul et à pied, mon maître ne voulant pas que sa
résence au Havre soit connue. »

Ce billet laconique était signé :

« ROB. »

XL

La figure décomposée de Mercuzza prit une expression radieuse.

— Je suis sauvé ! — murmura le misérable. — Lionel Warton a plus de deux millions engagés dans ma maison... — Il est matériellement impossible qu'il ne me soutienne pas...

Et son esprit se mit à bâtir des châteaux en Espagne au sujet du résultat de l'entrevue qui deviendrait peut-être le point de départ d'une ère de prospérité !

Onze heures du soir sonnaient. — La course était longue du quai d'Orléans à la Villa des Falaises et demandait plus de trois quarts d'heure à un homme à pied.

L'Espagnol prit son chapeau, alluma un cigare et se mit en route.

A minuit précis il agitait la chaînette de la cloche qui devait annoncer un visiteur.

Pierre Landry, dont on ne pouvait distinguer les traits dans l'obscurité, ouvrit la porte.

— M. Lionel Warton? — lui demanda Mercuzza.

— Vous avez une lettre d'introduction ?

— La voici...

L'Espagnol tendit le billet signé *Rob* à Pierre Landry qui le prit, le mit dans sa poche et dit :

— Entrez, monsieur.

Mercuzza-Funcal pénétra dans le jardin.

L'ancien forçat, après avoir refermé la porte derrière lui, continua :

— Suivez-moi, je vais vous conduire.

Et il s'engagea le premier dans l'allée sombre.

L'ex-associé de Martial Dereyne était trop préoccupé de sa situation personnelle, de ses craintes et de ses espérances, pour remarquer tout ce qu'il y avait d'étrange, d'anormal et de suspect dans les précautions multipliées dont s'entourait celui qu'il venait voir, et ce fut d'un pas délibéré qu'il marcha sur les traces de son guide.

Ce dernier franchit le seuil de la villa, traversa le vestibule à peine éclairé, puis la salle à manger tout à fait sombre, ouvrit la porte du salon, et dit en reculant pour laisser le passage libre :

— Monsieur Lionel Warton est là... — Entrez, monsieur.

Mercuzza s'empressa d'obéir et vit en face de lui Lionel, debout auprès d'une table sur laquelle se trouvaient un journal, une enveloppe scellée d'un large cachet rouge, un candélabre à quatre bougies, et un revolver à crosse d'ébène tout armé.

L'Espagnol marcha vivement et la main tendue vers son hôte qui, sans paraître s'apercevoir de ce mouvement, dit à Pierre Landry :

— Qu'on ne vienne que si j'appelle.

— Oui, maître...

L'ex-associé de Martial Dereyne s'attendait à trouver Lionel Warton le sourire aux lèvres.

La physionomie glaciale du jeune homme, l'expression indéfinissable de son regard, lui causèrent une surprise mêlée de terreur.

Il s'arrêta, troublé, hésitant, ne sachant plus comment entamer l'entretien.

Lionel prit le premier la parole.

— Vous avez désiré me voir aujourd'hui même, monsieur, — fit-il d'une voix brève et sèche. — Quoique mes instants soient comptés j'ai bien voulu vous donner satisfaction, mais ne perdons pas de temps... — De quoi s'agit-il ? — Parlez... — J'écoute.

Mercuzza-Funcal, comptant sur une réception toute différente, avait préparé des réponses aux questions qui lui semblaient probables.

La manière dont commençait l'entretien sapait son échafaudage par la base et le mettait dans un grand embarras.

Cependant il fallait s'expliquer et s'expliquer vite.

Il balbutia :

— Le représentant de la maison Brown et Sydney, qui vous a demandé pour moi cette entrevue, ne vous a-t-il rien dit, monsieur ?...

— Il m'a dit que les traites tirées par moi, acceptées par vous, et présentées par lui, n'avaient pas été payées hier, — répliqua Lionel froidement, — et que, cédant à vos pressantes instances, il s'était engagé à surseoir aux poursuites pendant vingt-quatre heures.

— Ne vous a-t-il pas appris en même temps le nouveau malheur qui frappe ma maison ?

— Ce malheur me frappe comme vous, puisqu'il vous empêche de faire honneur à votre signature...

— Vous le voyez, monsieur, la fatalité m'accable...

— En affaires, monsieur, je n'admets point la fatalité ! — interrompit Lionel. — Les catastrophes qui vous atteignent sont le résultat de votre inexpérience ou de votre folie ! — Si vous aviez pris la précaution si simple, si élémentaire, de faire assurer vos navires, vous auriez sauvegardé les intérêts de ceux qui vous accordaient une confiance bien mal justifiée...

Mercuzza tressaillit et baissa la tête.

— Vous avez raison, monsieur, — murmura-t-il

avec une humilité de commande, — j'ai été très
imprudent, très coupable, je le reconnais... mais
si dure que soit la leçon elle sera profitable, et
l'avenir...

Lionel interrompit de nouveau l'ex-commandeur.

— L'avenir !... — répéta-t-il d'un ton de poignante ironie. — Avez-vous donc un avenir ?

— Cela dépend de vous, monsieur, et je ne
désespère pas de vous démontrer qu'au lieu de
m'accabler ainsi que vous le faites vous devez me
tendre la main...

— Comment ?

— J'ai fait face à mes échéances de la fin du
mois... — J'ai tout payé sauf les traites remises
par vous au représentant de la maison Brown et
Sydney... — Soyez juste... Devais-je m'attendre à
me voir réclamer hier le montant de ces traites ?

— Oui, puisqu'elles étaient payables à vue..

— Sans doute, mais votre intérêt, — (vous me
l'avez dit vous-même à Paris, chez Martial Dereyne), — vous défendait de les faire présenter à
l'improviste et toutes à la fois.

— Je suis seul juge de mon intérêt, monsieur..
— j'ai usé de mon droit.

— Qui le conteste ? — Seulement ce droit me
tue ! — Votre incompréhensible rigueur entraîne
pour moi la ruine absolue, et pour vous la perte
d'une somme énorme... — Je ne vous demande pas
d'ouvrir de nouveau votre caisse pour me soutenir

mais je vous supplie de ne point m'accabler... —
Il suffirait d'un mot de vous pour que la maison
Brown et Sydney m'accorde de longs délais... —
— Le malheur qui me frappe fera naître beaucoup
de pitié et, je l'espère, quelque sympathie... — Il
reste à ma maison des ressources facilement réa-
lisables, pourvu qu'on me laisse le temps de les
réaliser... — En me voyant debout encore après
d'effroyables catastrophes mon crédit renaîtra... —
Je lutterai sans trêve, sans relâche, et à force de
travail, à force de courage, je triompherai... —
Mon salut et ma perte dépendent de vous... de
vous seul... — Ne me perdez pas, monsieur ! —
Je vous en conjure à genoux, les mains jointes,
les yeux pleins de larmes, sauvez-moi ! !

Mercuzza, joignant la pantomime aux paroles
avec une remarquable habileté de comédien, et
convaincu d'ailleurs qu'il ne pouvait trouver quelque chance de réussite que dans une éloquence
entraînante, ployait les genoux, tendait les mains,
et de grosses larmes coulaient sur son visage aux
tons bistrés.

Lionel Warton parut hésiter.

L'Espagnol ne respirait plus.

— Eh ! bien, soit ! — dit tout à coup le pseudo-
nabab, — je vous sauverai...

Mercuzza sentit son cœur se dilater brusquement.

Il avait réussi !

— Ah ! monsieur, — balbutia-t-il, — ma reconnaissance éternelle...

— Je vous sauverai, — répéta Lionel, — mais à une condition.

— Quelle qu'elle soit, je l'accepte d'avance...

— En êtes-vous bien sûr ? — demanda le maître du logis avec une intonation railleuse inaperçue de l'Espagnol qui s'écria :

— J'espère, monsieur, que vous n'en doutez pas

— Que faut-il faire ?

Lionel regarda son interlocuteur bien en face et répondit :

— Ce qu'il faut faire ? — Tout simplement me donner la preuve que vous vous nommez Juan de Funcal.

Étourdi par ce coup auquel il ne s'attendait point, Mercuzza changea de visage et chancela, mais il se raidit, s'efforça de dominer son émotion, de cacher son trouble et, payant d'audace, répliqua :

— Sans doute je vous comprends mal...

— Vous me comprenez bien...

— Auriez-vous la pensée, monsieur, de contester que le nom que je porte soit bien à moi ?

— J'ai cette pensée, puisque je vous invite à me prouver qu'il vous appartient.

— Je le ferai sans peine...

— Comment?

— En écrivant au corrégidor de la bourgade de

Puycerda, près Grenade, mon pays natal, et en me faisant envoyer par lui mes papiers de famille...

— Et de ces papiers résultera la preuve que vous êtes un Funcal ?

— Assurément ! — Le doute à cet égard serait une insulte pour moi...

— Vous mentez, monsieur ! — dit Lionel d'une voix vibrante. — Le dernier des Funcal est mort depuis cinq ans ! La famille est éteinte !...

— C'est une erreur... — balbutia le misérable.

— Démentez donc ce document authentique émané de l'ambassade d'Espagne à qui je m'étais adressé pour obtenir des renseignements...

Lionel prit sur la table l'enveloppe dont nous avons signalé le large cachet rouge, en tira une lettre officielle, la mit sous les yeux de l'armateur écrasé, tremblant, dont les prunelles vacillaient, et poursuivit :

— Maintenant que je vous ai dit qui vous n'étiez pas, je vais vous dire qui vous êtes... — Écoutez ces quelques lignes que tout Paris a sous les yeux ce soir.

Le pseudo-nabab laissa retomber la lettre, prit et déploya le journal et lut tout haut :

« — *La police espagnole avait, depuis plusieurs années, perdu les traces d'un dangereux coquin échappé des prisons de Madrid et qu'on supposait mort. — Elle vient d'apprendre que ce malfaiteur,*

dont le nom véritable est RUIZ CALZADA, ayant
trouvé moyen de prendre passage à bord d'un
navire et de débarquer à Porto-Rico, s'était fait
admettre sous le pseudonyme de MERCUZZA, avec
le titre et les fonctions de commandeur des nègres, dans l'habitation d'un planteur immensé-
ment riche, et qu'enfin aujourd'hui, affublé d'un
grand nom dont le dernier légitime possesseur
n'existe plus depuis cinq années, le nom de FUNCAL,
il s'est fait armateur au Havre avec des capitaux
dont l'origine est inconnue et par conséquent plus
que suspecte. — L'extradition vient d'être accor-
dée par notre gouvernement, et à l'heure où pa-
raîtra ce journal il est probable que la police aura
mis la main sur le prodigieux scélérat qui s'est
appelé tour à tour RUIZ CALZADA, JOSÉ MERCUZZA,
JUAN DE FUNCAL, et dont le bagne terminera la
trop longue odyssée. »

Lionel avait fini.

Il posa le journal sur la table et demanda :

— Eh bien ! qu'en dites-vous ?

Vaincu, terrassé, défaillant, Mercuzza crut se
voir les menottes aux poignets, entouré de gen-
darmes, traîné dans une prison française en attendant qu'il fût rendu au bagne espagnol.

Une telle vision l'affola.

Il se laissa tomber aux genoux de Lionel en
murmurant :

— Grâce, monsieur!... ne me livrez pas!...
Je ne vous ai rien fait...

— Vous avez accepté mon argent et vous avez
signé vos reçus d'un nom qui n'était pas le vôtre!
— Vous ne méritez aucune pitié...

— Oui je suis un infâme et je vous ai trompé,
— poursuivit Mercuzza, — mais que vous importe?... vous êtes si riche! Laissez-moi fuir...

— Lâche! — S'il vous restait un peu de cœur
vous vous tueriez pour échapper au bagne... —
Prenez cette arme et faites justice!

La main de Lionel désignait le revolver.

— Non... non... non... — balbutia l'Espagnol.

— Si le courage vous manque voulez-vous que
je vous tue?

— Je veux vivre... ne me tuez pas... accordez-
moi ma grâce...

— Ta grâce! — répéta Lionel dont la physionomie devint farouche et la voix sifflante. — Ce
n'est pas à moi seul qu'il faut la demander!

Mercuzza s'était relevé d'un bond et, livide d'effroi, reculait devant le regard implacable fixé sur
lui.

— A qui donc? — fit-il.

— A mes sœurs Carmen et Marie! aux enfants
de Noëmi, ta victime! aux vierges martyres tom-
bées sanglantes sous ton fouet, bourreau!...

Mercuzza, fou de terreur, n'avait plus figure
humaine.

IV   4

Une lueur soudaine et sinistre traversa son esprit, comme un éclair illumine un ciel sombre.

— Cora ! — cria-t-il, en délire. — Vous êtes Cora ! !

— Oui, Cora, qui te tient et qui va se venger...

— Non ! — répliqua le misérable, dont l'épouvante galvanisa soudain l'énergie. — Cora, qui va mourir !

Et, bondissant comme un tigre jusqu'à la table, il saisit le revolver à crosse d'ébène et fit feu sur la jeune fille dont trois pas tout au plus le séparaient.

XLI

Un bruit sec, qu'aucune détonation ne suivit, fut l'unique résultat de la tentative de Mercuzza.

L'arme n'était point chargée.

Cora, tirant de sa poche un second revolver et ajustant froidement l'Espagnol, lui dit :

— N'avance pas, ou tu es mort !

Inutile menace ; — le bandit que paralysait désormais la certitude de son impuissance, n'avait plus la force de faire un mouvement.

— A moi !... — cria la jeune fille.

Une porte latérale s'ouvrit, et deux nègres appartenant à l'équipage de Jupiter franchirent le seuil du salon.

Sur un geste de leur maîtresse ils s'approchèrent de Mercuzza et lui passèrent une corde autour du corps sans qu'il fît mine de tenter la moindre résistance.

— Menez cet homme où vous savez... — commanda Mlle Bernier.

Les nègres entraînèrent Mercuzza qui se soutenait à peine.

Ils lui firent traverser la salle à manger et le vestibule et atteignirent la porte de l'escalier conduisant aux caves.

Cora les suivait.

En voyant devant lui les marches sombres, l'ex-associé de Martial Dereyne voulut reculer. — Ses dents claquaient. — Une sueur glacée mouillait son front.

Les nègres le contraignirent à descendre, l'un tirant sur la corde qui le garrottait, l'autre le poussant par derrière.

Au bout de l'escalier Mercuzza se trouva en pleine lumière dans une sorte de vaste crypte dont une douzaine de piliers massifs soutenaient la voûte.

Cette crypte était le résultat des travaux exécutés dans les caves par ordre de Cora, après l'acquisition de la Villa des Falaises.

L'Espagnol promena autour de lui des regards effarés et presqu'aussitôt ferma les yeux, comme pour échapper à quelque vision sinistre.

Il venait de voir un groupe composé de Carmen, de Marie, de Dolorès et du docteur Jocelyn.

Derrière ce groupe se trouvaient Jupiter et une poignée de noirs dont il connaissait les visages et dont il savait les noms, car tous venaient de Guayanila, tous l'exécraient, il en était sûr.

Ces nègres tenaient des torches. Les lueurs va-
cillantes de la résine projetaient l'ombre des piliers
sur le sol sablonneux.

Jean Renaud, qu'un intervalle de quelques pas
séparait des jeunes filles, croisait les bras sur sa
poitrine à côté d'une table sur laquelle se trouvaient une feuille de papier, un encrier et une
plume.

Le prisonnier tremblait de tous ses membres.
— Son visage exprimait la lâcheté dans ce qu'elle
a de plus vil, et la terreur atteignant son paro-
xysme.

Ses jambes fléchissaient sous le poids de son
corps. — Il serait tombé si l'un des noirs ne l'a-
vait soutenu.

Cora vint se placer en face de lui.

— Mercuzza, — lui dit-elle avec un sang-froid
terrible, — (car entre vos noms vrais ou faux, c'est
celui-là que je choisis) — vous nous reconnaissez
bien tous... — Voici mes sœurs dont le sang a
coulé sous les lanières de votre fouet, voici les
filles du grand et bon vieillard qui vous donnait
un asile dans sa maison, et dont vous payiez les
bienfaits par l'ingratitude et par la haine... —
Vous complotiez la ruine de cette famille qui vous
tendait généreusement la main !... — Ma mère
est morte, tuée par vous, et vous avez été complice
de l'assassinat de mon père !...

Mercuzza releva la tête :

— Accusation menteuse!... — répliqua-t-il d'une
voix rauque et brisée. — En frappant Noëmi je
faisais mon devoir... j'obéissais à l'homme que je
croyais le maître... — Quant à la mort de Richard
Bernier, personne n'en était coupable... Un acci-
dent n'est pas un crime...

Jean Renaud s'avança et dit :

— Je soutiens qu'il y a eu crime, que vous
avez été complice, et je le prouverai ! — Vous
n'avez point frappé, mais vous avez laissé frapper!... — Vous n'aviez point chargé l'arme homi-
cide, mais vous saviez que de cette arme allait
sortir la mort de votre bienfaiteur !... — Est-ce
vrai ?

En entendant la voix qui venait de parler, l'ex-
commandeur tourna ses yeux effarés vers le faux
mulâtre, et après l'avoir regardé pendant une seconde balbutia :

— Michel Servan!!...

— Est-ce vrai? — répéta Jean Renaud.

— Je nie! Je nie avec indignation!...

— Adonis, viens ici... — commanda l'évadé de
la Dorade.

L'un des nègres sortit du groupe et s'approcha.

— Dis-nous ce que tu sais... ce que tes yeux
ont vu... ce que tes oreilles ont entendu... —
poursuivit Jean Renaud.

— J'étais au Morne-Rouge, à dix pas du señor
Dereyne quand il a épaulé son riflé... —commença

le nègre Adonis. — Je l'ai vu viser avec soin et presser la détente... — J'ai vu le patron tomber...

— Et tu es sûr qu'il est tombé sous le feu de Martial Dereyne?

— J'en suis sûr. — Je vous l'ai déjà dit et je vous l'ai déjà prouvé...

— Répète-le et prouve-le de nouveau...

— Le sénor Mercuzza s'est approché du sénor Dereyne, lui a mis la main sur l'épaule, et j'ai entendu ces mots : — *Mes compliments, sénor ! Voilà une balle qui vaut quarante millions !*

— Eh bien! — demanda Jean Renaud à l'Espagnol, — la preuve est-elle faite, et nierez-vous encore ?

— Toujours!... — Quelle valeur attachez-vous à la parole d'un nègre?... — D'ailleurs, en admettant qu'un crime ait été commis j'en serais innocent... Je ne l'avais pas conseillé...

— Vous ne l'avez pas dénoncé! — Votre silence vous en faisait complice...

— Martial Dereyne est le seul coupable...

— Soyez tranquille, il sera puni...

Jean Renaud saisit l'Espagnol par le poignet et le traîna jusqu'à la table.

— Écrivez! — ordonna-t-il en désignant du geste la feuille, et en trempant la plume dans l'encre.

— Quoi? Que voulez-vous que j'écrive?...

— Cette déclaration : — *J'atteste que Marti,*
Dereyne a tué sous mes yeux volontairement, à
Morne-Rouge, d'un coup de carabine, son onc,
Richard Bernier dont il convoitait l'héritage.

— et signez de ce nom de Mercuzza que vous po
tiez alors !...

— Si j'écris, aurai-je ma grâce ?

— Écrivez ! — répéta Jean Renaud. — Écrive,
et hâtez-vous ! — Vous voyez bien que nous a
tendons !...

L'Espagnol, se raccrochant à un dernier espo
de pardon, prit la plume que lui tendait le fau
mulâtre, et d'une main tremblante écrivit et sign,

— Et maintenant que j'ai obéi, — balbutia-t-i
— qu'allez-vous faire de moi ?

— Vous juger !

— La loi vous le défend !

— Tu es hors la loi ! — répliqua Jean Renau
en haussant les épaules.

— Vous n'êtes pas des juges !

— Nous sommes des vengeurs ! — dit Cora.

Puis, se tournant vers les témoins de cette scèn
effrayante, elle reprit :

— J'accuse cet homme de s'être rendu con
plice de l'assassinat de mon père par ses consei
et par son silence ! — Je l'accuse d'avoir été
bourreau de mes sœurs, le meurtrier de ma mère

— Quel châtiment mérite cet homme ?

— La mort ! — répondit Jean Renaud. — Quiconque a tué doit mourir !

— La mort ! — répétèrent toutes les voix à l'exception de celles de Marie et de Dolorès.

Les jeunes filles se serrant l'une contre l'autre, livides, frémissantes, n'avaient pas répondu.

Si légitime que fût la vengeance, ces enfants ne se sentaient point le courage de prononcer un arrêt de mort.

— Je ne veux pas mourir ! — balbutia le prisonnier dans un râle. — Vous n'avez pas le droit de me tuer ! — Votre prétendue vengeance est un crime... — Mon cadavre criera contre vous !... — A votre tour vous serez accusés, jugés et condamnés !

— Vous êtes fou, Mercuzza ! — répondit la jeune fille d'un ton farouche. — Que m'importait votre ruine ? — Si je l'ai payée deux millions, si j'ai commandé l'incendie de vos navires à mon fidèle Jupiter, si j'ai fait insérer dans un journal du soir l'article que je vous lisais tout à l'heure, c'est pour que personne ne pût douter de votre fuite ou de votre suicide... Et personne n'en doutera !... — « *N'ayant plus en perspective que la misère et l'infamie,* — dira-on, — *il s'est tué ou il s'est sauvé. — Il a bien fait !...* » — Et ce sera votre oraison funèbre ! — Comprenez-vous cela, Mercuzza ?

Le bandit baissa la tête sans répondre.

Il comprenait.

Cora poursuivit, en s'adressant à ceux qui l'entouraient :

— L'arrêt est prononcé, l'infâme va payer de sa vie le sang versé par lui... — il mourra, mais comment doit-il mourir ?

— Comme est morte Noëmi ! — répondit Jean Renaud. — Le fouet fera justice.

— Oui, oui, le fouet... — crièrent les nègres. — C'était son arme favorite !... Il aimait s'en servir pour frapper les esclaves... — Il est juste qu'à son tour il soit frappé ! !

Mercuzza se tordait les mains.

— Non... — dit-il d'une voix brisée. — Non, vous ne ferez pas cela ! M'infliger un pareil supplice serait trop lâche et trop cruel ? — Mourir sous le fouet, c'est hideux...

— C'est sous le fouet qu'est morte ma mère ! — répondit la vengeresse, les sourcils contractés et les yeux pleins d'éclairs. — Bourreau, souviens-toi donc et tais-toi !

Puis elle ajouta :

— A l'œuvre, Jupiter, cet homme t'appartient !...

Deux nègres s'approchèrent de l'Espagnol et lui maintinrent les bras tandis que Jupiter, fendant d'un coup de couteau ses vêtements depuis le cou jusqu'à la ceinture, et les arrachant ensuite, découvrait la maigre poitrine et les épaules anguleuses du scélérat qui, se laissant tomber à genoux,

murmura presque machinalement, car la terreur
anéantissait ses facultés :

— Grâce... ayez pitié... Faites-moi grâce...

— Ma mère et mes sœurs demandaient grâce !
— dit Cora. — Tu as été sans pitié pour elles...
— On sera sans pitié pour toi...

Jupiter et Toby tenaient chacun un fouet de cuir
aux lanières dures et tranchantes.

Cora fit un signe convenu.

Ce fut Jupiter qui le premier leva son arme, et
d'un mouvement rapide et nerveux lança les cour-
roies sifflantes.

Toby frappa immédiatement après.

Un hurlement de douleur jaillit du gosier de
l'Espagnol.

Jupiter et Toby continuèrent à frapper en alter-
nant leurs coups.

Mercuzza hurlait toujours.

La chair meurtrie se tuméfiait ; — des sillons
se creusèrent ; — le sang jaillit, éclaboussant les
tortureurs d'une rosée couleur de pourpre.

Mercuzza se tordait comme un épileptique dans
sa crise. — Il se serait roulé sur la terre battue
comme les tronçons disjoints d'un serpent, si deux
bras vigoureux ne l'avaient maintenu.

— Frappez encore ! — répétait Cora prise d'une
sorte de délire. — Frappez toujours ! Frappez plus
fort !

Les clameurs aiguës de Mercuzza ébranlaient

la voûte. — Les lanières tombaient sans relâche, enlevant des lambeaux de chair.

Le sang ruisselait, formant sur le sol une large mare d'un rouge sombre.

Jean Renaud restait impassible.

De petits frissons nerveux couraient sur l'épiderme du docteur Jocelyn.

Les narines des nègres se dilataient, leurs yeux étincelaient de joie à la vue du supplice de leur ennemi.

Carmen contemplait l'affreux spectacle avec une ardeur curieuse mêlée de beaucoup d'épouvante.

Marie et Dolorès effarées cachaient leur visage dans leurs mains, et s'efforçaient de ne pas entendre les cris du misérable...

XLII

En assistant au supplice de Mercuzza, Marie se sentait défaillir.

Si juste, si mérité que fût le châtiment, elle ne pouvait chasser de son âme une sorte de pitié pour cet homme dont le sang coulait sous ses yeux et dont les hurlements d'agonie retentissaient à ses oreilles.

Mais sa défaillance venait surtout de la pensée que Léopold se trouverait fatalement enveloppé dans la vengeance de Cora, et que pour lui, comme pour quiconque faisait partie de la famille de Martial Dereyne, cette vengeance serait implacable.

Les nègres cependant continuaient à frapper.

Les forces de l'Espagnol s'en allaient avec son sang. — Sa voix s'éteignait dans sa gorge. — Il ne criait plus, il râlait.

Tout à coup son visage devint d'un rouge sombre. — Ses yeux tournèrent dans leurs orbites, ne laissant plus voir que le blanc du globe.

Cora fit un signe.

Les deux nègres lâchèrent à la fois les bras de Mercuzza.

L'ex-armateur, cessant d'être soutenu, s'abattit la face contre terre ; un tressaillement suprême agita ses membres, puis le corps se raidit et ne remua plus.

Le docteur Jocelyn, se penchant vers lui, appuya la main sur le côté gauche de sa poitrine.

— Eh bien ! — demanda Cora Bernier.

— Eh bien ! maître, justice est faite... — répondit le médecin mulâtre. — Il est mort.

— Mort ! — répéta la vengeresse, puis elle ajouta : — C'est le second déjà ! et le plus criminel n'est pas encore puni, mais le moment est proche !!! — Oh ! mon père assassiné, oh ! ma mère tombée sous les coups de ce bourreau, serez-vous contents de votre fille ?

En ce moment Marie poussa un faible gémissement, appuya sa tête pâlie sur l'épaule de sa cousine effrayée, et perdit connaissance.

— Au secours ! — cria Dolorès. — Marie se trouve mal...

Jocelyn courut à la jeune fille et lui fit respirer des sels qui la ranimèrent à demi.

— Ce ne sera rien, — dit-il, — mais il faut l'éloigner, afin que ce spectacle effrayant ne frappe plus ses yeux quand ils se rouvriront...

Robinson souleva dans ses bras l'enfant presque inanimée et l'emporta hors de la crypte.

Carmen et Dolorès la suivirent.

— Faites ce que j'ai commandé... — reprit Lionel Warton.

Jupiter et Toby enveloppèrent alors le cadavre de Mercuzza dans des toiles goudronnées qui ne laissaient pas une goutte de sang filtrer au dehors; puis le sinistre paquet fut ficelé comme une momie.

Le pseudo-nabab se tournant vers Pierre Landry lui demanda :

— La voiture est-elle prête?

— Oui, maître... — répondit l'homme au tatouage.

— Qu'on y porte le corps...

Deux nègres prirent le cadavre et gagnèrent l'escalier qui conduisait au rez-de-chaussée.

Lionel Warton les suivit après avoir dit à Pierre Landry :

— J'ai promis de vous venger de Rose Bonchamp et de Martial Dereyne... je tiendrai ma promesse...

L'ex-forçat s'inclina, silencieux et frissonnant.

La dépouille funèbre de Mercuzza avait été placée sur une des banquettes de la voiture venue de Paris.

Cora et Jocelyn s'assirent en face.

Jean Renaud s'installa sur le siège, ayant Jupiter auprès de lui, et prit les guides.

Pierre Landry ouvrit la porte. — La voiture partit au grand trot, mais au lieu de se diriger vers le Havre elle gagna la route d'Étretat.

Au sommet de la côte ardue qui domine la ville, elle prit à gauche un chemin pratiqué à travers champs, et ne tarda pas à atteindre la falaise où elle fit halte.

Un de ces sentiers escarpés et à peine praticables, qu'en Normandie on appelle des *valleuses* et que les bouleversements de l'écorce terrestre ont taillés dans le granit des falaises, permettait de descendre jusqu'à la grève où la mer calme déferlait sur les galets avec un bruit doux et monotone.

Deux nègres attendaient au point culminant de cette valleuse.

Ils chargèrent le cadavre sur leurs épaules et s'engagèrent avec leur fardeau dans les méandres du sentier presque à pic.

Cora, Jean Renaud et Jupiter descendaient derrière eux.

Jocelyn restait seul près de la voiture.

On atteignit la grève.

A cent mètres tout au plus de la falaise un canot, monté par des noirs de l'équipage du sloop *le Vengeur*, se balançait sur la crête des petites vagues.

Un coup de sifflet de Jupiter le fit approcher.

Les nègres se mirent dans l'eau jusqu'aux hanches et jetèrent le corps dans le fond de ce canot où se trouvait déjà une forte chaîne terminée à chacune de ses extrémités par un boulet.

On attacha cette chaîne aux pieds du cadavre et le canot s'éloigna de la plage.

Au bout de dix minutes on stoppa et la sonde apprit aux matelots qu'ils naviguaient sur une profondeur de cent pieds au moins.

L'endroit était bon.

L'abîme s'entr'ouvrit, puis se referma sur la dépouille mortelle du sénor Mercuzza !

. . . .

Une heure plus tard la voiture franchissait de nouveau la grille de la villa d'Ingouville.

Marie, étendue sur son lit par les soins de Carmen et de Dolorès, avait repris connaissance et, brisée de fatigue, elle s'était endormie en pleurant.

Cora donna ses instructions à Jocelyn qui devait retourner immédiatement à Paris, et qui repartit en effet par un des premiers trains du matin, avec Carmen, Marie, Dolorès et Robinson.

La vengeresse et Jean Renaud restèrent seuls au Havre, mais ils se proposaient de regagner à leur tour Paris le soir même.

Léopold Dereyne, nous l'avons dit, après avoir

erré à travers la ville pendant une partie de la
nuit, avait fini par demander un lit dans un hôtel
pour y goûter un repos indispensable qui lui permît de continuer le lendemain des recherches sur
le résultat desquelles nous devons l'avouer, il ne
comptait que médiocrement.

Quand un rayon de soleil entrant par la fenêtre
de sa chambre à neuf heures du matin le tira de
son sommeil lourd, sa bien-aimée Marie Bernier,
ou plutôt Mary Warton, roulait depuis longtemps
déjà vers la grande ville à une vitesse de quarante
kilomètres à l'heure.

L'étudiant se leva, honteux d'avoir si longtemps
dormi, et courut au chemin de fer où il espérait
obtenir quelques renseignements.

Cet espoir fut déçu.

Aucun employé ne put répondre d'une façon
satisfaisante à ses questions multiples.

Aucun signalement ne se rapportait à celui (si
caractéristique et si facile à reconnaître) de Lionel
Warton et de ses cousines.

A onze heures Léopold entra dans un café et
déjeuna légèrement. — Il n'avait aucun appétit
mais il fallait bien se soutenir...

Un peu après midi une inspiration lui traversa
l'esprit.

Il se souvint tout à coup que Lionel Warton
avait sinon commandité, du moins soutenu de ses
capitaux l'associé de Martial Dereyne ; — il

ignorait que cette association eût été dissoute quelques jours auparavant.

Selon toute apparence M. de Funcal l'aiderait à trouver Lionel Warton dont il ne pouvait, croyait-il, ignorer la présence au Havre.

Il prit donc le chemin de la maison du quai d'Orléans, avec la ferme confiance qu'il y recueillerait les renseignements vivement souhaités, et vainement cherchés ailleurs.

Les bureaux étaient ouverts, mais un trouble inouï, une confusion inextricable y régnaient.

Deux heures auparavant, M. de Funcal ne sonnant point son valet de chambre et ne paraissant pas, on avait craint que quelque malheur ne fût arrivé et l'on s'était décidé à faire ouvrir par un serrurier la porte de l'appartement.

Dans cet appartement, personne.

Le lit intact prouvait jusqu'à l'évidence que l'armateur ne s'était point couché — du moins chez lui — la nuit précédente.

On ne supposa tout d'abord rien de fâcheux, et l'on fit nombre de plaisanteries épicées sur les bonnes fortunes du patron.

Le caissier cependant se grattait la tête et ne disait mot.

Il savait que M. de Funcal avait à payer le matin même une somme importante, et il s'étonnait de son absence que n'expliquait pas du tout, selon lui, une aventure galante à laquelle il ne croyait guère.

A mesure que passait le temps sans que l'armateur reparût, des symptômes d'inquiétude commençaient à se manifester et ne tardèrent point à prendre de fort grosses proportions.

Bientôt le bruit se répandit que les deux navires le *Petit-Havre* et le *François Ier* avaient péri par l'incendie en pleine mer, comme avant eux le *Tancarville* et le *Morlaision*, et que M. de Funcal était avisé depuis la veille de ce double sinistre.

Une nouvelle de ce genre ouvrait le champ à toutes les conjectures, et l'on ne se fit pas faute d'imaginer et d'affirmer les choses les plus contradictoires et les plus fantaisistes.

Vers midi un huissier se présenta, porteur de traites d'une valeur de neuf cent mille francs.

Le caissier répondit qu'il n'avait pas de fonds.

L'huissier signifia son protêt et déclara qu'il allait immédiatement assigner en déclaration de faillite.

A partir de ce moment la rumeur publique, ne se fondant plus sur des conjectures plus ou moins vraisemblables, mais sur une certitude absolue — (celle de la ruine de la maison Funcal) — devint bruyante et presque menaçante.

Tous les gens à qui l'armateur devait quelque chose, à quelque titre que ce fût — et naturellement ils étaient nombreux — se rassemblèrent devant le logis du quai d'Orléans et s'agitèrent avec force invectives et récriminations, comme si l'effet de cette agitation et de ces invectives pouvait avantageusement modifier l'avenir des créances compromises.

Chose singulière et qui manque rarement de se produire en semblable occurrence, les gens auxquels il était dû le moins criaient plus fort que les gros créanciers.

Ce fut un bien autre tapage quand on se passa de main en main deux ou trois exemplaires du journal parisien du soir, dénonçant M. de Funcal comme un dangereux malfaiteur évadé des prisons de Madrid.

Léopold Dereyne, arrivant au quai d'Orléans, traversa ces groupes enfiévrés et tumultueux.

Sa préoccupation était si grande qu'il s'aperçut à peine de ces rassemblements et n'en soupçonna point la cause.

Il franchit le seuil de la maison et entra dans le cabinet du caissier qu'il connaissait de longue date comme ayant rempli pendant des années les mêmes fonctions près de Martial Dereyne, son père.

Le caissier parut très surpris.

— Monsieur Léopold ! — s'écria-t-il. — Ah ! par exemple, s'il y a quelqu'un que je ne m'attendais pas à voir aujourd'hui, on peut dire que c'est vous !

XLIII

— Je suis au Havre tout à fait en passant...— répondit Léopold à l'exclamation du caissier.

— Quand êtes-vous arrivé ?

— Cette nuit.

— Et quand repartirez-vous ?

— Peut-être aujourd'hui, peut-être seulement demain... — Cela dépend des circonstances... — Puis-je parler à M. de Funcal ?

— Parler à M. de Funcal !... — répéta le caissier dont la surprise se changeait en stupeur.

— Mais, sans doute... — qu'y a-t-il d'étonnant à cela ?...

— Ah ça ! monsieur Léopold, vous ne savez donc rien ?

— Absolument rien...

— Je vais alors vous apprendre une mauvaise nouvelle : Les paiements sont suspendus... la maison se trouve en pleine déconfiture et le patron a disparu.

—Disparu!... M. de Funcal! — répéta l'étudiant stupéfait.

— Depuis hier au soir.

— Où peut-il être?

— Bien malin qui le saura! — Ou il a pris la fuite, ou il se cache, ou il s'est suicidé...

— Il était donc ruiné sans ressources?

— Oh! absolument... La faillite sera déclarée d'une heure à l'autre, et nul espoir de se relever... — Plus de capitaux, plus de confiance, et par conséquent plus de crédit... — On parle en outre d'un journal de Paris qui prétend que le patron était un pur et simple filou et ne s'appelait point de Funcal.

— Ah çà! mais, — reprit Léopold, — cette catastrophe doit entraîner pour mon père des pertes considérables...

— M. Dereyne ne perd pas un sou.

— Impossible puisqu'il est associé!

— Il ne l'est plus... — Comment ignorez-vous cela?...

— Mon père ne m'a jamais rien dit de ses affaires...

— Eh bien, depuis quelques jours, depuis son voyage à Paris, M. de Funcal se trouvait seul à la tête de la maison...

— Il avait donc désintéressé mon père?...

— Non pas lui, mais un jeune homme, un riche

étranger, qui s'était chargé du remboursement de
M. Dereyne et sur qui retombe la perte.

— Comment s'appelle cet étranger ?

— Lionel Warton.

Léopold tressaillit en entendant prononcer ce
nom.

— Avez-vous vu, hier ou aujourd'hui, M. Warton ? — demanda-t-il vivement.

— Non... et je doute qu'il soit au Havre, mais
je n'ai que trop vu ses traites, présentées d'abord
à Funcal par le représentant de la maison Sydney
et Brown de la Trinité, et ensuite, hélas ! à ma
caisse par l'huissier Jacquinot de notre ville.

L'amoureux de Marie ne questionna pas davantage et, certain de ne pouvoir obtenir aucune
information utile, quitta le cabinet du caissier
et se dirigea machinalement vers le centre de la
ville, la tête basse et découragé.

Il suivait le trottoir de la rue de Paris et s'absorbait dans ses réflexions mélancoliques ; une
main se posa sur son épaule et une voix bien
connue dit à son oreille :

— Ma parole d'honneur, j'hésite à vous reconnaître ! — Est-ce bien vous, mon cher Léopold,
ou suis-je abusé par quelque ressemblance ?

L'étudiant se retourna et vit en face de lui les
visages souriants de Lionel Warton et de Doménico Séballa.

— Vous ne vous trompez pas... — balbutia-t-il, — c'est bien moi, cher monsieur Lionel...

Il allait ajouter : — « *Et très étonné de vous rencontrer ici...* » Mais sa candeur recula devant un si gros mensonge.

Le châtelain de Saint-Ouen reprit :

— Vous avez lu sans doute hier, à Paris, certain journal du soir, et vous êtes venu aussitôt au Havre, vous assurer par vos propres yeux de l'écroulement de la maison Funcal...

Léopold fit une réponse ambiguë que Lionel était libre d'interpréter à sa guise.

— L'écroulement est complet... — poursuivit le pseudo-nabab. — Il paraît que ce gredin de Funcal était un évadé des prisons espagnoles... — Où avait-il pris de l'argent pour se mettre dans les affaires? Voilà ce qu'on ignore et ce qu'on ne saura peut-être jamais... — Se voyant démasqué il a dû se jeter à l'eau ou se faire sauter la cervelle en quelque lieu désert... — Un de ces jours on retrouvera son corps, car je ne crois guère à sa fuite... — C'était un filou très habile... — Il avait su m'inspirer une confiance à peu près illimitée... — Bref j'ai été sa dupe, fort heureusement pour M. votre père dont j'ai pris la place, et dont j'ai sans le savoir sauvegardé les intérêts...

— Mais vous, monsieur Warton, — demanda Léopold, — vous perdez beaucoup d'argent?

Lionel fit un geste d'insouciance.

— Deux millions deux cent mille francs envi
ron... — répondit-il.

— C'est colossal !

— Laissez donc !! — répliqua Lionel en riant
— C'est une bagatelle, au contraire... une simpl
bagatelle... pour moi du moins... — Autre chose
— Je suis parti si brusquement que je n'ai p
vous aviser de mon départ... — Etes-vous allé
Saint-Ouen, hier ?...

— J'y suis allé... j'ai questionné...

— Que vous a-t-on répondu ?...

— Que le château était désert et qu'on ignora
le but de votre voyage et la durée probable d
votre absence...

— On ne vous disait que la vérité...

— Me permettez-vous de vous demander de
nouvelles de Mlles Warton ?

— Mes cousines se portent le mieux du monde...

— Sont-elles au Havre avec vous ?

— Elles y étaient ce matin encore.

— Et maintenant ? — balbutia Léopold.

— Maintenant un train de grande vitesse le
ramène à Paris.

— Mlles Warton retournent à Saint-Ouen ? —
s'écria l'étudiant avec joie.

— Oui, et nous les y rejoindrons ce soir même
Doménico Séballa et moi, car nos affaires son
terminées et nous allons partir à notre tour.

Après un silence, Lionel ajouta :

— Quelque motif sérieux vous retient-il ici ?

— Aucun, — répondit Léopold.

— Eh bien, faites le voyage en notre compagnie... — Le temps nous semblera plus court à tous les trois.

— Je vous remercie de me l'avoir proposé, et j'accepte avec empressement.

Une heure après, Cora, Jean Renaud et le plus jeune fils de Martial Dereyne montaient dans un wagon réservé.

A la gare Saint-Lazare on se sépara et Lionel, serrant la main de Léopold, l'engagea chaudement à venir à Saint-Ouen dès le lendemain.

Le jeune homme promit, et courut aussitôt chez son frère Georges afin de le prévenir du prompt retour de Mlles Warton et de leur cousin.

En arrivant au château Lionel trouva sa plus jeune sœur souffrante.

On se souvient que la pauvre enfant s'était évanouie dans les bras de Carmen après avoir assisté au châtiment terrible de Mercuzza.

La chère mignonne était trop frele pour affronter des émotions pareilles. — Son organisation délicate, sa nature de sensitive, avaient subi un ébranlement funeste. — L'âme et le corps souffraient en même temps.

Il lui faudrait plusieurs jours pour se remettre, elle le sentait bien, et elle s'en réjouissait presque.

— Son état maladif lui permettant de ne point

quitter sa chambre, elle éloignerait momentané
ment de Léopold le péril qui planait sur la tête d
jeune homme.

— Je l'aime et je l'attire dans un piège, — s
répétait Marie sans cesse avec douleur, avec épou
vante, — et cependant pour le sauver je donne
rais ma vie !... Mourir pour lui, voilà le seul bon
heur que désormais je puisse espérer !

Et la pensée du sacrifice germait et grandissa
dans cette âme ingénue, dans ce cœur géné
reux...

.   .   .   .

Quittons pour un instant le château des *fille*
de bronze et prions nos lecteurs de nous accom
pagner à l'hôtel de la rue Saint-Dominique.

Il était un peu plus de midi.

La comtesse douairière, son fils Gontran et s
belle-fille déjeunaient dans une salle à manger d
plus pur style Louis XIII.

Seule l'ex-Blanche Hervieux faisait honneur
tous les mets d'un plantureux repas.

Gontran, que l'étrange attitude de sa femme
son égard commençait à inquiéter un peu plus qu'
ne voulait se l'avouer à lui-même, ne mangea
que du bout des dents.

La comtesse Amélie, habituellement douée d'u
robuste appétit (que justifiaient sa vitalité puis
sante et la chaleur de son jeune sang), très gour
mande en outre, très raffinée dans sa gourmandis

et tenant en haute estime les exquises jouissances dont la cuisine savante est la source, suçait dédaigneusement une aile de perdreau, ou dépouillait distraitement la patte charnue et rosée d'une écrevisse de la Meuse, ce qui équivalait pour elle à ne pas manger du tout.

Elle était très changée depuis trois ou quatre jours, la comtesse Amélie, mais non moins belle, plus belle encore peut-être.

Une pâleur ambrée, uniformément répandue sur son visage, remplaçait la faible coloration de son teint.

Le violent incarnat de ses lèvres humides, que mordillaient de seconde en seconde ses petites dents d'ivoire, tranchait sur cette pâleur.

Sous ses paupières se dessinait ce cercle d'azur d'une délicatesse infinie qui fait sourire les hommes quand il estompe le contour des beaux yeux d'une jolie femme, surtout lorsque cette jolie femme est depuis peu de temps en puissance d'amant ou de mari.

Quatre jours auparavant, — le soir où pour la première fois il s'était joint aux visiteurs habituels de l'hôtel de Lasseny — Lionel, en sentant la comtesse s'appuyer sur son bras avec une morbidesse provocante et l'envelopper des flammes voluptueuses de son regard, avait murmuré le vers célèbre :

C'est Vénus tout entière à sa proie attachée !

Il ne se trompait pas.

Depuis la rencontre à laquelle nous avons fai
assister nos lecteurs, rue du Rocher, près d
fauteuil du paralytique, Amélie Dereyne, devenu
comtesse de Lasseny, appartenait tout entière
cette Vénus dont la plus grande joie, — (selon l
Belle-Hélène), — est de mettre les femmes à ma
et de jouer de mauvais tours aux maris...

> Dis-moi, Vénus, pourquoi t'amuses-tu
> A faire ainsi cascader ma vertu ?...

En d'autres termes, la comtesse Amélie s'étai
éprise à première vue de Lionel Warton ave
toute l'impétuosité de sa nature ardente, et tout
la fougue de son cerveau mal équilibré.

Elle se sentait *mordue au cœur,* nous l'avon
entendue le dire elle-même. — Elle en perdait l
tête. — Elle en devenait folle...

A la suite de la réception à l'hôtel de la ru
Saint-Dominique, réception dont nous racontion
un peu plus haut les moindres incidents, Amélie
sûre de sa beauté et convaincue, — (non sans rai
son) — qu'aucun homme ne pouvait se soustrair
à sa domination victorieuse, comptait le lendemain voir accourir Lionel, et s'était mise sous le
armes.

Le lendemain s'écoula sans amener la visite at
tendue.

Le surlendemain, il en fut de même.

Après avoir égrené toutes les suppositions, épuisé toutes les conjectures, Amélie, désolée, furieuse, ne se possédant plus, sentant qu'une crise de nerfs était inévitable, et serait terrible si cet état d'intolérable incertitude se prolongeait, résolut de savoir tout de suite à quoi s'en tenir.

Elle écrivit à son frère aîné ces deux lignes :

« *J'ai besoin de te voir à l'instant, quitte donc tout et viens.* »

En remettant au valet de chambre de Gontran ce billet laconique, elle lui dit :

— Allez chez M. Georges... — Allez chez l'agent de change dont il est l'associé... — Allez à la Bourse... — Allez partout... — Trouvez mon frère... — Ramenez-le... — Ne rentrez pas sans lui.

XLIV

Au bout d'une heure et demie le valet de chambre reparut.

— Eh bien? — lui demanda fiévreusement la jeune femme.

— J'ai trouvé M. Georges Dereyne à la Bourse, — répondit-il, — et je lui ai remis le billet de madame.

— Pourquoi ne vous accompagne-t-il pas?

— M. Georges m'a chargé de dire à madame la comtesse qu'avant une demi-heure il serait ici.

Au bout d'un quart d'heure en effet Georges arriva.

Son visage était si pâle, ses traits bouleversés exprimaient une telle inquiétude, qu'Amélie, malgré ses préoccupations personnelles, ne put faire autrement que de remarquer ces symptômes et s'écria :

— Il se passe quelque chose de grave, n'est-ce pas?

— Ouï... — Depuis quarante-huit heures j'ai la tête à l'envers.

— Pourquoi ?

— Je suis, tu le sais, ou plutôt j'étais le fiancé officiel de la cousine de Lionel Warton.

Amélie tressaillit.

Son frère allait lui parler de Lionel, le premier, sans qu'il fût nécessaire de l'interroger.

— Je sais cela... — dit-elle vivement. — Ton mariage est-il rompu ?

— J'en ai peur... — Il se produit un fait inouï, auquel je ne puis trouver aucune explication vrai-semblable...

— Quel est ce fait ? Ne me laisse pas languir...

— Le lendemain de ton jour de réception, Lionel Warton et ses cousines ont quitté Saint-Ouen...

Un cri de stupeur et d'angoisse fut près de s'échapper des lèvres de la comtesse.

— Parti ! — balbutia-t-elle atterrée. — Il est parti !...

— Oui.

— Pour où ?

— Je n'en sais rien...

— Quand doit-il revenir ?

— Je l'ignore...

— Et tu n'étais pas prévenu de ce départ?...

— Non... — je ne l'ai su qu'en me présentant au château... — On me traite en indifférent, tu le vois, en visiteur banal... — C'est par un valet que j'apprends une nouvelle de cette importance !!!

— As-tu questionné ce valet ?

— Certes oui !!! — J'ai voulu mettre dans ses mains tout ce que j'avais d'or sur moi... — il a refusé d'accepter et de répondre... — « *Mon maître,* — m'a-t-il dit, — *ne me rend pas de comptes...* » Ou il est sincère, ou il a reçu l'ordre de se taire, et il obéit ponctuellement...

— C'est bien étrange !... — murmura la comtesse ; — que supposes-tu ?

— Rien de plausible, et mon esprit se perd en conjectures folles...

— Lionel Warton peut-il avoir quelque motif de rompre un mariage qu'il annonçait lui-même à nos amis dans les salons de cet hôtel ?

Georges secoua la tête.

— Aucun... — répliqua-t-il. — Ne cherche pas, tu ne pourrais trouver... — l'énigme est insoluble... — Je me débats dans les ténèbres et j'appelle en vain la lumière... — Je suis brisé... — je deviens fou...

Amélie prit les mains de son frère et d'un ton de pitié sincère lui demanda :

— Laura Warton est donc bien belle ?

— Aussi belle que Lionel est beau...

— Et tu l'adores ? — continua la jeune femme dont pendant une seconde un flot de sang colora le visage.

— Je l'aime, oui, — répondit Georges, — et puis
lle a six millions de dot...

La comtesse de Lasseny haussa les épaules et
sourit.

— Tu penses aux millions de la dot au moment
où disparaît la fiancée !... — répliqua-t-elle. —
Ah ! me voilà tranquille sur l'état de ton cœur...
— la blessure n'est pas dangereuse...

— La raillerie est cruelle ! — murmura l'associé
l'agent de change. — Suis-je assez riche pour
dédaigner la splendide fortune que m'apportait
Laura ?... — Les jolies femmes sont nombreuses,
les dots de six millions sont rares ! — Croyant ce
mariage certain, j'ai fait des dépenses que mes
seules ressources ne me permettaient pas... —
l'hôtel, l'ameublement, les chevaux, les voitures,
ont absorbé ce que je possède et plus encore... —
Si le mariage manque, ma position est compromise.

— L'argent !... toujours l'argent !... — dit
Amélie qui, n'entendant rien aux affaires, ne songeait plus à plaindre son frère.

— Ah ! oui, toujours l'argent ! — répéta ce
dernier. — Le Roi du monde ! SA MAJESTÉ
L'ARGENT !

— Allons donc ! tu blasphèmes ! — s'écria la
comtesse. — Le Roi du monde, c'est l'amour !
SON ALTESSE L'AMOUR !

— Idées de femme romanesque ! — murmura
Georges. — Tu ne me comprends pas...

— Je te comprends très bien, au contraire.
— Ton mariage manqué équivaut à une baisse
imprévue à la Bourse, amenant pour toi de
grosses pertes. — Tu te relèveras avec la hausse
— Ton portefeuille est en jeu, je le vois bien
mais non ton cœur. — Attends d'ailleurs pour te
désoler. — Qui t'affirme que M. Warton soit parti
sans esprit de retour ?

— Rien ne l'affirme assurément, mais ce mys
térieux départ est suspect... — Il ressemble tant
à une fuite...

— Peut-être seras-tu rassuré demain...

Le jeune homme pour toute réponse poussa un
long soupir et fit un geste d'incrédulité.

Au bout d'un instant il reprit :

— Mais c'est assez nous occuper de moi... -
Pourquoi ce billet si pressant ? — qu'as-tu donc
à me dire ?

Sachant ce qu'elle voulait savoir, Amélie n'avait
plus besoin d'interroger.

— En vérité, — répondit-elle, — je ne m'en
souviens guère... — tes inquiétudes et ton cha
grin m'ont fait oublier tout... — Je suis si bonne
sœur !... — Il s'agissait, je crois, de chercher
moyen d'éloigner de mon père cette impu len
créature dont la présence est un scandale...

— Rose Bonchamp ?...

— Rose Bonchamp, oui, c'est son nom, je m'en
souviens...

— Le moyen est trouvé... — Un conseil de famille, rassemblé par mes soins, provoquera l'interdiction ; quand l'interdiction sera prononcée nous serons les seuls maîtres, et nous chasserons l'ex-servante devenue maîtresse en titre, et qui pis est vieille maîtresse...

L'entretien du frère et de la sœur dura quelques moments encore, puis l'associé d'agent de change quitta l'hôtel de Lasseny en promettant d'y revenir dès qu'il saurait quelque chose de nouveau.

Le saisissement causé par l'annonce inattendue du départ de Lionel s'était dissipé vite, et la jeune comtesse se sentait moins agitée qu'avant la visite de son frère. — Voici pourquoi :

Les blessures faites à l'amour-propre sont tout particulièrement cuisantes. — Or, l'amour-propre d'Amélie ne souffrait plus.

Le grand crime de Lionel était de n'être point venu rue Saint-Dominique où l'attendait Mme de Lasseny.

L'alibi dûment prouvé par le témoignage de Georges justifiait le jeune homme.

Son absence il est vrai semblait inexplicable, mais peut être s'expliquerait-elle de la façon la plus simple du monde.

Il fallait s'armer de patience et ne rien préjuger.

La comtesse s'efforça de prendre sur elle et

d'imposer le calme à son cerveau en même temps
qu'à ses nerfs.

Elle n'y réussit pas longtemps, et au moment
où nous venons de la retrouver assise à la table
de famille, entre son mari et sa belle-mère, son
état de nervosisme physique et d'hystérie morale
prenait des proportions effrayantes.

— Je sens, — pensait-elle avec effroi, — que
d'une minute à l'autre je vais éclater en sanglots
et dire des choses insensées...

Quoique penchant la tête à demi sur sa poitrine,
elle voyait les yeux de Gontran fixés sur elle.

Leur expression, tout à la fois passionnée et
inquiète, l'irritait au lieu de la toucher.

— Pourquoi me regarde-t-il ainsi ? — se deman-
dait-elle rageusement. — Qu'y a-t-il de commun,
sauf le nom, entre cet homme et moi ?... — Il était
comte, il était riche... — Son titre et sa fortune
ont payé ma beauté radieuse et ma jeunesse en
fleur... — Je me méprise pour m'être vendue, et
je le hais pour m'avoir achetée...

Sans doute la physionomie de la jeune femme
devenait étrange tandis que ces idées de révolte
à outrance traversaient son esprit, car la comtesse douairière lui dit soudainement :

— A quoi donc pensez-vous, ma chère ?

Amélie fit un mouvement brusque comme une
personne qu'on éveille en sursaut et frissonna de
tout son corps.

La question de l'ex-Blanche Hervieux, quoique n'ayant rien d'insolite, suffisait à provoquer une explosion.

La fille de Martial Dereyne releva la tête.

De ses prunelles d'un vert sombre jaillit sur sa belle-mère un regard vipérin.

Elle allait répondre et, pour la première fois sans doute, montrer les griffes aiguës que depuis son mariage elle dissimulait.

Le temps lui manqua.

Le valet de chambre ouvrit la porte de la salle à manger et annonça :

— Monsieur Georges Dereyne...

L'associé d'agent de change entra d'un pas vif, salua la comtesse douairière, embrassa Amélie sur le front et serra la main de Gontran.

Une transformation complète s'était opérée depuis l'avant-veille dans l'attitude et dans la physionomie du jeune homme.

L'expression de fatigue, d'angoisse, de découragement, empreinte sur ses traits avait disparu.

Son front rayonnait de joie, ses yeux étincelaient de bonne humeur, sa bouche souriait.

Amélie le regardait avec stupeur et le reconnaissait à peine tant la métamorphose était surprenante et complète.

— Ah çà ! mon cher Georges, quel bonheur inespéré vous arrive ? — s'écria Gontran.

— Combien de millions viens-tu de gagner ? —
ajouta la jeune comtesse.

— Vous voyez en moi un homme absolumen
heureux ! — répondit le fils aîné de Martial.

— Nous avons hâte de partager votre joie... —
reprit Gontran. — Mettez-nous vite au fait...

— Vous y serez en quatre mots : — Le gran
jour est fixé !...

— Quel grand jour ?

— Celui de la signature de mon contrat de ma
riage avec Laura Warton...

Amélie ressentit une commotion si vive qu
sans le savoir elle se trouva debout.

— M. Lionel est revenu ? — s'écria-t-elle.

La douairière, lui lançant à son tour un regar
venimeux, demanda :

— Comment donc saviez-vous qu'il était parti
ma chère ?

— Par mon frère Georges que cette absenc
intéressait, madame... — répondit Amélie en croi
sant l'éclair de son regard avec l'éclair des yeu
de Blanche.

Georges reprit :

— Depuis hier soir il est réinstallé à Saint
Ouen avec ses cousines ; il m'a fait prévenir aus
sitôt par Léopold qui (chose bizarre) arrivait d
Havre en sa compagnie, car il était au Havr
tout simplement pour les affaires de M. de Fun
cal. — Elles n'allaient pas bien, les affaires ! —

M. de Funcal a suspendu ses paiements d'abord, et s'est jeté à l'eau ou brûlé la cervelle, on ne sait pas au juste. — Lionel perd deux ou trois millions, mais il s'en moque pas mal. — Il m'a fait les plus courtoises excuses au sujet de son départ imprévu et nous avons choisi le jour... — D'aujourd'hui en trois semaines nous signons au château, c'est absolument convenu... — Vous allez, d'un moment à l'autre, recevoir des invitations pour le dîner et pour la soirée... — Maintenant, adieu... on m'attend dans dix endroits... — Tout un monde d'emplettes à faire!... — Je me sauve!... à bientôt...

Et Georges s'éloigna, comme il était venu, d'un pas précipité.

XLV

L'associé d'agent de change avait à peine quitté depuis cinq minutes la salle à manger quand le valet de chambre y rentra, portant sur un plateau d'argent deux larges enveloppes satinées.

L'une était adressée à la douairière et l'autre au jeune ménage.

La première contenait ces lignes :

Monsieur Lionel Warton prie madame la comtesse Blanche de Lasseny de lui faire l'honneur de venir dîner au château de Saint-Ouen, le jeudi 16 octobre 1853, à sept heures.

La seconde, identique pour la forme, adressait a même invitation au comte et à la comtesse Gontran de Lasseny.

Le visage d'Amélie devint radieux, ses prunelles étincelèrent.

La jeune femme, comprenant qu'il fallait donner un prétexte à cette joie si vive et si manifeste, s'écria :

— Ce dîner sera certainement suivi d'une fête!...

— Quel bonheur !... — Mon rêve était de voir le château de Saint-Ouen dont on raconte tant de merveilles, et de le voir illuminé, bruyant, plein de mouvement et d'éclat...

— Bah ! — répliqua l'ex-Blanche Hervieux d'un ton dénigrant, — la rumeur publique exagère toujours... — Il ne faut croire que la moitié de ce qu'on dit... — D'ailleurs qui les a vues, ces merveilles?...

— Mais tous les invités de M. Warton, ce me semble... — reprit vivement Amélie.

— Ces invités sont-ils connaisseurs en fait de vrai luxe? — Entre nous, j'en doute un peu, ma chère...

— Pourquoi donc en doutez-vous, madame?

— La famille Warton étant étrangère ne saurait avoir des relations bien nombreuses et bien brillantes à Paris... — Quelles gens reçoit-on au château de Saint-Ouen ?...

— On y reçoit mes frères, madame... — fit Amélie du ton le plus âpre.

— Assurément, ma chère, j'apprécie M. Georges et M. Léopold, mais ils ne sont ni gentilshommes, ni artistes; or, selon moi, les gentilshommes et les artistes sont les seuls juges compétents en matière de haute élégance...

La jeune comtesse se mordit les lèvres jusqu'a
sang.

— Eh bien! madame, — répondit-elle ensui
d'une voix brève et tremblante, avec un souri
mauvais, — on ne saurait récuser votre comp
tence, puisque personne n'ignore que *les He
vieux, vos nobles ancêtres, se trouvaient* a
Croisades... — Vous jugerez par vos propr
yeux, et je prendrai très humblement conseil
votre *vieille* expérience...

Amélie souligna par l'intonation les mots q
nous venons de souligner nous-mêmes.

La douairière rougit et pâlit tour à tour ma
feignit de ne point comprendre l'épigramme
double tranchant, et répliqua d'un ton qu'e
cherchait à rendre calme :

—Vous auriez tort, ma chère, de compter sur
conseils de ma vieille expérience... Je vous les d
nerais volontiers, le cas échéant, car vous en a
vraiment grand besoin, mais je déclinerai sa
aucun doute l'invitation de M. Lionel Warton

— Vous n'irez pas au château de Saint-Ouen ?
— s'écria la jeune comtesse.

— Assurément non...

— Vous ne signerez pas au contrat de maria
de mon frère ?...

— C'est mon projet, et tenez pour certain q
M. Georges se passera le mieux du monde de
signature...

Amélie, sans prononcer un mot, se tourna vers son mari et lui lança un regard foudroyant, comme pour le rendre responsable des procédés de la douairière.

Gontran comprit ce regard et, ne voulant pas augmenter par son silence l'irritation de sa femme il se décida, — quoique fort à contre-cœur, — à intervenir.

— Permettez-moi, d'espérer, ma mère, — dit-il, — que vous réfléchirez...

— A quoi donc? — demanda l'ex-Blanche Hervieux.

— A un refus que rien ne motive et sur lequel vous reviendrez, j'en suis convaincu.

La douairière secoua la tête.

Le comte reprit :

— Vous n'avez aucun motif d'abstention...

— En es-tu sûr? — interrompit Blanche.

— Si vous en avez, puis-je les connaître ?

— Pourquoi non ? — D'abord M. Lionel Warton m'est antipathique...

— Antipathique ! — répéta Gontran très étonné.

— Autant qu'on le puisse être...

— Mais vous vous êtes montrée charmante pour lui quand Georges vous l'a présenté chez mon beau-père, et vous l'avez accueilli de la façon la plus gracieuse dans votre salon...

— Que prouve cela ? — Une courtoisie banale, voilà tout... — Ce jeune homme étant mon hôte et de plus ton invité, pouvais-je le mal accueillir

— Que lui reprochez-vous ?

— Oh! mon Dieu, absolument rien... — M
répulsion est toute instinctive... — Il te para
charmant, il me semble suspect... — Je le devir
hostile et je lui trouve des airs d'aventurier...

— Un aventurier, lui !... — dit Gontran e
souriant.

— Pourquoi non?

— Vous oubliez qu'il possède cinquante c
soixante millions.

— Te les a-t-il montrés, ces millions?...
On ne connaît sa fortune que par le bruit publi
ce qui veut dire qu'on ne la connaît pas...

— Pardonnez-moi, ma mère... Je sais positiv
ment qu'un crédit à peu près illimité est ouvert
Lionel Warton sur la première maison de banq
de Paris... — Ce n'est pas un *on dit,* c'est u
certitude...

— Il est riche, soit! — Tant mieux pour lui
Que m'importe?... Pour ne point aller à Sain
Ouen j'ai d'autres raisons...

— Lesquelles?

— Mesdemoiselles Warton...

— Comment? — Que voulez-vous dire?...
Expliquez-vous, ma mère... je ne vous compren
pas...

— Il me déplairait fort d'entrer en relatio
avec ces personnes excentriques qu'on appelle l

filles de bronze, dont le Paris-Viveur s'occupe beaucoup trop, et qui ne pourraient franchir le seuil d'une seule maison bien posée... — Enfin, je me défie des prétendues cousines...

Amélie se leva, livide.

— Vous oubliez, madame, — dit-elle d'une voix tremblante, — vous oubliez que l'une des *prétendues cousines* sera dans trois semaines la femme de mon frère....

— Ce mariage n'est pas encore fait... — répondit la douairière.

— Il se fera, soyez-en sûre...

— Tant pis pour votre frère alors...

— Pourquoi tant pis, madame ?

— Parce que M. Georges est fort à plaindre d'épouser pour sa dot une fille de sang mêlé, surtout quand tout le monde ignore d'où vient l'argent de cette dot.

— Gontran, — cria la jeune comtesse, — laisserez-vous madame insulter ainsi mon frère, en outrageant la famille qui va devenir la sienne...

— Ma mère, — commença Gontran, — ma mère... je vous en supplie...

— Je ne veux insulter personne... — interrompit la douairière. — Est-ce ma faute, à moi, si la vérité est une injure...

— L'entendez-vous !... — reprit Amélie en saisissant le bras de son mari et en le serrant à le rompre entre ses mains nerveuses. — L'entendez-vous !... elle continue !... — imposez lui silenc

— Eh ! le puis-je ? — balbutia le jeune homm
désespéré, comprenant avec épouvante que la di
corde s'installait à son foyer pour ne le plus quitte
. — Elle est injuste, mais c'est ma mère...

Amélie repoussa Gontran en l'enveloppant to
entier d'un regard d'écrasant dédain.

— Vous prétendez m'aimer ! — lui dit-elle, —
vous ne comprenez pas qu'on m'insulte en insu
tant les miens ! et vous ne savez pas me d
fendre ! — Vous êtes lâche ! — Je vous cèc
la place....

Hautaine, méprisante, paraissant ne pas mêm
entendre son mari qui la suppliait de rester, .
jeune femme traversa le salon et se dirigea ver
une des portes.

Elle allait l'atteindre.

Cette porte s'ouvrit et le valet de chambre ar
. nonça :

— Monsieur Lionel Warton...

On devine que ce nom, jeté à l'improviste a
milieu de la scène à laquelle nous venons d'as
sister, produisit un véritable coup de théâtre.

Amélie s'arrêta, prise d'une émotion violente.-
La pâleur de ses joues se teignit de pourpre. —
Son cœur oppressé se dilata. — Pour la second
fois depuis qu'elle connaissait Lionel elle se sent
dans une atmosphère de flamme.

En ce moment elle oubliait jusqu'à l'existenc

d'un mari détesté et d'une belle-mère odieuse.

Gontran, lui, se réjouit de l'arrivée de Lionel.

Cette visite inattendue lui permettait de reculer une explication avec sa mère, explication devenue indispensable et qui, malgré tout son respect filial, ne pouvait manquer d'être orageuse.

La douairière ne songeait plus qu'à étudier l'attitude d'Amélie et de Lionel en présence, car sa nature corrompue avait l'instinct du mal et comprenait qu'une force mystérieuse poussait la femme de son fils vers le cousin des *filles de bronze*.

Lionel, immobile sur le seuil, jetait un coup d'œil rapide aux personnages réunis dans le salon.

Certains indices infaillibles lui prouvaient qu'une scène violente venait d'avoir lieu ; il devinait que sa personnalité avait été le motif ou tout au moins le prétexte de cette scène.

Gontran se dirigea vers lui en s'écriant avec une joie sincère :

— Soyez le bienvenu cher monsieur !...

— Suis-je réellement le bienvenu ?... — demanda Lionel en souriant, après avoir salué les deux femmes.

— J'espère que vous n'en doutez pas...

— Je puis arriver mal à propos et je serais très heureux de recevoir de vous l'assurance du contraire...

— Je vous la donne...

— Si je demandais une preuve ?...

— Je tâcherais de vous la donner...

— Faites-le donc...

— Et, comment?...

— Permettez-moi d'offrir à Mme la comtesse un objet absolument sans valeur, souvenir matériel de la soirée charmante où j'ai pu satisfaire un caprice de jolie femme, en cueillant une fleur d'un coup de pistolet!...

— Certes, — répondit Gontran, — je vous le permets....

Lionel tira de sa poche un écrin qu'il présenta respectueusement à Amélie en lui disant :

— Alors, madame la comtesse, ouvrez vous-même...

La jeune femme pressa le ressort, souleva le couvercle et poussa un cri d'admiration joyeuse.

Sur le velours bleu de l'écrin se voyaient trois fleurs de *Danaées* en émail, si merveilleusement imitées qu'elles paraissaient vivantes.

Quelques petits diamants, attachés aux pétales, simulaient des gouttes de rosée.

Deux des fleurs formaient des boucles d'oreilles.

La troisième était montée en broche.

Rien ne se pouvait imaginer de plus exquis, mais aussi rien de plus simple, et la simplicité même du présent le rendait acceptable.

Pour Amélie et pour elle seule le don de ces fleurs offrait un sens mystérieux.

Dans le jardin d'hiver,— elle ne l'oubliait point,
— Lionel avait dit :

— *Les fleurs de* DANAÉES, *qu'on nomme ainsi*
pour faire allusion aux filles de DANAÜS *qui tuè-*
rent leurs maris la première nuit de leurs noces...

Voilà ce qu'à coup sûr le jeune homme voulait
lui rappeler.

Elle lança un long regard à Lionel. — Ce regard signifiait clairement :

— J'ai compris et je me souviens.

XLVI

— Cher monsieur Lionel, — dit Gontran, — ceci est d'une galanterie merveilleuse !

— Vous faites preuve d'un goût exquis ! — ajouta la douairière en enveloppant d'un regard significatif sa belle-fille et le visiteur. — Je lis dans les yeux d'Amélie l'enthousiasme sincère que lui causent ces charmants bijoux...

— Je les admire assurément, — répliqua la jeune comtesse avec aplomb, — mais le souvenir qui s'y rattache les rend surtout précieux pour moi... et c'est de tout mon cœur que je remercie monsieur Lionel d'avoir pensé à me les offrir...

Le pseudo-nabab s'inclina.

Un silence de quelques secondes suivit les dernières paroles d'Amélie.

Lionel le rompit en demandant :

— Avez-vous vu Georges Dereyne ?

— Il était ici il y a dix minutes, et littéralement fou de joie... — répliqua Gontran.

— Vous savez, par conséquent, que nous avons pris jour pour la signature du contrat ?

— Oui, et je crois inutile de vous affirmer que nous avons chaudement et sincèrement félicité Georges de son bonheur...

— Il aura tout le bonheur qu'il mérite, j'en suis persuadé... — répondit Lionel en souriant, puis il continua : — J'ai eu l'honneur de vous adresser des invitations...

— Que nous avons reçues tout à l'heure... — dit le comte.

— Et que nous acceptons... — fit Amélie avec feu.

Lionel s'inclina de nouveau en répliquant :

— Croyez à ma vive gratitude... — J'étais certain d'avance que je pouvais compter sur vous tous...

La douairière intervint, et le fit en ces termes :

— Comptez sur mon fils et sur ma belle-fille, monsieur Warton, mais non sur moi. — Je décline, quoique avec regret, votre gracieuse invitation. — Je ne pourrai me rendre au château de Saint-Ouen...

— Quoi, madame la comtesse, — s'écria le pseudo-nabab, — vous ne signerez pas au contrat du frère de Mme de Lasseny ?

— Non, monsieur...

— Permettez-moi d'espérer que, d'ici à trois

semaines, cette résolution désolante se sera modi
fiée...

— N'espérez point... — Elle est irrévocable...

— Eh! madame la comtesse, rien n'est irré
vocable sous le soleil, surtout pour la plus char
mante moitié du genre humain!... — Un roi de
France n'a-t-il pas écrit jadis sur une vitre du
château de Chambord :

Souvent femme varie !

—Je ne varie jamais, moi! — répliqua hautai-
nement la douairière.

— Tant pis, madame! — Si vous nous man-
quiez, ce que je refuse encore d'admettre, je ne
serais pas seul à déplorer votre absence...

— Je crois que vous vous trompez, monsieur..

— Pourquoi donc ?

— Aucun des gens que vous connaissez ne me
connaît... — Nous vivons, vous et moi, dans des
mondes différents...

— C'est possible, madame la comtesse, mais si
différents que soient ces mondes ils se touchent
par certains points... — Je devais servir de trait-
d'union entre vous et l'un de mes amis qui, ayant
entendu beaucoup parler de vous, brûle du désir
de vous être présenté.

Blanche de Lasseny, sans répondre, fit une
moue dédaigneuse.

Lionel poursuivit :

— Si mon ami brigue un tel honneur, ce n'est pas seulement pour avoir la joie de mettre à vos pieds ses hommages... — Il souhaite s'entretenir avec vous d'une personne que vous avez connue jadis l'un et l'autre, paraît-il...

L'ex-Blanche Hervieux fronça les sourcils.

— Une personne? — répéta-t-elle.

— Oui, madame...

— Un homme?

— Non, une femme... — Une femme comblée de vos bienfaits... — Une protégée à vous...

— Le nom de cette femme?...

— Claire Bonchamp...

Malgré son empire sur elle-même, la douairière tressaillit et changea de visage.

— Ce nom ne vous rappelle-t-il rien, madame la comtesse? — continua Lionel.

— Rien de précis... — fit Blanche d'une voix altérée, — mais il ne m'est pas inconnu...

— Claire Bonchamp!... — s'écria la comtesse Amélie. — Est-ce que cette femme serait une parente de la servante-maîtresse qui s'est emparée de mon père, qui le domine, et contraint ses enfants à s'éloigner de lui?

— Nous ne pouvons que le supposer... — répondit Lionel. — La similitude des noms ne prouve pas grand'chose...

— Pouvez-vous, — demanda la douairière dont l'agitation augmentait visiblement, — pouvez-vous me donner sur cette Claire Bonchamp quelques détails qui m'aident à fixer mes souvenirs?...

— Hélas! non, madame. — Ce n'est pas moi qui connais la personne en question. — Je ne sais absolument rien sur son compte, mais ce qui m'est impossible serait facile pour mon ami...

« — *Si madame la comtesse de Lasseny avait oublié Claire Bonchamp, — me disait-il hier, — il me suffirait de quelques mots pour lui rafraîchir la mémoire... J'ai une importante nouvelle à lui apprendre...* »

— Ce sont les paroles de votre ami?

— Ses propres paroles...

— Comment s'appelle-t-il?

— Son nom ne vous apprendrait rien... — Vous n'avez jamais entendu parler de lui...

— En vérité, monsieur Lionel, — fit l'ex-Blanche Hervieux avec un rire qui sonnait faux, — je ne serais point fille d'Ève si je n'étais un peu curieuse, et tout ceci surexcite ma curiosité.

— Il est bien facile de la satisfaire, madame.

— Ne pouvez-vous amener ici votre ami?

— Hélas, non...

— Pourquoi donc?

— Il est à la fois très original et très entêté. — Désirant vous être présenté sur un terrain neutre, il refuserait de me suivre à votre hôtel. J'avais cru pouvoir lui promettre qu'il aurait l'honneur de se rencontrer avec vous à Saint-Ouen. Il y compte et n'en démordra point. Si vous êtes vraiment désireuse de connaitre les choses intéressantes qu'il prétend avoir à vous dire, revenez sur votre décision...

— J'en ai presque envie...—murmura la douairière en minaudant.

— N'hésitez pas...

— Eh bien, je n'hésite plus!...

— Vous me ferez l'honneur de dîner au château?...

— Oui...

— Et vous ne changerez point d'avis?...

— Je vous le promets...

— Je suis fier et reconnaissant de cette promesse...— répondit Lionel en portant à ses lèvres avec galanterie la main fort belle encore de Mme Blanche de Lasseny.

La comtesse Amélie avait suivi d'une façon très attentive les péripéties de cette petite scène intime.

Cinq minutes après avoir obtenu gain de cause, ainsi que nous venons de le voir, le pseudo-nabab se leva et prit congé de la douairière et de sa belle-fille.

Gontran, désirant retarder le plus possible la double et inévitable explication qu'il devait avoir avec sa femme et avec sa mère, — explication vraisemblablement orageuse, — ne songeait qu'à s'éloigner.

IV 7.

— Vous allez au boulevard? — demanda-t-il à son visiteur.

— Oui.

— M'offrez-vous une place dans votre voiture?

— Certes! et vous me ferez grand plaisir en l'acceptant...

Lionel et le comte quittèrent ensemble l'hôtel de la rue Saint-Dominique.

Aussitôt après leur départ, Blanche et Amélie se tournèrent le dos sans échanger une parole et regagnèrent leurs appartements respectifs.

La jeune comtesse, après avoir poussé les verrous de sa chambre à coucher, ouvrit l'écrin de velours bleu et couvrit de baisers les fleurs d'émail absolument semblables, sauf le parfum, aux fleurs dont elles étaient la copie.

— Ah! — balbutia-t-elle avec une sorte de fiévreux délire, — j'étais folle de craindre son indifférence... — Le don de ces fleurs, joint au souvenir qui s'y rattache, n'est-il pas le plus explicite des aveux? — Impossible d'en douter, il m'aime!

Elle appuya de nouveau contre ses lèvres avides de baisers le présent de Lionel et poursuivit comme en extase :

— Il m'aime... il m'aime... il m'aime!... Et dans quelques jours je serai chez lui, dans sa maison, près de lui, pour toute une soirée... Peut-être pour toute une nuit! Là je pourrai me suspendre à son bras et murmurer à son oreille ces mots charmants

qu'on ne dit qu'à celui qu'on aime... Car je l'aime,
lui! Je l'adore!

Après un instant de silence Amélie continua,
les sourcils contractés et le regard farouche :

— Qu'ai-je fait ? — Un rêve d'ambition, un rêve
absurde a perdu ma vie! — Le titre de comtesse
et deux ou trois millions m'ont follement tourné la
tête! — Je me suis enchaînée à un homme que je
n'aime pas, que je ne puis aimer, à un homme dé-
pourvu de toute énergie, qui s'incline devant sa
mère et me laisse humilier par elle sans lui répondre, sans me défendre! Et je suis la chose de
cet homme, je suis son esclave!

Amélie s'assit ou plutôt tomba sur un siège.

Son front baissé, son visage assombri, ses bras
pendant le long de son corps, exprimaient un
immense découragement.

Elle demeura quelques minutes dans cette attitude, puis elle releva peu à peu la tête, et le feu
diabolique de ses prunelles d'un vert sombre s'alluma de nouveau sous les palissades des longs
cils.

— Si j'avais rencontré Lionel avant de rencontrer Gontran, — poursuivit-elle, — quelle diffé-
rence! — Je serais à lui! à lui seul! — Je me
donnerais à lui sans réserve! Il me prodiguerait
toutes les joies, tous les bonheurs, tous les
délires!... — et ce serait possible encore si j'étais
libre...

Deux fois de suite elle répéta :

— Si j'étais libre!... si j'étais libre!...

La lueur de ses prunelles devenait sinistre.

Elle avait croisé ses deux bras sur sa poitrine bondissante. — Des plis profonds rayaient l'ivoire mat de son front. — Le cercle d'azur s'élargissait autour de ses paupières.

— Libre! — dit-elle tout à coup presqu'à voix haute. — Pourquoi non? — L'esclave qui trouve chez son maître oppression, brutalité, tyrannie, n'a-t-il pas le droit de révolte et le devoir de secouer un joug trop lourd sous lequel il succombe? — Cet homme, ce mari, ce maître que la loi m'a donné, n'est-il pas un tyran? — Puis-je accepter, docile et résignée, un avenir où tout m'épouvante? — Puis-je étouffer le cri de mon cœur; — Puis-je imposer silence aux voix de ma jeunesse? — Puis-je éteindre l'amour qui me brûle? — S'il faut porter des chaînes, je prétends du moins les choisir! — Je veux bien être esclave, mais de l'homme que j'aime et non du maître que je hais!

XLVII

La comtesse Amélie, en proie à une surexcitation croissante, avait quitté son siège et fiévreuse, haletante, les narines dilatées, les nerfs tendus à se rompre, elle allait et venait dans sa chambre, foulant les tapis d'Orient d'un pas irrégulier dont l'allure tantôt rapide et tantôt ralentie témoignait du désordre de son esprit.

Ce n'était pas le cœur qui parlait chez elle en ce moment, c'était la voix des sens excités par les instincts de sa nature ardente et perverse.

La passion féline la dominait tout entière et troublait littéralement sa raison.

La pensée d'un crime ne l'épouvantait point. — Le meurtre lui semblait légitime s'il était l'unique moyen de supprimer l'obstacle odieux qui la séparait du bonheur.

Peu à peu cependant le calme revint dans son esprit, mais un calme sinistre, plus effrayant que ne l'avaient été sa colère et son délire.

Cet apaisement de son corps et de son âm
résultait d'une décision prise.

La jeune comtesse quitta sa chambre qui s
trouvait au premier étage de l'hôtel, descendit a
rez-de-chaussée, traversa les salons et gagna l
jardin d'hiver où Lionel Warton, quelques jour
auparavant, avait expliqué devant un auditoire d
jolies femmes les propriétés vénéneuses de la flor
des tropiques.

La comtesse douairière s'étant enfermée dar
son appartement, Amélie de Lasseny ne coura
aucun risque d'être surprise par elle.

Elle s'assura qu'aucun jardinier, aucun valê
cachés dans les massifs luxuriants, ne pou
vaient l'épier et, sûre d'être seule, elle s'ap
procha du mancenillier et brisa l'un de ses r
meaux.

A l'instant même un suc laiteux, d'un blan
jaunâtre, s'échappa de la blessure de l'arbre e
coula goutte à goutte.

Une de ces gouttes tomba sur la main gauch
d'Amélie.

La jeune femme éprouva aussitôt une sensatio
d'âcre chaleur, comme si quelque caustique vio
lent désorganisait son épiderme.

Elle se hâta de tremper sa main dans l'eau pur
et glacée qui remplissait la vasque de marbr
rouge, mais l'impression produite par le toxiqu
végétal n'en subsista pas moins pendant plus d

dix minutes, jointe à un véritable engourdissement de l'avant-bras.

— Lionel avait dit vrai ! — murmura la jeune comtesse. — Ceci fera de l'esclave une femme affranchie !

Puis, complètement rassérénée, elle remonta chez elle du pas le plus tranquille et le visage presque souriant.

« *Bon chien chasse de race !* » — dit un vieux proverbe.

Une fois de plus ce proverbe trouvait son application.

Martial Dereyne aurait eu le droit de se montrer fier de sa fille !

Tandis que se passaient ces choses, la comtesse douairière n'était point du tout dans une situation enviable et sa préoccupation, quoique d'une nature toute différente, égalait celle de sa belle-fille.

— Ah ! — pensait l'ex-Blanche Hervieux, — que j'avais bien raison de me défier de ce Lionel Warton... de deviner en lui un ennemi !... — Son hostilité n'est plus douteuse ! Le nom de *Claire Bonchamp* prononcé par lui est une déclaration de guerre ! Mais de qui tient-il un secret que je croyais inconnu de tous, et dont il veut, je n'en puis douter, se servir contre moi ? — Qui donc le fait agir ? Qui donc, après vingt-cinq ans, évoque ainsi le passé, et dans quel but vient-on troubler ma vie ? — Est-ce un chantage qui se prépare ?

— Le plus simple bon sens se refuse à l'admett
si Lionel Warton, comme on l'affirme, est ci
quante fois millionnaire... — Mais si ce n'est cel
qu'est-ce donc? — Ah! certes oui, j'irai au ch
teau de Saint-Ouen, puisque là je verrai le pè
face à face! — Connaissant mes ennemis,
pourrai du moins les combattre!

En ce moment le monologue de la douairiè
fut interrompu.

On frappait doucement à la porte de sa chamb
à coucher.

— Entrez... — fit-elle.

Un valet de chambre se présenta.

— Que voulez-vous? — lui demanda Blanch

— Madame la comtesse, c'est une visite.

— Oubliez-vous la consigne que je vous
donnée moi-même tout à l'heure? — Je ne r
çois pas...

— C'est ce que j'ai dit au visiteur, mais
insiste beaucoup pour être reçu et j'ai crù devo
prévenir madame la comtesse...

— Et ce visiteur?

— Un monsieur d'un certain âge, que je n'
jamais vu; il semble très respectable?

— A-t-il dit son nom?

— Je lui ai demandé sa carte... Par le pl
grand hasard du monde il avait oublié les sienne
il m'a prié de lui donner un morceau de papi
et il a écrit quelques mots.

La douairière prit le papier des mains du valet
de chambre, y jeta les yeux et devint mortellement pâle.

Elle venait de lire, tracée d'une grosse écriture,
cette courte phrase :

« *De la part de Claire Bonchamp.* »

L'ex-Blanche Hervieux possédait une nature
de trempe exceptionnelle et l'avait prouvé plus
d'une fois.

Elle eut la force de se dominer ; — nul symp-
tôme autre que son extrême pâleur ne trahit la
violence de son émotion.

Comme elle demeurait immobile et muette, semblant réfléchir, le valet de chambre demanda :

— Faut-il répéter que madame la comtesse ne
peut recevoir ?

— Au contraire... — répondit Blanche d'un ton
aussi calme que s'il s'agissait de la visite la plus
indifférente. — Faites entrer ce monsieur dans le
petit salon... — Je vais descendre...

Le domestique disparut.

— Allons, — murmura la douairière restée seule,
— j'aime autant cela ! — Rien n'est plus pénible
que l'incertitude ! — Je vais savoir tout de suite
à quoi m'en tenir, car évidemment voici l'ennemi...

Elle se regarda dans une glace, passa sur
son visage une houppe imprégnée de veloutine

rose, se composa une physionomie impénétrabl
et descendit au petit salon pour rejoindre le vis
teur qui venait d'y être introduit.

— Si je l'ai vu déjà, — se disait-elle chem
faisant, — je le reconnaîtrai du premier coup d'œi
mais l'ai-je déjà vu ?...

Elle se posait cette question en mettant la ma
sur le bouton de la serrure.

La porte à peine ouverte, elle se répondit :

— Je ne le connais pas...

Le visiteur s'inclina devant la douairière d'u
façon très respectueuse mais gauche et contraint

Ceci d'ailleurs n'avait rien d'étonnant, l'e
Blanche Hervieux étant fort imposante et l'inconr
paraissant timide.

C'était un homme d'une soixantaine d'année
de taille moyenne, au visage glabre et blafard.

Les mèches longues et raides d'une chevelu
grisonnante tombaient sur sa cravate blanche tr
haute et très empesée.

Des lunettes aux verres légèrement bleuis pr
tégeaient ou plutôt cachaient ses yeux ; — il po
tait des vêtements amples et noirs, semblables p
la coupe au costume des *clergymen* anglais c
américains, et tenait de la main gauche un ch
peau bas de forme et à larges ailes.

Plus la douairière étudiait cette figure original
plus elle se croyait certaine de la voir en ce m
ment pour la première fois de sa vie.

De la main elle désigna un siège au visiteur, et lui dit :

— Vous avez insisté pour me voir, monsieur, et supposant que vous aviez peut-être des communications intéressantes à me faire je n'ai pas voulu vous évincer... — Asseyez-vous, je vous prie.

L'inconnu posa son chapeau par terre à côté de lui, écarta les pans de sa longue redingote noire et s'installa sur l'extrême bord d'un fauteuil.

Blanche reprit avec une indifférence trop accusée pour être sincère :

— Les quelques mots tracés par vous sur ce papier ont piqué d'autant plus vivement ma curiosité que je ne les comprends pas... — Vous venez de la part de Claire Bonchamp?... Qu'est-ce que c'est que Claire Bonchamp?

— Madame la comtesse le sait bien...

— Je ne le sais pas du tout, au contraire... — Il me semble que ce nom ne m'est point inconnu, mais il ne me rappelle rien de distinct.

— C'est que sans doute les souvenirs de madame la comtesse ne remontent pas assez haut. — Reportez-vous de vingt-cinq ans en arrière...

— Eh bien ?

— Eh bien ! dans ce temps-là vous n'aviez pas encore épousé le comte de Lasseny, et vous vous appeliez, de votre nom de famille, Blanche Hervieux.

— Tout le monde sait cela! — dit la douairière avec un intraduisible mouvement d'épaules.

L'inconnu reprit :

— J'oserai prier humblement madame la comtesse de ne pas jouer au fin avec moi, et de se bien mettre dans la tête que je suis ici dans son intérêt.

— Dans mon intérêt! — répéta Blanche.

— Positivement ; vous en aurez bientôt la preuve aussi me permettrai-je d'adresser quelques questions à madame la comtesse...

— Des questions à moi!! — s'écria la douairière. — A quel titre, je vous prie, me questionneriez-vous ?

— Que madame la comtesse me pardonne... Ce sera, si elle le veut bien, à titre d'ami...

— Un ami! — Vous, monsieur!! — Mais je ne vous connais pas !

— Que madame la comtesse soit paisible, elle me connaîtra tout à l'heure... J'ai même dans ma folle idée qu'elle sera fort aise d'avoir fait ma connaissance, car je puis lui rendre de très grands services...

— Je déteste les énigmes, monsieur... — Expliquez-vous...

— *Illico*, madame la comtesse, *illico*... mais je vous supplie très respectueusement de ne pas m'en vouloir si je touche un point délicat, excessivement délicat...

— Eh ! monsieur, allez droit au but !

— J'y vais par le plus court chemin : — Il y a vingt-cinq ans, quand vous vous nommiez Blanche Hervieux, Claire Bonchamp était sage-femme et tenait une maison d'accouchement à Vincennes. — Commencez-vous à vous souvenir ?

Mme de Lasseny fit de la tête un signe affirmatif.

L'inconnu reprit, en mettant une sourdine à sa voix :

— Les souvenirs, madame la comtesse, comme les amoureux vont deux par deux... l'un ramène l'autre... — Votre mémoire rafraîchie doit vous rappeler l'établissement de Claire... — C'est là que vous êtes venue cacher certaine grossesse... C'est là que vous avez mis au monde certain enfant mâle... c'est là...

— Vous m'insultez, monsieur !... — interrompit Blanche avec un très grand air de dignité blessée.

— Ah ! madame, telle n'est pas mon intention !... — Je me suis excusé d'avance... — Je rappelle les faits, tout bonnement...

— Les faits que vous rappelez sont faux !... — Vous êtes mal renseigné...

— Croyez-vous ?

— Je l'affirme...

— Et si je vous citais les dates ?... Si je vous donnais les détails les plus minutieux ?

— Je dirais que vous vous trompez, qu'on a

surpris votre bonne foi, et que ces dates et ces détails s'appliquent à quelque autre femme...

L'inconnu se leva.

— Puisque madame la comtesse n'a pas confiance en moi, — fit-il en saluant, — il ne me reste qu'à me retirer... C'est ce que je vais faire — Ne pouvant vous servir malgré vous, je laisse vos ennemis maîtres de la situation et je vous abandonne à ceux qui ont juré de vous perdre !.— Adieu, madame la comtesse... je suis votre bien humble serviteur, de tout mon cœur....

XLVIII

Le visiteur inconnu se dirigeait vers la porte.

Blanche de Lasseny l'arrêta du geste.

— Madame la comtesse me fait l'honneur de rappeler? — demanda-t-il en revenant sur ses ⸱.

— Oui...

— Aux ordres de madame la comtesse...

— Vous avez parlé, je crois, d'ennemis...

— Sans doute.

— Quels sont-ils?

— Des gens qui comme moi savent votre secret is qui, n'étant pas animés comme moi d'inten- ɪs bienveillantes, veulent se servir de ce secret ir vous perdre. — Ces gens-là cherchent votre et, quand ils l'auront trouvé, ils s'en feront ɪ arme contre vous.

L'ex-Blanche Hervieux n'avait plus une goutte sang dans les veines.

Elle eut cependant la force de sourire.

— Ah ça! mais, — balbutia-t-elle d'une v
mal assurée, — c'est tout un roman que vous
racontez là.

— Ce n'est point un roman, vous le savez bi
madame la comtesse... — répliqua le singu
visiteur. — C'est une histoire absolument vrai

— Espérez-vous me prouver cela? — N'a
pas la certitude que vous êtes dans l'erreur !

— A quoi bon jouer l'incrédulité? — Votre
sage dément vos paroles. — Regardez-vous d
une glace... — Vous aurez peur de votre im
en la voyant si pâle.

Après un instant d'hésitation la douairière
manda :

— Mais enfin, vous qui m'avez imposé vo
présence... Vous qui me tenez un si étrange la
gage, qui êtes-vous?..

— Je vous l'ai dit, madame la comtesse, je s
un ami.

— Comment me le prouverez-vous ?

— Je le répète : en vous rendant, avec
entier dévouement et une discrétion absolue,
signalés services...

— Services désintéressés ?

L'inconnu sourit à son tour.

— Le désintéressement n'est pas de ce mon
— répondit-il, — et ceux qui en parlent le p
sont ceux qui le prodiguent le moins...

— Vous voulez alors que je vous achète?...

— Le mot est brutal, mais coupe court à toute équivoque...

— Combien prétendez-vous me vendre votre appui?

— Très cher, par l'excellente raison que vous ne pouvez vous en passer. Nous discuterons à loisir le chiffre tout à l'heure. — Est-ce marché conclu en principe?

— Non, car ce pourrait être un marché de dupe... — Vous m'avez affirmé que vous saviez beaucoup de choses... Vous ne l'avez point prouvé...

— C'est juste... — Ce que je n'ai point fait, je vais le faire... veuillez donc m'accorder trois minutes d'attention... — Il y a vingt-cinq ans, au mois d'octobre 1828, vous étiez en passe de conclure un brillant mariage, de devenir comtesse de Lasseny et millionnaire, mais une circonstance singulièrement inopportune pouvait faire tout échouer... — La sage-femme Claire Bonchamp vous offrit dans sa maison de Vincennes un mystérieux asile... — Est-ce vrai?

— Continuez...

— Là, vous êtes accouchée deux mois plus tard d'un fils né de votre liaison avec M. Fernand Strény... — Vous voyez, madame la comtesse, que les noms mêmes me sont familiers...

— Après?.. — dit la douairière d'un ton impérieux.

L'inconnu poursuivit :

— L'enfant qui vous gênait avant sa naissance ne vous gênait pas moins après, et vous avez donné vingt mille francs à la sage-femme pour le faire disparaître... — Vous voyez que je précise le chiffre...

— Eh bien ? — interrompit l'ex-Blanche Hervieux. — La sage-femme a gagné son argent... L'enfant est mort...

— C'est ce qui vous trompe...

— J'ai vu son corps inanimé !...

— Ce n'était pas le corps de votre fils... — Un nommé Jean Renaud, un récidiviste, un bandit, avait pour des motifs que j'ignore conseillé à Claire Bonchamp, qu'il dominait à cette époque, de mettre votre rejeton en nourrice, ce qui fut fait, et rien n'empêche de supposer qu'au moment où j'ai l'honneur de vous parler le gaillard est vivant et bien portant. — Or, ceux que tout à l'heure j'appelais vos ennemis recherchent non seulement l'enfant mais le père. — Il est facile de deviner pourquoi...

— Ils ne les trouveront pas ! — s'écria Blanche.

— Pardonnez-moi, madame la comtesse, ils les trouveront...

— Impossible !.. — Qui leur apprendrait le nom du père ?..

— Ils le savent déjà...

— Comment !

— Vous souvenez-vous qu'à l'époque de la rupture vous aviez chargé Claire de remettre à votre amant une lettre de vous, en même temps qu'une alliance dans laquelle son nom et le vôtre se trouvaient gravés ?..

— Eh bien ?

— Eh bien ! Claire Bonchamp, au lieu d'envoyer la bague à son adresse, trouva plus simple de la conserver... — Un jour elle me la confia...

— Alors, vous avez cette alliance ?

— Malheureusement je ne l'ai plus...

— Qu'est-elle devenue ?

— On me l'a volée.

— Qui ?

— L'un des hommes en question... l'un de vos ennemis.

— Le nom de cet homme ?

— Je l'ignore...

— Allons donc !... c'est invraisemblable !... c'est inadmissible !...

— J'affirme à madame la comtesse que rien n'est plus vrai !... — Je connais le personnage sans savoir son nom, mais il est aisément reconnaissable, et quand il faudra suivre sa piste la besogne sera facile... — C'est un homme de couleur...

— Lionel Warton !... — s'écria la comtesse.

— Je ne sais, — répliqua l'inconnu, — mais s'il

porte le nom que vous dites, je parierais que c'es
pour en cacher un autre...

— Lequel ?

— Je le dirai plus tard, quand j'aurai une certi
tude... — Jusqu'à présent je n'ai que des soupçons...

— Enfin, — reprit Mme de Lasseny, — commen
cet homme, quel qu'il soit, prouverait-il que j'a
eu un fils il y a vingt-cinq ans? — S'appuyerait
il sur le témoignage de Claire Bonchamp ?

— Pauvre Claire... — murmura l'inconnu er
donnant à sa voix fêlée une intonation mélanco
lique. — Vous n'avez rien à redouter d'elle... —
On n'invoquera pas son témoignage contre vous...
— Elle est morte...

— Morte!... — répéta la douairière — qui vous
l'a dit?

— J'assistais à ses derniers moments... C'est à
l'Hôtel-Dieu, dans la salle numéro 22 — les deux
cocottes, madame la comtesse — qu'elle a cessé
de vivre...

— Alors il ne reste aucune preuve ?

— Je crois qu'il en reste une.

— De quelle nature?

— Eh! mon Dieu, de la nature la plus compro-
mettante... — Claire avait la mauvaise habitude
de tenir note, jour par jour, sur une sorte de livre-
journal, de tout ce qui se passait dans sa maison
de santé... — Le procès-verbal détaillé de votre

accouchement occupe sans le moindre doute sa place dans ces notes, ainsi que le nom du village où l'on a mis l'enfant en nourrice, et peut-être aussi la copie, sinon l'original, de la lettre de rupture écrite par vous à Fernand Strény et conservée par la sage-femme en même temps que l'alliance...

— Et, — demanda la comtesse d'une voix que l'émotion rendait tremblante, — ce livre est au pouvoir de mes ennemis?...

— Je doute qu'il y soit déjà, mais j'ai la certitude qu'ils le cherchent...

— Le trouveront-ils?

— C'est possible, car ils soupçonnent la cachette.

— Cette cachette, vous la connaissez?

— Parfaitement... L'agenda ou le livre-journal, comme il vous plaira de l'appeler, est dans le tiroir secret d'un vieux secrétaire que Claire avait chez elle...

— Et ce secrétaire?...

— Vendu par autorité de justice avec le reste du mobilier de l'établissement après les malheurs judiciaires de la pauvre Claire, et acheté par la sage-femme qui lui succédait...

— Ne peut-on pas acquérir le meuble et s'emparer du livre?...

— On le peut... ou plutôt je le peux... et mon intervention dans cette circonstance sera la preuve d'un dévouement qui vous appartient tout entier..

— Achetez!... achetez vite!...

— J'aurai l'honneur de faire observer à madam
la comtesse qu'il me manque pour cela *le nerf d*
la guerre...

— Autrement dit l'argent, n'est-ce pas?...

— Positivement.

— Veuillez m'attendre... Je reviens.

L'ex-Blanche Hervieux quitta le petit salon.

Le visiteur employa consciencieusement l
temps de son absence à examiner les tableaux e
les objets d'art, et à se demander quelle somm
en bonne monnaie ayant cours représentaient ce
inutilités.

La douairière reparut, tenant à la main de
billets de banque.

— Voici cinq mille francs... — fit-elle...

— A valoir sur les premiers frais? — dit vive
ment l'inconnu.

— C'est ainsi que je l'entends.

— Et c'est ainsi que j'accepte cette bagatelle..
Maintenant nous pouvons jouer cartes sur table..

— Quelles sont les offres de madame la com
tesse?

— Le jour où vous m'apporterez le livre-journa
contenant les notes de Claire Bonchamp compro
mettantes pour moi, je vous remettrai quinze
mille francs, auxquels j'en ajouterai dix mille s
vous m'apprenez le véritable nom de l'ennem

inconnu qui voudrait susciter autour de moi un scandale effroyable.

— En tout, vingt-cinq mille... — murmura l'inconnu.

— Sans compter les billets de banque que vous venez de recevoir...

— Ajoutez-y cinq mille et nous serons d'accord...

— Soit, je consens...

— Madame la comtesse, c'est plaisir de traiter une affaire avec vous !

— Mettez-vous à l'œuvre sans perdre une minute.

— J'agirai dès aujourd'hui.

— Et s'il se produisait quelque fait nouveau, ayez soin que j'en sois informée sans retard...

— Je viendrais moi-même, sur-le-champ, en rendre compte à madame la comtesse.

L'inconnu s'était levé. — Il salua respectueusement et quitta le salon, puis l'hôtel.

De l'autre côté de la rue, en face de la porte cochère, stationnait un fiacre à un cheval.

Dans ce fiacre un jeune homme maigre, à figure imberbe et vieillotte, fumait des cigarettes et paraissait s'ennuyer beaucoup.

L'inconnu se dirigea vers ce fiacre, ouvrit la portière et monta dans l'intérieur, après avoir dit au cocher :

— Rue des Lavandières-Sainte-Opportune,

n° 7 bis, mon bonhomme, et du train ! — Il y a u
fort pourboire.

La voiture partit au grand trot.

Remy Chomin, que nos lecteurs ont depui
longtemps reconnu sous son déguisement, repr
en s'adressant au jeune homme imberbe :

— Tu t'ennuyais à m'attendre, hein, le Gosse

— Je me *faisais vieux,* c'est positif !... tu n'e
finissais pas !...

— Qu'est-ce que tu veux, il fallait le temps.

— T'as vu la comtesse ?

— Je la quitte.

— Elle te gobe ?

— Je suis présentement son homme de coi
fiance...

— Alors l'affaire marche comme il faut ?

— Si elle marche ? — Dis donc qu'elle court !
et du coup je nous vois des rentes !...

XLIX

Pendant toute la durée de l'entretien que nous
vons mis sous les yeux de nos lecteurs la com-
sse douairière avait fait à peu près bonne con-
enance, mais aussitôt qu'elle se trouva seule, ses
rces la trahirent et son semblant d'énergie l'a-
andonna.

Elle se laissa tomber presque anéantie sur une
haise longue, cacha son visage entre ses mains,
ndit en larmes et balbutia d'une voix basse et
risée :

— Cet homme, cet ennemi qui tout à coup,
rès si longtemps, exhume le secret de honte
nfoui dans la nuit du passé, qui donc est-il ?...
— Lionel Warton ? — Impossible ! Il est trop
une ! — et pourtant, s'il ne savait rien, il n'au-
ait pas prononcé devant moi le nom de cette
age-femme dont j'achetai la complicité menteuse
y a vingt-cinq ans ! ! !

L'ex-Blanche Hervieux se frappa la poitrine
se tordit les mains.

— Vingt-cinq ans ! — reprit-elle, — un siècl
— A peine si je me souvenais ! et l'on va m'acc
bler peut-être sous les preuves du crime inco
nu ! — C'est horrible ! — Accusée devant m
fils ! Forcée de courber la tête et de rougir
sa présence ! — Je n'y survivrais pas... — Qu
châtiment, mon Dieu ! ! !

Les sanglots de la comtesse éclatèrent.

Nos lecteurs savent déjà que son épouvai
était bien fondée et qu'un danger terrible
menaçait.

Remy Chomin pouvait-il conjurer ce dange
Un prochain avenir nous l'apprendra.

* *
*

La surveillance très active dont était l'objet
petit hôtel de la rue du Rocher habité par Mart
Dereyne ne se ralentissait point.

Jean Renaud, obéissant aux ordres de Coi
étudiait et faisait étudier les agissements de Rc
Bonchamp.

De même que le pseudo Lionel Warton, il tro
vait la conduite de l'ex-femme de charge prot
gieusement habile.

La vieille maîtresse ne négligeait rien de ce q

ouvait et devait mettre en ses mains avides la
ortune tout entière de Martial.

Elle conduisait sa barque avec une adresse
onsommée.

Une double question se posait à l'esprit de Jean
Renaud.

— Rose est-elle assez forte pour agir seule ? —
e demandait-il. — A-t-elle, au contraire, un con-
eiller expérimenté dont elle suit les inspirations ?

L'évadé de *la Dorade* voulut avoir la clef de
énigme.

Tout le monde connaît l'axiome fameux dont on
ttribue la paternité tantôt à un lieutenant cri-
inel, tantôt à un vieux juge d'instruction, et qui
e formule ainsi :

— *Cherchez la femme !...*

Quatre-vingt-dix-neuf fois sur cent cet axiome
st fondé, lorsqu'il s'agit d'un homme convaincu
u accusé de quelque crime dont les mobiles
apparaissent point de façon très nette.

Lorsqu'au contraire une femme est en jeu, il
ut modifier la formule et dire :

— *Cherchez l'homme !...*

C'est ce que fit Jean Renaud.

Depuis une semaine il savait que presque chaque
oir, vers onze heures, lorsque Martial Dereyne
ait endormi, la garde-malade se glissait furtive-
ent hors de l'hôtel pour n'y rentrer que le lende-
ain matin dès l'aube.

Certain soir, il guetta lui-même.

Il vit Rose Bonchamp gagner la station de fiacres voisine de la gare du Havre.

Elle monta en voiture et donna une adresse.

Jean Renaud prit un milord et dit au cocher :

— Suivez votre camarade et, quand il s'arrêtera, faites halte à trente pas de lui... — Dix francs l'heure...

— Entendu, mon bourgeois et je souhaite, à ce prix-là, que mon camarade me fasse trotter toute la nuit...

Le fiacre de Rose gagna les hauteurs de Montmartre et s'arrêta, rue des Abbesses, devant une maison qui nous est connue.

Le faux mulâtre vit Rose Bonchamp descendre de voiture, payer la course, sonner à une porte qui s'ouvrit pour la laisser passer et se referma derrière elle.

L'ex-femme de charge ne reparut pas.

Elle avait d'ailleurs renvoyé son véhicule ; donc elle passerait la nuit dans le logis en question.

Jean Renaud regagna Paris, mais il se promit de revenir à Montmartre le lendemain de grand matin, et il se tint parole.

Avant sept heures et demie, il était de retour rue des Abbesses.

Une laitière allait de porte en porte, déposant à droite et à gauche ses boîtes de fer-blanc pleines d'un liquide plus ou moins pur.

— Madame, — lui demanda Jean Renaud, — auriez-vous la complaisance de me dire qui demeure dans cette maison?

Et il désignait la porte par laquelle Rose avait disparu la veille au soir.

— C'est une de mes pratiques... — répondit la laitière.

— Qui s'appelle?

— M. René Mattifet.

L'évadé de *la Dorade* tressaillit en entendant ce nom.

La laitière continua :

— Un homme d'affaires joliment malin, qui sait son métier mieux qu'un avocat ou même qu'un huissier, c'est connu dans Montmartre et dans les Batignolles... — Il oblige aussi les gens qui ont besoin d'argent, quand ils sont solvables, bien entendu... — Enfin, c'est un bon garçon, sauf qu'il écorche un peu le pauvre monde à ce qu'on dit, mais ça ne me regarde pas...

— Grand merci, madame...

— Bien à votre service, monsieur...

Et la laitière s'éloigna.

Un sourire de satisfaction s'épanouit sur les lèvres du faux mulâtre, tandis qu'il la suivait des yeux machinalement.

— René Mattifet! — murmura-t-il. — Allons, le hasard fait les choses à merveille! — Le drôle que je cherchais, et sur lequel je ne parvenais pas à mettre la main, est justement l'amant de Rose !

— Je ne m'étonne plus de l'habileté de la gaillarde ! Elle est entre bonnes mains ! Tudieu ! quel couple modèle ! — C'est ce qu'il faut d'ailleurs... René Mattifet nous servira !

Retournons de quelques heures en arrière et résumons sommairement ce qui s'était dit la veille au soir, dans la maison de la rue des Abbesses, entre l'agent d'affaires et sa maîtresse.

Mattifet attendait Rose.

Il l'accueillit de façon très chaude, avec force démonstrations de tendresse ; puis, après cinq minutes données au sentiment, il lui dit :

— Parlons présentement de choses sérieuses... — Où en sont nos affaires ? — As-tu sondé le terrain, comme je te l'avais recommandé ?

— Oui, mon chéri... — répliqua Rose.

— Eh bien ?

— Eh bien ! le vieux gêneur a été pris d'une turlutaine...

— Laquelle ?

— Il veut faire son testament.

— Va-t-il donc plus mal ?

— Non ; mais sachant par moi que ses enfants songent à le faire interdire, il voudrait les déshériter en me laissant tout.

— Par testament ?

— Bien entendu...

— Et tu crois ça ?

— Dame !…. il me semble…

René Mattifet se mit à rire en haussant les épaules.

— Ou Martial Dereyne se moque de toi, — répliqua-t-il, — ou il n'a plus sa tête à lui…

— Comment cela ?

— Le père de famille n'a le droit de disposer que d'une part d'enfant, ton infirme sait cela aussi bien que moi… — Or Martial Dereyne a trois enfants, donc il ne pourrait te laisser qu'un quart…

— Tu en es sûr ?

— Parbleu ! c'est la loi…

— Voilà une loi joliment bête !…

— Un testament ne peut donc nous convenir…

— Il n'en fera pas, je m'en charge… Je le mets au défi d'avoir une volonté malgré moi, et c'est heureux…

— Martial Dereyne, depuis la liquidation et le règlement de comptes, a-t-il chargé toi ou toute autre personne d'acheter des valeurs avec ses capitaux ?

— Non.

— Alors, les six cent mille francs restent intacts ?

— Oui…

— Sous ta main ?

— Toujours, puisqu'ils sont dans un secrétaire dont j'ai la clef… — La voilà, cette clef… — Tu penses bien, mon petit homme chéri, que je ne m'en sépare jamais...

Mattifet baissa la tête et garda le silence pendant quelques secondes, en tournant ses pouces à la façon des gens qui s'absorbent dans une méditation profonde.

— Je parie que je sais à quoi tu penses ! — s'écria Rose que ce mutisme ennuyait.

L'agent d'affaires attacha sur elle un regard interrogateur.

— Tu te dis, — poursuivit Rose, — que puisque j'ai la clef de la caisse, il n'y a qu'à prendre les paquets de billets de banque, à les joindre à mon magot personnel et au tien, et à filer avec pour aller t'attendre en Belgique, en Suisse ou en Angleterre.

Mattifet secoua la tête.

— C'est ça qui serait une sottise !... — répliqua-t-il.

— Pourquoi donc ?

— Parce que trois personnes au moins savent que Martial Dereyne a reçu, ou plutôt que tu as reçu pour lui six cent mille francs...

— Lionel Warton et les deux notaires, c'est juste... — Inutile de parler de M. de Funcal puisqu'il a jugé à propos de se supprimer lui même.

— Eh bien ! — continua Mattifet, — si tu donnais suite au joli projet de filer à l'étranger, il ne faudrait pas vingt-quatre heures pour s'apercevoir

que le magot a filé en même temps que toi... —
Naturellement on t'accuserait de l'avoir emporté,
et on aurait l'indélicatesse de porter plainte contre
toi.

— Je m'en ficherais pas mal... — je serais
loin...

— Et l'extradition, ma fille, dont tu ne parles pas !

— On l'obtiendrait, dans l'espèce, le plus facilement du monde, et on te ramènerait bel et bien à
Paris pour te juger, ce qui te ferait passer de fort
vilains quarts d'heure...

— Sapristi ! je ne savais pas tout ça...

— Aussi, je m'empresse de te l'apprendre...

— Il nous faut cette fortune cependant ! — Avec
ce que j'ai déjà et ce que tu possèdes de ton côté,
nous serons riches... Nous ferons figure...

— Oui, pardieu ! il nous la faut, et sois tranquille, nous l'aurons...

— Comment ?

— C'est ce que je cherchais tout à l'heure quand
tu m'as interrompu fort mal à propos...

— Ne me garde pas rancune, mon chéri... —
Je croyais bien dire... — Cherche encore. — Me
voici muette.

L'agent d'affaires se replongea dans sa méditation, dont il sortit brusquement pour donner un
grand coup de poing sur la table.

— Tu as trouvé ? — demanda Rose.

— Oui.

— Et le moyen est bon ?

— Infaillible... — Tu vas voir... — Mais d'abord que penses-tu de l'état de Martial Dereyne, et combien de temps, selon toi, reste-t-il à vivre au bonhomme ?

L

Combien il lui reste de temps à vivre? — répéta Rose.

— Oui. — C'est essentiel à savoir....

— Mais c'est bien difficile à dire. — Le médecin affirme qu'il n'ira pas loin... Il prétend que la paralysie fait des progrès rapides et qu'elle atteindra bientôt le cerveau, ce qui sera la fin. — Moi je ne m'y fie point. — Martial est bâti à chaux et à sable... Je le crois fort capable de durer plus longtemps qu'on ne pense, faisant toujours mine de partir d'une minute à l'autre pour l'autre monde, et en définitive ne partant jamais.

— Eh bien! — dit René Mattifet du ton le plus naturel, comme s'il parlait d'une chose toute simple, — je crois que dans ce cas on pourrait l'aider un peu...

— L'aider à quoi? — demanda Rose.

— Mais, *à se décider*... puisqu'il ne se décide pas...

— Et comment?

— C'est toi, m'as-tu dit, qui lui verses ses ti-
sanes?

— Sans doute... — Après?

— Dame! il me semble que tu dois comprendre...

L'ex-femme de charge tressaillit.

— Le poison! — s'écria-t-elle avec une certaine épouvante.

— Pourquoi non?

— Et le danger que tu oublies!

— Il n'existe que pour les naïfs qui ne saven
pas s'y prendre.

— Tu en es certain?

— Parbleu! — Une goutte de *brucine* aujour
d'hui... deux demain... puis trois, puis quatre, e
ainsi de suite? — Avant un mois Martial Dereyn
aura quitté la terre pour un monde meilleur. —
Quand nous en serons là je fournirai la drogue..

Rose demanda :

— Celle dont tu parles ne laisse donc pas d
traces?

— La brucine? — Aucune... du moins dan
l'état où se trouve le malade... — l'ombre mêm
d'un soupçon ne saurait naître... — La mort sem
blera d'autant plus naturelle qu'elle est attendu
d'un jour à l'autre par le médecin lui-même.

— Tu as beau être un malin, mon cher, — répl
qua Rose, — tu oublies qu'en supprimant Dereyn

tu ne supprimes point l'obstacle... — Aussitôt après la mort les enfants fouilleront partout et, ne trouvant pas les six cent mille francs, m'accuseront de les avoir pris...

— Ils les trouveront... — dit Mattifet en souriant.

Rose regarda d'un air ahuri son amant qui continua :

— Oui, certes, ils les trouveront, mais sous forme de liasses d'actions de toute nature, représentant au taux d'émission deux cent mille écus pour le moins, et valant en bloc quinze cents francs... — Ça se fait dans les faillites les plus honorables pour simuler un actif absent... — C'est fort ingénieux et très pratique... — Martial Dereyne aura fait de mauvais placements... Ça ne te regarde pas... On n'a rien à te dire...

Rose, ne pouvant se maîtriser, sauta au cou de Mattifet qu'elle embrassa sur les deux joues en s'écriant :

— Tiens ! tu es un amour d'homme !! — On est toujours certain de se tirer d'affaire pour peu que tu t'en mêles ! — Procure-toi la drogue en question... Je m'en servirai quand tu voudras...

. . . .

Jean Renaud, de retour à Saint-Ouen, raconta à Lionel Warton la découverte qu'il venait de faire.

Le pseudo-nabab répondit en souriant :

— L'enthousiasme avec lequel Rose Bonchamp parle de ce personnage m'avait fait deviner à peu près le rôle qu'il joue auprès d'elle... — Vous connaissez le Mattifet depuis longtemps ?

— Depuis très longtemps...

— Et vous avez de lui mauvaise opinion ?...

— C'est un drôle de la pire espèce qui cache une corruption effroyable sous une apparence de *haute respectabilité,* comme disent les Anglais... — Je le sais capable de tout... de tout absolument...

— Digne associé de Rose ! — murmura la vengeresse qui presque aussitôt ajouta : — Il me vient une pensée qui m'effraie...

— Laquelle, maître ?

— Martial Dereyne a chez lui six cent mille francs en billets de banque... Les deux misérables pourraient fort bien hâter sa mort pour s'emparer de son argent et m'enlever ainsi ma vengeance... — Le croyez-vous comme moi ?

— Oui, maître. — Évidemment ils sont capables de l'empoisonner et, puisque vous voulez qu'il vive, je crois qu'il sera prudent de veiller sur lui...

— On veillera... — répondit Lionel.

Depuis son retour du Havre, Marie ne quittait point sa chambre.

Elle avait gardé le lit pendant plusieurs jours, et la science profonde, les soins assidus et dévoués de Jocelyn, ne parvenaient qu'à peine à combattre les suites de l'ébranlement physique et moral de la jeune fille.

La pauvre mignonne pensait sans cesse avec terreur et avec désespoir à Léopold, une des victimes promises a la vengeance de Cora.

Elle aurait voulu sauver l'étudiant, fût-ce au prix de sa propre vie, mais elle n'admettait pas la pensée de trahir sa sœur, et cette lutte incessante entre son amour et son devoir, ou du moins ce qu'elle considérait comme son devoir, la brisait.

Personne ne soupçonnait cette lutte dont l'âme angélique de l'adorable enfant était le théâtre. — Ni Cora, ni Carmen, ni Dolorès ne devinaient la cause véritable et l'intensité réelle des souffrances qu'elle endurait.

Le docteur Jocelyn ordonnait des distractions.

Marie refusait avec douceur mais avec obstination de se laisser distraire.

Elle n'avait pu cependant trouver de prétexte plausible pour décliner l'offre d'une promenade dans le parc en compagnie de sa sœur Carmen.

Cora, tout entière à l'œuvre terrible qui l'absorbait, remarquait à peine l'altération de la santé de Marie, que cependant elle aimait de toutes ses forces et, croyant cette altération sans gravité, n'y attachait que peu d'importance.

Carmen au contraire était effrayée de la tristess
croissante de sa jeune sœur et de son abatte
ment progressif.

Comprenant que quelque chose d'anormal déter
minait une crise dont elle ne pouvait s'explique
la nature, elle prit la résolution de suivre les ins
tincts de sa tendresse et d'interroger Marie.

Les deux jeunes filles marchaient lentement e
en silence sous les tilleuls séculaires de la ter
rasse qui dominait les deux bras de la Seine e
l'île de Gennevilliers.

L'enfant, très faible, s'appuyait sur Carmen.

Celle-ci s'arrêta tout à coup.

— N'es-tu pas fatiguée, chère mignonne ? —
demanda-t-elle.

— Un peu... — répondit Marie avec un sou·
rire mélancolique.

Carmen la conduisit à un banc de jardin qui se
trouvait près d'elles, et reprit :

— Repose-toi quelques minutes...

— Je ne demande pas mieux, car c'est tout au
plus si mes jambes peuvent me soutenir... —
Qu'est devenu le temps où je courais pendant des
heures entières sur les mornes de Guayanila ? —
ajouta-t-elle en soupirant.

Carmen fit asseoir sa sœur, s'assit à côté d'elle
et lui prit les deux mains.

— Regarde-moi, chérie... — lui dit-elle au bout
d'un instant.

Marie tourna vers la fiancée de Georges Dereyne son visage amaigri. — Un nouveau et pâle sourire effleura ses lèvres décolorées, tandis qu'elle demandait d'une voix mal affermie :

— Pourquoi veux-tu que je te regarde ?

— Parce que tes yeux charmants ne sauraient mentir, si ta bouche ne répond pas franchement à mes questions.

— Tes questions ?... — Tu vas donc me questionner ?

— Oui.

— Que veux-tu savoir ?

— Je veux savoir pourquoi tu souffres...

— Mais, je ne souffre plus... — interrompit Marie.

— Je veux savoir, — continua Carmen, — pourquoi ta tristesse augmente et pourquoi tu te caches pour pleurer...

La plus jeune fille de Richard Bernier tressaillit en entendant ces paroles.

Carmen sentit les mains de sa sœur frissonner entre les siennes.

L'enfant fit violence à son émotion, et balbutia :

— Tu t'exagères ma tristesse et tu crois voir dans mes yeux des larmes chimériques... — Pour pleurer il faut des motifs, et tu sais que je n'en ai pas... — J'ai été) souffrante pendant quelques jours, c'est vrai... — Notre ami Jocelyn vous a

expliqué les causes d'un malaise qui n'avait rie
de grave, et qui d'ailleurs n'existe plus qu'à peine.
— J'ai ressenti une secousse violente... — L
sang versé, les cris d'agonie, m'ont fait peur
m'ont fait mal... — L'impression a été vive, ma
elle s'efface aujourd'hui et je serai bientôt remis

— Marie, chère Marie, — dit Carmen après u
silence, — tu me trompes, ou plutôt tu veux m
tromper... c'est en vain.

— Je t'assure... — murmura l'enfant.

— Tes paroles n'ont pas leur accent habituel d
sincérité... — interrompit Carmen. — Ton âme e
bien trempée, je le sais... — La peine du talior
atteignant sous tes yeux l'un des bourreaux d
notre mère, n'a pu produire un tel effet sur toi.
— Tu me caches quelque chose...

— Je te jure...

— A quoi bon jurer ? à quoi bon mentir ? — T
détournes de moi tes regards, ne pouvant les rendr
complices du mensonge de tes lèvres ! — Que m
caches-tu donc ? — N'as-tu plus confiance e
moi ? — Pourquoi me refuser l'aveu de tes cha
grins ? — Ma tendresse pour toi me donne l
droit de les partager... — Ne résiste plus, chèr
mignonne... — Ouvre-moi ton cœur... dis-mo
tout...

En disant ce qui précède Carmen avait pris s
sœur dans ses bras ; elle attirait sur sa poitrine s
jolie tête brune aux yeux de gazelle, et couvrai

baisers ses joues, son front et ses cheveux. Marie, profondément remuée, violemment émue, sanglotait.

— Parle, chérie, — poursuivit Carmen. — Fais-ài vite tes confidences. — Tu verras comme ça silage...

L'enfant comprima ses sanglots, essuya ses paupières, rendit à sa sœur baisers pour baisers et balbutia :

— Eh bien, oui ! je vais parler... je vais t'ouvrir mon cœur et te dévoiler mon âme...

Elle s'interrompit.

— Je t'écoute, chérie... — dit vivement Carmen ; — j'ai hâte de te consoler...

— Oui, — continua Marie, — la mort de Mer-zza m'a remplie d'épouvante... Elle a fait naître à moi un doute terrible qui me torture... qui me tue...

— Un doute ?... — répéta Carmen.

— Oui.

— Lequel ?

— Après avoir assisté au jugement, à la condam-tion, à l'exécution de ce misérable... après avoir vu son sang jaillir jusque sur nos mains, je me suis demandé si Dieu permet à la créature de se faire ainsi justice et de rendre le mal pour le mal ? — Je me suis demandé si nous n'étions pas des bourreaux au lieu d'être des juges, et si le con-

damné, quel que fût le crime commis, n'était
une victime ?

— Tais-toi, ma sœur! — s'écria Carmen
Tais-toi, je t'en supplie !!! tu blasphèmes! — (
tribunal avait jugé notre père, tué par la l
d'un assassin ? — Quel tribunal avait conda
notre mère, morte sous les coups de Mercu
— Et nous serions des criminels quand nous f
pons à notre tour ? — Allons donc !!! — Nous
complissons une œuvre de justice et non de hai
— Nous payons la dette de sang !... — C'est n
droit, ma sœur, et c'est notre devoir !!!

LI

Carmen en disant ce qui précède s'était animée peu à peu et parlait d'une voix vibrante.

— Quand je t'écoute, ma sœur, je pense comme toi, — balbutia Marie, — et ma haine pour les infâmes est égale à la tienne, mais, lorsque je suis seule avec ma conscience, je me dis que les crimes commis étaient prévus et punis par les lois et qu'il fallait nous adresser aux tribunaux pour obtenir vengeance...

— Eh! — répliqua Carmen, — il existe des crimes que les juges ne peuvent ni comprendre, ni punir... —'il existe des châtiments que n'inflige pas la justice humaine et qui doivent être infligés.

— Que les coupables soient punis, je l'admets... — poursuivit Marie; — mais de quel droit frapper des innocents qui ne sont point complices des crimes commis par leur père?

— Qu'avions-nous fait à Martial Dereyne et à

Mercuzza, nous les filles innocentes des innocen
victimes? — s'écria Carmen.

Marie baissa la tête sans répondre, et de gros
larmes roulèrent sur ses joues comme s'égrèr
les perles d'un collier.

Carmen la contempla pendant une seconde et
prit :

— Sœur chérie, il y a quelque chose que tu
me dis pas, et je veux tout savoir. — Tu trem
pour quelqu'un que notre vengeance menace..
Pour qui? — Dis-moi pour qui?

— Non, — balbutia la pauvre mignonne, en pr
à un effarement véritable, et presque folle de c
fusion en pensant qu'on pourrait deviner le se
de son cœur. — Non, je ne tremble pour p
sonne... Ne crois rien, ne suppose rien... J'étais
ble et je deviens forte... J'aurai la résignatio
j'aurai le courage... J'aurai la haine qui v
anime...

En ce moment Cora, arrivant de Paris et port
comme toujours le costume masculin de Lio
Warton, vint rejoindre ses sœurs sur la terras

Marie, en la voyant, sentit grandir son troul

— Bonjour, chérie, — lui dit Cora en se p
chant vers elle et en l'embrassant au front. —
trouves-tu mieux aujourd'hui?

— Oui, petite sœur... — répliqua l'enfant
rendant à la vengeresse le baiser qu'elle venait
recevoir.

Cora tourna ses yeux vers Carmen pour la questionner du regard.

Carmen répondit tout haut à cette interrogation muette :

— Oui, elle va mieux... du moins au physique...

— Mais le moral?

— Toujours sombre et triste.

— Pourquoi?

— L'impression produite par le supplice de Meruzza ne peut s'effacer... — Marie frissonne en se disant qu'il nous reste à frapper plus d'une fois avant d'attendre la dernière étape.

— Mignonne, — demanda la sœur aînée en embrassant de nouveau Marie, — faiblirais-tu?

— Je ne faiblis pas, mais j'ai peur... — dit l'enfant d'une voix mourante.

Cora reprit :

— Songe à notre père assassiné, à notre mère martyrisée sous nos yeux jusqu'à la mort! Songe Carmen, songe à toi-même, et ne tremble plus!...

— Notre tâche est une œuvre sainte et nous n'aurons le droit de nous reposer qu'après l'avoir accomplie jusqu'au bout!... — Souviens-toi, ma sœur, et sois forte!

Marie quitta son banc, fiévreuse, les yeux égarés et murmura :

— Je serai forte... Je serai forte! — Je te jure que je serai forte...

Un bruit de pas se fit entendre et presque
sitôt Robinson apparut au détour d'une allée.

— Qu'y a-t-il ? — lui demanda Cora.

— Maître, — répondit le valet de chambre
c'est M. Léopold Dereyne. — Il sait que vous
au château, car il paraît qu'en venant de Pa
Saint-Ouen sa voiture suivait la vôtre. — Il in
pour être reçu afin d'avoir de votre bouche
nouvelles de Mlle Mary qu'il croit très s
frante.

L'enfant, en entendant ces mots, sentit
cœur se gonfler et ses joues pâles devenir pourp

Lionel eut un sourire étrange.

— Eh bien ! mais, — dit-il, — rien de plus fa
que de le rassurer, ce cher ami, puisque M
est en état de le recevoir...

Il ajouta, en s'adressant à Robinson :

— Amène ici M. Léopold...

— Oui, maître.

Le nègre s'éloigna.

Cora reprit :

— Le moment est venu, sœur chérie, de teni
parole et de prouver ta force. — Le plus jeune
de l'infâme Dereyne doit être frappé comme
autres, tu le sais bien, et c'est par son amour qu
veux et que tu dois vouloir le conduire à sa pert

Marie, redevenue mortellement pâle, s'était l
sée retomber sur le banc et se sentait presque
faillante.

Il fallait cependant cacher son trouble à Cora.
— Elle y parvint, mais non sans peine.

Robinson reparut guidant Léopold dont le vi-
ge amaigri et les traits altérés portaient l'em-
reinte des jours sans repos et des nuits sans sommeil.

En voyant Marie, à peine reconnaissable sous
on masque livide, avec ses paupières rougies
n'entourait un sillon de bistre, le jeune homme
at au moment de s'élancer vers elle et de tomber
ses genoux.

La présence de Cora et de Carmen, ou plutôt
e Lionel et de Laura Warton, arrêta son élan.

L'émotion d'ailleurs le paralysait à demi. — Il
alua silencieusement.

Lionel lui serra la main et lui dit :

— Soyez le bien accueilli, mon cher Léopold...
— Je suis enchanté de vous voir... — Vous êtes
enu plus d'une fois au château, je le sais, mais
oujours en mon absence, et Mary, fatiguée par
on voyage au Havre, était trop souffrante pour
uitter sa chambre... — Aujourd'hui — vous le
oyez par vos propres yeux — elle est presque
omplètement remise... — Rien ne l'empêchera
onc de vous recevoir lorsque vous arriverez à
Saint-Ouen avant mon retour de Paris...

Un tel accueil était encourageant. — Léopold,
malgré son trouble, balbutia quelques phrases de
gratitude.

Il aurait donné tout au monde pour se trou
seul avec Mary, à qui depuis si longtemps il
vait pu adresser une parole.

Son vœu fut exaucé plus vite qu'il n'aurait
le croire.

Carmen, obéissant à un signe de Cora, s'
gna la première, et la vengeresse à son tour,
textant des ordres à donner, se dirigea vers
écuries.

Léopold ne profita point d'abord d'un tête-à
qu'il espérait à peine.

Pendant quelques secondes il demeura del
immobile et muet devant la jeune fille qui n'
pas lever ses yeux sur lui.

En contemplant avec une attention anxieus
joues creuses, les lèvres décolorées de Mari
deux larmes encore suspendues à ses longs
une immense douleur envahit son âme.

Que de chagrins il avait fallu pour altér
profondément ce virginal et charmant visage

Léopold se laissa glisser aux pieds de l'en
et balbutia avec des sanglots dans la voix :

— Mary... chère Mary... vous avez souff
cruellement souffert... et quoi qu'on en dise
souffrez encore, je le vois bien... — Mary
bien-aimée, mon cher et doux amour, je
savoir ce qui vous fait souffrir...

— Oh ! taisez-vous ! taisez-vous !... — Ne
lez pas ainsi ! — dit vivement la jeune fil

sant ses deux petites mains sur les lèvres fré-
ssantes de l'étudiant — Si l'on vous enten-
it...

Léopold saisit et couvrit de baisers les mains
e Marie n'eut pas la force de lui retirer, et ré-
ndit :

— Si l'on m'entendait ? — Eh bien ! qu'im-
rte ?...

— Ne dites pas cela !... — reprit l'enfant tout
farée. — Encore une fois, je vous en supplie,
sez-vous !...

— Mais pourquoi ?

— Parce qu'il le faut...

— Ce n'est pas répondre... — Pourquoi le
at-il ?

Marie garda le silence.

— Quand l'univers saurait que je vous aime et
pposerait que vous m'aimez, où serait le mal ?
poursuivit Léopold avec feu. — N'êtes-vous
s maîtresse de vous ? — N'êtes-vous pas libre
me donner votre cœur en échange du mien,
i est absolument à vous ?... — Quelle puissance
maine pourrait empêcher ces deux cœurs de
ttre l'un pour l'autre ?... — Oui, je vous aime,
je suis fier de vous aimer... et je dirais avec
gueil mon amour au monde entier, comme je le
rai tout à l'heure à Lionel Warton, votre cousin
votre tuteur, en lui demandant votre main...

— Oh ! — s'écria Marie avec une immense terreur. — C'est cela surtout qu'il ne faut pas faire

— Que craignez-vous donc...? — Croyez-vo'
que votre cousin refuserait d'agréer ma .1
cherche?... — Mais pour cela il faudrait
prétexte et ce prétexte n'existe point... — Poı
quoi me trouverait-il indigne de vous, pü
qu'il accorde votre sœur à mon frère?... — Poı
quoi me défendre de parler?... — Est-ce de vo
que vient l'obstacle ? — Me suis-je abusé
croyant à votre tendresse que je désirais avec tı
d'ardeur ? Ai-je pris mes illusions pour des ré
lités? — Si vous ne m'aimez pas, il faut me
dire... — Si j'ai fait un rêve, il faut m'éveille1
— Mieux vaut recevoir tout de suite le coup
grâce que de mourir à petit feu... — Tuez-r
s'il le faut mais, au nom du ciel, tuez-moi vite

Tandis que Léopold disait ces choses, les ye
de Marie fixés sur lui exprimaient un tel éga
ment que le jeune homme se demanda si la fo
ne s'emparait pas de sa bien aimée.

— Mon Dieu, — murmura-t-il, — qu'avı
vous?... — l'expression de vos regards
étrange... On croirait que je vous fais peur...

La pauvre enfant, chancelante, à bout de forı
mais non pas à bout de courage, ne parut pas ı
tendre cette question.

— Léopold, — fit-elle d'une voix lente, bris
à peine distincte, — je vous ai dit un jour (l'avı
vous oublié ?) qu'il fallait vous armer de patienı

que le temps seul pourrait aplanir peut-être les
obstacles qui se dressent entre nous, mais à la
condition que vous obéiriez à mes volontés et que
vous suivriez mes conseils... — Vous me l'avez
promis... vous me l'avez juré... — Est-ce vrai ?

— C'est vrai...

— Eh bien ! vous vous êtes parjuré... vous
avez oublié votre parole... vous avez désobéi à
mes volontés... vous n'avez point suivi mes conseils ! — En agissant ainsi savez-vous ce que vous
faites, Léopold ? — Vous me tuez !

— Mary... Mary... — commença l'étudiant.

— Si vous voulez que je vive, — interrompit la
jeune fille, — accordez-moi ce que j'ai vainement
sollicité il y a quelques semaines... — Pour la
seconde fois je vous le demande, pour la seconde
fois je vous en supplie, partez, quittez Paris,
éloignez-vous de moi jusqu'au jour où je vous
écrirai de revenir... — Il est temps encore aujour-
d'hui, mais bientôt il sera trop tard... — Par pitié,
Léopold, si ce n'est par amour, cédez à ma prière !
— Partez ! — Faut-il, pour l'obtenir, vous le demander à genoux ?...

— M'éloigner de vous, c'est mourir, et je veux
vivre !... — répliqua l'étudiant. — Je ne partirai
pas sans vous !...

Marie se tordit les mains.

— Ah ! le malheureux ! — balbutia-t-elle avec
désespoir. — Il se perd et rien au monde ne pourra

le sauver!... — j'ai beau lui crier que l'abîme est
là... — il ne voit pas... il n'entend pas... il ne
comprend pas!... — et moi je sens que ma tête
s'égare et que je deviens folle... ou que je vais
mourir...

Les scènes émouvantes auxquelles nos lecteurs
viennent d'assister avaient épuisé complètement
le peu de forces qui restaient à Marie.

La pauvre mignonne s'était presque agenouillée
devant Léopold en tendant vers lui ses mains sup-
pliantes, et n'avait rien obtenu.

De ses deux bras elle battit l'air comme pour
chercher un point d'appui. — Elle poussa un long
soupir, ferma les yeux, et serait tombée à la ren-
verse si l'étudiant ne l'avait soutenue sur sa poitrine.

— J'obéirai, Mary... — dit-il alors à son oreille.
— J'obéirai, puisqu'il le faut pour que vous soyez
heureuse. — Je partirai, dussé-je en mourir... —
Qu'importe que je meure pourvu que vous vi-
viez...

Il attendait une réponse qui ne vint pas, qui ne
pouvait venir. — La tête de Marie ballottait sur
son épaule. — La jeune fille était évanouie.

Léopold, pris d'une terreur soudaine, frissonna
de la nuque aux talons et se mit à crier :

— Au secours !... au secours!... — Mary se
meurt! Mary est morte!

LII

Lionel Warton venant des écuries, et le docteur Jocelyn arrivant de Paris, causaient ensemble près du perron.

Ils entendirent les cris de Léopold, ses appels au secours.

Tous deux se précipitèrent vers l'endroit d'où partaient ces cris et ces appels.

Ils virent Marie étendue sans connaissance sur le banc, et l'étudiant à genoux devant elle.

La vengeresse devenue livide fit un geste de terreur et de désespoir.

— Rassurez-vous, elle est vivante... — dit Jocelyn vivement, puis il demanda, en soulevant la jeune fille dans ses bras :

— Que s'est-il donc passé, monsieur ?

— Mlle Mary s'est évanouie tout à coup... — répondit Léopold effaré.

— Mais, pourquoi ?

— Je l'ignore...

— Pauvre enfant... — murmura le docteur, et il prit rapidement, chargé de son léger fardeau, le chemin de l'habitation.

Lionel et Léopold le suivaient en silence, absorbés l'un et l'autre dans leurs pensées dont il nous paraît superflu d'indiquer la sombre nature.

— Est-ce dangereux, monsieur le docteur ?... — balbutia l'étudiant au moment où Jocelyn allait pénétrer dans le vestibule.

— Non... — répliqua le médecin mulâtre, — une syncope et pas autre chose...

— Vous me le jurez ?...

— Je vous le jure.

Le jeune homme respira plus librement.

— Je comptais vous retenir à dîner, mon cher Léopold, — lui dit Lionel, — mais cet incident imprévu et douloureux ne me laisse point la liberté d'esprit nécessaire pour remplir les devoirs de l'hospitalité...

— Je le comprends trop bien, — fit l'étudiant, — et je pars...

Il ajouta d'une voix à peine distincte :

— Mais comment aurai-je des nouvelles de Mlle Mary ?...

— Je vous promets de vous en envoyer ce soir... — D'ailleurs vous avez entendu... le docteur n'est point inquiet...

Malgré cette affirmation qui confirmait les paroles de Jocelyn, Léopold s'éloigna nullement rassuré, en se promettant de revenir le lendemain de très bonne heure si Lionel oubliait sa promesse.

Mary fut étendue sur son lit et une médication énergique ne tarda point à la ranimer.

Le docteur noir lui fit prendre quelques gouttes d'une potion calmante et dit :

— Elle n'a plus besoin que de repos... — Laissons-la dormir...

Ensuite il sortit de la chambre en emmenant avec lui Carmen, Dolorès et Cora.

— Mais, enfin, qu'a-t-elle donc ? — demanda celle-ci.

— Dois-je vous dire la vérité ? — fit Jocelyn.

— Oui, quelle qu'elle soit...

— Eh bien ! les émotions subies ont été trop violentes pour la nature délicate de la pauvre mignonne, et je vois apparaître les premiers symptômes d'une maladie de cœur...

— Docteur, — s'écria la vengeresse, — on triomphe sans peine d'un mal pris à ses débuts, n'est-ce pas ?

— Oui sans doute, — si rien ne vient aggraver ce mal et rendre nuls les efforts de la science...

— Cher Jocelyn, vous sauverez ma sœur, vous me le promettez ?

— Je le tenterai du moins, et je réussirai avec l'aide de Dieu...

Au moment où se refermaient les portes de la

chambre de Marie, l'enfant se souleva dans son lit, joignit les mains et murmura :

— Ma mort seule, je le vois bien, peut sauver Léopold... — Je suis prête à mourir...

*
* *

Jean Renaud ne perdait point son temps.

Lancé par dévouement au milieu des complications et des intrigues dont les fils se multipliaient autour de lui, il aimait cette existence fiévreuse où son infatigable activité se donnait librement carrière.

Martial Dereyne et ses deux fils étaient pris sans le savoir dans les filets tendus par Cora.

La comtesse Amélie avait fait le premier pas vers sa perte et ne s'arrêterait plus.

C'était surtout de la comtesse douairière qu'il fallait s'occuper désormais, et Jean Renaud n'avait pas besoin qu'on stimulât son ardeur car il existait, nous le savons, un compte à régler entre lui et l'ex-Blanche Hervieux.

La mère de Gontran de Lasseny ne manquait ni d'intelligence, ni de résolution, ni d'énergie.

A coup sûr, quand elle se sentirait attaquée, elle se défendrait vigoureusement.

Il importait donc d'entamer la lutte contre elle avec de telles armes, avec un tel entassement de preuves, qu'elle fût accablée du premier coup et réduite à l'impuissance.

Le *livre-journal* de Claire Bonchamp pouvait
tre en cette occurrence prodigieusement utile.

Or on supposait, nous l'avons dit, que ce livre
evait se trouver dans le tiroir secret d'un secrétaire faisant partie des meubles de la maison d'ac-
buchement de Vincennes, meubles vendus en
loc, après l'arrestation et la condamnation de
laire Bonchamp, à la sage-femme acquéreur de
on établissement.

Les démarches faites jusqu'à ce jour pour re-
rouver Fernand Strény et le fils de Laurent
Raymond étaient restées sans résultat.

En désespoir de cause Jean Renaud, ou pour
mieux dire Doménico Séballa, s'était adressé de
a part de Lionel Warton, à un haut employé de
a Préfecture de police, et il attendait.

Mais en ce qui concernait le volume renfermant
es notes prises au jour le jour par Claire Bonchamp, il ne comptait que sur lui-même et il se
rendit à Vincennes.

Il connaissait la rue ; — il connaissait la maison ;
— il connaissait le meuble ; — il connaissait le
secret du meuble...

Les choses, selon toute apparence, devaient aller sur des roulettes.

L'immeuble dont Claire avait été jadis locataire
se trouvait dans une petite rue aboutissant au bois
et généralement fort peu fréquentée.

Lorsque l'évadé de *la Dorade* arriva devant la

porte, il leva la tête et chercha machinalement
tableau allégorique qui devait se trouver à la ha
teur du premier étage.

Ce tableau, présent à son esprit comme s'il l
vait vu deux heures auparavant, représentait u
belle dame coiffée d'un chapeau rose à plum
blanches, vêtue d'une toilette à la dernière mo
de 1830, et portant entre ses bras un poupon gr
et gras.

Sur le premier plan s'étalait un chou coloss:

Evidemment, dans l'esprit du peintre, la be
dame venait de ramasser ce superbe poupon so
ce chou phénomène.

Jean Renaud fit un mouvement de surprise.

Le tableau-enseigne ne se trouvait plus à
place que si longtemps il avait occupée.

Que signifiait cela ?

La maison était toujours debout, mais est-ce q
par hasard l'établissement n'existerait plus ?

Ce devait être pour le faux mulâtre une crue.
déception.

Ne voulant pas rester plus longtemps dans l'i
certitude il s'approcha de la porte et sonna.

Personne ne vint.

Il agita de nouveau le cordon.

La porte resta close, malgré les appels réitér
de la sonnette.

A cinquante pas de la demeure silencieuse

obablement déserte se trouvait une petite bou-
que de marchand de vins.

Attiré par le carillon dont nous connaissons la
use, le patron sortit, et voyant un inconnu aux
ises avec la cloche lui cria :

— Eh ! monsieur...

Jean Renaud se retourna.

— Vous sonneriez pendant deux heures que ça
servirait à rien... — reprit le marchand de
ns. — On ne vous répondra pas...

— Est-ce que la maison n'est plus habitée ? —
manda le faux mulâtre.

— Elle est habitée par un concierge-jardinier,
ais il est à Paris en ce moment.

L'évadé de *la Dorade* se rapprocha de son inter-
cuteur, le salua et lui dit :

— C'était bien dans cette maison que se trouvait
établissement spécial pour les femmes en cou-
es ?

— Oui, monsieur.

— Est-ce que l'établissement en question a été
ansféré ailleurs?

— Non, monsieur... — il n'existe plus.

— Depuis quand?

— Depuis que la sage-femme, Mme Lamberty,
t morte.

— Et quand est-elle morte?

— Il y a un an... — Elle faisait assez mal ses
faires... Les loyers étaient arriérés... — On a

vendu tout, et le propriétaire, qui est un fort pa
sementier de la rue Saint-Denis, a repris sa m
son pour l'habiter bourgeoisement tous les dim
ches.

— Et, — murmura Jean Renaud abasourdi,
vous dites qu'on a vendu ?

— Oui, monsieur...

— Aux enchères, sans doute ? — Les meub
ont été emportés à droite et à gauche par différe
acquéreurs ?

— Non, monsieur, ça a été acheté en bloc p
un brave homme qui a déjeuné chez moi le jo
de la vente...

— Un brocanteur de Paris, je suppose ?

— C'est ce qui vous trompe... — Un collègue
un marchand de vin comme moi, qui voul
joindre à son commerce un petit hôtel garni !

— Dans Paris ?

— Ça, par exemple, je n'en sais rien... il me
dit, bien sûr, mais je l'ai oublié.

— Est-ce cet homme qui a enlevé lui-même
mobilier ?...

— Non, monsieur... — Ce sont les voitur
d'un grand déménageur...

— Quel déménageur ?...

— Je ne me souviens pas du nom, mais j'ai
sur les bâches que l'établissement était pla
Saint-Sulpice...

— Et vous dites qu'il y a un an ?..

— Oui, monsieur... — Oh ! pour ça je ne peux
s me tromper... — C'était le jour du terme et je
yais mon propriétaire...

— Grand merci de votre complaisance, mon-
ur... — fit Jean Renaud en s'éloignant pour
oindre dans la grande rue de Vincennes la
iture qui l'avait amené.

Il donna l'ordre de le conduire place Saint-Sul-
e, et une heure après il entrait dans le bureau
ine maison de déménagements très connue.

Un employé lui demanda le but de sa visite. —
igissait-il d'un mobilier à transporter à la cam-
gne ou même en province ?

— Non, monsieur, — répliqua Jean Renaud, —
viens vous prier de me donner un renseigne-
nt au sujet d'une chose qui m'intéresse...

LIII

L'employé mit sa plume derrière son oreille
attendit une explication.

— Je désirerais savoir, — poursuivit Jean F
naud, — où ont été transportés les meubles p
par vos voitures, il y a un an, dans une mais
d'accouchement, située à Vincennes, et dont
propriétaire venait de mourir...

— Une maison d'accouchement ?... à Vi
cennes ?... il y a un an ?... — répéta l'emplo
avec une surprise manifeste.

— Oui.

— Ah ! par exemple, voilà qui est singulier.

— La question que je vous adresse ?...

— Oh ! pas le moins du monde... Elle est to
simple au contraire...

— Quoi donc, alors ?

— Figurez-vous, monsieur, qu'on est venu h
me demander juste le même renseignement q
vous réclamez aujourd'hui de moi...

Le faux mulâtre fronça le sourcil non sans inquiétude.

— Ah! — fit-il, — on est venu hier ?

— Oui, monsieur... peut-être venait-on de votre part...

— Nullement... — je n'ai envoyé personne...

— C'était une femme, sans doute ?

— Non monsieur, mais un commissionnaire médaillé... — il avait une note écrite...

— Et vous lui avez répondu ?...

— Ce que je vais vous répondre à vous-même.

L'employé, tout en parlant, prit dans un casier l'un des registres de l'année précédente, l'étala sur son bureau, l'ouvrit, en feuilleta rapidement les pages et lut à haute voix :

« *Le 15 octobre, pour le compte de M. Fournier, prendre des meubles à Vincennes, rue ***, numéro ***, pour les conduire barrière de Fontainebleau, route d'Ivry, numéro 74. — Trois voitures. — Reçu soixante francs.* »

Jean Renaud avait tiré de sa poche un agenda et écrivait au crayon sur une page blanche.

— Vous avez bien dit *barrière de Fontainebleau*, route d'Ivry? — demanda-t-il.

— Numéro 74, oui, monsieur... — C'était afin de monter un petit hôtel garni.

— Et le nom du propriétaire par les ordres de qui le déménagement a été opéré ?

— Monsieur *Fournier*.

— Merci de votre complaisance, monsieur...

— Mais comment donc... Tout à votre service...

Le faux mulâtre sortit du bureau et se dirigea vers la voiture qui l'avait amené.

Tout en marchant la tête basse, il murmurait :

— On est venu demander des renseignements !...

— Ce prétendu commissionnaire était Remy Chomin en personne — (ce que je crois probable) — ou tout au moins un homme envoyé par lui... L'ancien ami de Rose Bonchamp a dû s'aboucher avec la ci-devant Blanche Hervieux, aujourd'hui comtesse de Lasseny, et c'est pour elle qu'il travaille...

— Voilà des gaillards dangereux et qui vont mettre à coup sûr de fort jolis bâtons dans nos roues... — Je veux savoir tout de suite à quoi m'en tenir...

Il remonta dans le coupé, referma la portière et dit au cocher :

— *Barrière de Fontainebleau...* — *Route d'Ivry, numéro* 74... et du train... — Je suis pressé.

A l'endroit indiqué, la voiture fit halte.

Jean Renaud descendit.

Une déception nouvelle l'attendait.

La maison garnie, de fort piteuse apparence, annexée à l'établissement de marchand de vins, était en pleine déconfiture.

Sur la porte close et sur l'un des volets fermés

se voyaient deux affiches jaunes disant à peu près ceci :

VENTE PAR AUTORITÉ DE JUSTICE APRÈS FAILLITE,

« D'un bon et nombreux mobilier garnissant « une maison à usage d'hôtel meublé : lits et cou- « chettes, literie, rideaux, sièges, tables, armoires « et buffets, pendules, descentes de lit, porce- « laines, verreries, batterie de cuisine, bouteilles « vides et nombre d'autres objets dont l'énumé- « ration et la désignation serait trop longue.

« La vente aura lieu rue Drouot, hôtel des Ventes, « par le ministère de M. Boulouze, commissaire- « priseur, le 20 octobre 1853, à une heure. »

L'évadé de *la Dorade* entra dans une boutique de fruitière voisine de la maison close.

— C'est bien à côté que se trouvait l'établisse-ment de M. Fournier ? — demanda-t-il.

— Oui, monsieur... — répliqua la fruitière. — Un brave homme s'il en fut, M. Fournier... — Il était trop bon enfant et ne refusait jamais de cré-dit... — On a saisi chez lui à la requête des cré-anciers et du syndic de la faillite, et après-demain on vendra aux enchères, pour presque rien peut-être, des meubles qu'il avait payés en bon argent comptant il y a un an tout au plus...

— Merci, madame...

— Si par hasard vous désiriez parler à M. Fournier quoi qu'il soit dans le chagrin, je pourrais vous donner son adresse.

— Je n'en ai nul besoin, n'ayant rien à lui dire...

Jean Renaud remonta en voiture pour la troisième fois et donna l'ordre de le conduire à l'Hôtel des Ventes.

— Toujours la déveine!! — murmurait-il chemin faisant. — La mort de l'une et la faillite de l'autre se liguent contre moi!! — Remy Chomin qui m'a vu au Père-Lachaise est sur la piste de la vérité... — Il connaît le meuble, qui sait s'il ne trouvera pas moyen de l'enlever en me devançant?... — Qu'il prenne garde à lui s'il brouille par trop mes cartes, — car celles-ci sont les miennes, — et je veux gagner la partie!!

Le cheval, comme tous ceux de l'écurie de Lionel Warton, était un trotteur hors ligne.

Jean Renaud trouvait cependant qu'il n'allait pas assez vite.

Il aurait voulu lutter avec la vapeur et dépasser le train de la malle des Indes.

Enfin la voiture s'arrêta rue Drouot et l'évadé de *la Dorade* franchit le seuil de l'hôtel des commissaires-priseurs.

Très peu familier avec un établissement qui, surtout depuis quelques années, joue un rôle énorme dans l'existence des collectionneurs d'objets d'art et de curiosités de toute nature, il monta au premier étage et visita successivement plusieurs salles où avaient lieu soit des expositions, soit des ventes de tableaux, de porcelaines et de faïences anciennes, de tapisseries, de chinoiseries, de meubles précieux.

Rien de tout cela ne ressemblait aux bois de lit d'acajou, aux couchettes de noyer et aux autres objets sans élégance et sans valeur artistique qui avaient appartenu à Claire Bonchamp.

Le faux mulâtre s'adressa à un gardien, ancien militaire, dont la tunique portait une demi-douzaine de décorations.

— Monsieur, — lui demanda-t-il, — auriez-vous la complaisance de me dire où se fait l'exposition d'un mobilier qui doit se vendre après-demain?

Le gardien répondit par cette question.

— Est-ce un riche mobilier?

— Oh! pas le moins du monde. — Ce sont de pauvres meubles bien simples, vendus par autorité de justice après faillite d'un hôtel garni...

Le gardien eut aux lèvres un sourire vaguement ironique.

L'ignorance absolue de son interlocuteur lui paraissait incompréhensible.

— Monsieur — répliqua-t-il — les ventes par autorité de justice, sauf les cas très rares où il s'agit de mobiliers luxueux, ne sont point précédées d'une exposition, surtout d'une exposition de deux jours — (particulière le premier, publique le second) — et n'ont pas lieu au premier étage... Les meubles saisis se vendent généralement sans exposition préalable, soit dans la cour même de l'hôtel, soit dans les salles du rez-de-chaussée... — Vous saurez à quoi vous en tenir après demain, jour de la vente, en arrivant ici de bonne heure...

— Merci de ces renseignements, monsieur... — reprit Jean Renaud. — Au risque d'abuser de votre complaisance, je vais en solliciter un de plus...

— Lequel?

— Celui-ci : — En attendant la vente, où se trouvent les meubles saisis ?

— Soit dans les magasins du sous-sol, soit empilés dans un coin de la cour et protégés par une barrière mobile...

Le faux mulâtre remercia de nouveau et descendit.

Il ne pouvait songer à franchir le seuil des magasins.

Sous quel prétexte en aurait-il demandé l'accès? — Quel moyen d'expliquer sa curiosité singulière et de l'empêcher de paraître suspecte?...

Mais rien ne l'empêchait d'explorer la cour sans obstacle et sans contrôle, et c'est ce qu'il fit.

Ainsi que le lui avait dit le surveillant au premier étage, bon nombre d'humbles mobiliers poudreux, plus ou moins délabrés, étaient entassés le long des murailles, à droite et à gauche de l'escalier conduisant à la galerie du rez-de-chaussée.

Ces mobiliers se ressemblaient tous dans leur absolue banalité. — Ils avaient, les uns comme les autres, le même aspect vulgaire et misérable.

— Si quelqu'objet ne vient pas guider mes souvenirs je ne m'y reconnaîtrai certainement pas... —pensa Jean Renaud.

Soudain il tressaillit et sourit en même temps.

Le fil conducteur si vivement souhaité s'offrait à l'improviste.

Au-dessus d'un amoncellement de matelas jetés sur des sièges empilés, il venait de voir, dans un cadre de bois peint en jaune et orné d'un filet noir, une caricature politique faisant partie jadis du mobilier de Claire Bonchamp.

Cette caricature — (parfaitement inoffensive en somme et dont beaucoup de gens se souviennent encore aujourd'hui) — obtenait, quelques années après 1830, un grand succès d'hilarité.

C'était le portrait ou plutôt la charge du roi Louis-Philippe.

Une grosse poire, encadrée d'énormes favoris, avait la prétention de représenter la figure du monarque.

— Évidemment les meubles saisis sont là... — se dit le faux mulâtre. — Reste à savoir si le secrétaire, qui seul nous intéresse, n'a pas été vendu à quelque époque antérieure...

Quoique fort gêné par la barrière destinée à protéger les meubles contre les attouchements des curieux, Jean Renaud passa en revue le mieux qu'il put les objets destinés à subir le surlendemain le feu des enchères.

Sa persévérance fut récompensée.

Il aperçut, caché à demi sous une brassée de rideaux de cretonne jaunis, décolorés, pitoyables, il aperçut, disons-nous, un vieux petit secrétaire Louis XVI assez joli, mais en mauvais état.

Le marbre était ébréché, — la marqueterie s'écaillait par places, — le vert de gris rongeait les cuivres dédorés.

La clef se trouvait à la serrure du panneau se rabattant et destiné à servir de tablette pour écrire.

Un intervalle de trois pieds à peine séparait Jean Renaud du meuble si vivement convoité.

Le faux mulâtre, étant de haute taille, avait les bras remarquablement longs.

Il commença par promener son regard dans toutes les directions.

Deux ventes à la criée attiraient les curieux à l'autre bout de la cour. — Personne ne faisait attention à lui.

S'appuyant de la main gauche sur la barrière

mobile il se pencha, fit tourner la clef, et la tablette s'abattit.

Jean Renaud s'arrêta, regarda de nouveau autour de lui et, certain de n'être point remarqué, plongea sa main droite dans l'ouverture.

Deux minutes plus tard il accostait un commissionnaire de l'hôtel et lui demandait :

— Où ces meubles doivent-ils se vendre après demain ?

— Salle numéro 11, — répondit le commissionnaire.

LIV

Jean Renaud avait deviné juste.

Le personnage à médaille, signalé comme ayant pris des renseignements place Saint-Sulpice au sujet du déménagement de Vincennes, était Remy Chomin lui-même.

Le vieux bandit, revêtu du costume de clergyman, portant le chapeau à larges bords et les lunettes bleues, quittait l'hôtel des ventes dix minutes avant l'heure où l'évadé de *la Dorade* y entrait lui-même, et se présentait rue Saint-Dominique à l'hôtel de Lasseny.

L'ex-Blanche Hervieux le reçut immédiatement. — Elle avait hâte de savoir.

— Eh ! bien, monsieur ? — lui demanda-t-elle avec anxiété.

— Madame la comtesse — répondit-il — je puis me flatter de n'avoir point perdu mon temps... — j'ai fait des courses multipliées... — Je me suis *mis en quatre,* comment disent les gens sans éducation...

— Avez-vous découvert quelque chose ?

— Oui, madame la comtesse, et quelque chose de très important...

— Parlez vite...

Remy Chomin raconta par le menu ce que nos lecteurs savent déjà, ou du moins ce qu'ils ont deviné certainement, ses démarches à Vincennes, puis à l'agence de déménagements, puis à la barrière de Fontainebleau, où il avait appris que les meubles saisis allaient se vendre rue Drouot.

— Et vous êtes sûr que le secrétaire se trouve parmi ces meubles ? — fit vivement la douairière.

— Absolument sûr.

— Vous l'avez vu ?...

— Vu et reconnu...

— Pourquoi ne l'avez-vous pas acheté sur le champ ?

— Parce que la vente publique ne doit avoir lieu qu'après-demain, ainsi que je viens d'avoir l'honneur de le dire à madame la comtesse...

— Qu'importait cela?... — Il fallait en offrir tout de suite le double de ce qu'il vaut...

— Les règlements s'y opposent...

— On peut les faire fléchir... — la clef d'or ouvre toutes les portes...

— Excepté celle-là... — Personne n'a le droit de vendre à l'amiable un objet saisi... — La loi le défend... — Aucun commissaire priseur ne consentirait à s'y prêter... — Si la chose eût été possible, elle serait faite...

— Eh bien ! il fallait vous approcher du meuble, l'ouvrir sous prétexte de l'examiner — (ce doit être permis) — presser le ressort du tiroir secret et vous emparer adroitement des papiers que renferme ce tiroir...

— Ah ! j'y ai bien pensé... — mais il y avait un obstacle insurmontable...

— Lequel ?

— Je ne connais pas le secret.

— Mais alors, — s'écria Mme de Lasseny, — tout est compromis... perdu peut-être...

— Je ne partage point cette inquiétude...

— Ne comprenez-vous pas que nos ennemis sont probablement sur la même piste que nous ?...

— C'est probable, en effet.

— Ils achèteront le secrétaire et je me trouverai à leur discrétion.

— Eh ! madame la comtesse, la vente étant publique nous leur tiendrons tête, et nous l'emporterons sur eux.

— Comment ?

— Par une surenchère... — Je serai là et je me porterai comme acquéreur...

— Songez qu'il me faut ce meuble !

— Jusqu'à quelle somme devrai-je le pousser ?

— Je ne vous fixe pas de limite... — Quelque prix qu'il atteigne, je veux l'avoir...

— C'est entendu... — Mais on me demandera sans doute une garantie pour le paiement...

— Je vous rejoindra à l'hôtel des commissaires priseurs, avec une liasse de billets de banque et un carnet de chèques... — Aussitôt après l'adjudication, je paierai...

— Comme cela tout ira le mieux du monde...

— A quelle heure commencera la vente ?

— A une heure précise, dans la salle numéro 11.

— J'y serai, et vous me garderez une place à côté de vous.

— C'est entendu... — Je suis de madame la comtesse le bien humble serviteur, de tout mon cœur.

Les choses étant ainsi convenues Remy Chomin se retira, laissant la douairière un peu rassurée.

Jean Renaud, après avoir quitté l'hôtel des Ventes, se rendit rue du Colysée, où il trouva Jocelyn venant de faire sa visite quotidienne à l'infirmerie de la Roquette.

Le médecin en chef qui, nous le savons, s'était absenté pour affaires de famille, avait été obligé d'écrire à la Préfecture dans le but d'obtenir une prolongation de congé, et avait en même temps avisé le docteur noir du retard apporté à son retour.

Jocelyn s'était bien gardé d'aller offrir ses services à l'hôtel de Lasseny. — Il attendait qu'on le fit appeler si sa présence devenait nécessaire.

— Quel bon vent vous amène? — demanda t-il en serrant la main de Jean Renaud.

— Cher docteur, j'ai besoin de vous... — répon dit ce dernier.

— Pour qui?

— Pour moi-même...

— Seriez-vous malade, par hasard?

— Malade? — Jamais! — C'est contre mes principes, et je ne transige pas avec eux!...

— Je vous approuve fort! — Quoi qu'il en soi je suis à vos ordres... — De quoi s'agit-il?

— Je voudrais aller à la campagne pour deu ou trois jours...—répliqua le faux mulâtre en riant

— Est-ce que, par hasard, la vie fiévreuse qu vous menez à Paris vous fatigue?

— Elle m'enchante, au contraire! — Je trouv un plaisir d'artiste à diriger les péripéties d drame où nous jouons le rôle de la fatalité dan le théâtre antique...

— Alors vous avez des affaires personnelles?

— Précisément.

— C'est tout naturel, mais je ne comprend guère pourquoi vous semblez me demander e quelque sorte l'autorisation de vous éloigner.

— Ainsi, vous ne devinez pas?

— Non, pas du tout...

— Je vais donc mettre les points sur les I. —

ous pouvez, m'avez-vous dit, m'enlever mon
int de mulâtre?

— Rien de plus facile.

— Eh bien, mon cher docteur, il est nécessaire,
ans l'intérêt de notre œuvre, que Doménico Sé-
alla disparaisse momentanément et redevienne
lichel Servan!...

— Vous voulez blanchir?

— Oui.

— Mais vous allez courir mille dangers en re-
renant votre apparence véritable! — Souvenez-
ous que vous êtes un condamné politique... —
n agent de police peut vous mettre la main au
ollet...

— N'ayez crainte... — je prendrai mes pré-
autions...

— Enfin, vous m'affirmez que c'est néces-
aire?..

— Indispensable même...

— Alors ce sera fait.

— Combien vous faut-il de temps pour me dé-
ronzer?

— Il y a quatre mois il m'aurait fallu trois
urs... — Une nouvelle découverte me permet
'atteindre en douze heures le même résultat...
- J'agirai ce soir à Saint-Ouen... — Demain
atin vous aurez repris le visage d'un Européen.

— A merveille... — Comment se porte le ci-
evant Blancheton devenu Jacques Hervieux?

— Beaucoup mieux, au physique et au moral.

— Dans quelques jours on lui fera sa leçon, et
maître pourra se servir de lui...

— C'est ce qu'il faut, car le moment approche.

— Je vous quitte... — A ce soir, au château.

— A ce soir...

Et les deux hommes se séparèrent, après l'é-
change d'une nouvelle poignée de main.

Le lendemain de la scène émouvante à laquel
nous avons fait assister nos lecteurs et qui s'éta
terminée par l'évanouissement de Marie, Léopo
Dereyne, n'osant aller à Saint-Ouen, se rendit
bonne heure au tir de l'avenue d'Antin où
espérait rencontrer Lionel Warton et où il le re
contra en effet.

La figure du pseudo-nabab avait son expressi
habituelle, ce qui dissipa quelque peu les alarm
de l'étudiant au sujet de sa bien-aimée.

— Cher monsieur Warton, — dit-il, — je vo
supplie de me rassurer car j'ai passé une nuit te
rible... — Mlle Marie va bien aujourd'hui, n'es
ce pas ?

— Sans cela, serais-je ici? — répliqua Lioné
— Ma cousine est complètement remise d'une i
disposition toute passagère... — Venez ce so
dîner avec nous et vous vous assurerez par v

ropres yeux qu'elle n'a jamais été mieux por-
inte... — Viendrez-vous?

Léopold poussa un gros soupir.

— Dieu sait que je le voudrais... — dit-il. —
Malheureusement, c'est impossible...

— Pourquoi donc?

— J'ai promis de dîner chez ma sœur la com-
esse de Lasseny... — Amélie est très bonne pour
moi et je craindrais de la blesser en lui manquant
e parole.

— Je vous approuve absolument... — la famille
vant tout!

Léopold soupira de nouveau. — Il ne paraissait
as convaincu.

Lionel reprit :

— Mais au moins, si vous ne pouvez dîner ce
oir à Saint-Ouen, vous pouvez déjeuner ce matin
vec moi au café Riche... — à moins que quelque
ours de l'école de droit ne réclame votre pré-
ence.

— Je ne vais plus aux cours... — balbutia l'é-
udiant.

— Alors, vous acceptez?

— Bien volontiers.

— Dans ce cas, partons... je vous emmène.

Le pseudo-nabab et le plus jeune fils de Martial
quittèrent le tir de Gastinne-Renette et montèrent
en voiture.

— On soupe et l'on joue cette nuit rue de Lon-

dres ; — poursuivit Lionel chemin faisant — vier
drez-vous?

— Georges y sera-t-il? — demanda l'étudian

— Il m'a promis de n'y pas manquer...

— J'irai donc en sortant de chez ma sœur.
mais je ne jouerai pas...

— Pour quel motif cette abstention?

Léopold garda le silence.

Lionel sourit.

— Je crois comprendre... — dit-il ensuite. —
Je sais que votre père conserve malgré son éta
maladif le maniement de votre fortune et qu'il vou
tient un peu serré... — Si vous avez besoin d'ar
gent permettez-moi d'être votre banquier. — Vou
me ferez plaisir en puisant dans ma bourse...

— Merci, mille fois, de cette offre gracieuse, —
répliqua vivement Léopold, — mais pour rien a
monde je n'emprunterais...

— Quoi! même à moi qui suis votre ami?...

— Même à vous...

Lionel n'insista pas et reprit :

— Je fais courir dimanche à Chantilly... — J'a
deux chevaux engagés, *Blue-Devil* et *Miss Love*..
— Tout le high-life sera là... — Vous y verra
t-on?

— Je l'espère...

Après cette question et cette réponse le silenc
s'établit.

Léopold se demandait si le moment n'était pa

vorable pour entamer l'entretien qu'il se pro-
sait d'avoir avec le châtelain de Saint-Ouen au
jet de Mary.

Il allait parler, mais il se souvint de l'épouvante
de la douleur de la jeune fille lorsqu'il avait
anifesté l'intention de s'adresser à Lionel et de
i demander la main de sa cousine.

— Je n'oserai jamais désobéir à Mary... — se
t-il.

Et les paroles prêtes à s'échapper de ses lèvres
ntrèrent dans sa gorge aride.

La voiture s'arrêta devant le café Riche.

Onze heures et demie venaient de sonner et les
lles étaient presques pleines.

Lambert Massol déjeunait solitairement.

— Vous me servirez là... — commanda Lionel
l'un des garçons, en désignant une table voisine
e celle du vaudevilliste.

LV

Après un échange de poignées de main Lion
Warton et Lambert Massol se mirent à caus
de choses indifférentes, tandis que Léopold, sel
l'inévitable coutume des amoureux de vingt an
rêvait à son idole.

Parmi les clients du café Riche se trouvaie
bon nombre de boursiers.

Quatre ou cinq de ces messieurs occupaie
une table placée presque en face de nos tro
personnages et parlaient d'affaires d'argent,
primes, de reports, etc., etc.

Un gros garçon d'une trentaine d'années, tr
blond de cheveux, très blanc de peau, avec d
yeux d'un bleu de faïence et de longs favoris
nageoires, fit une entrée bruyante et vint le
rejoindre.

Ce nouveau venu, fort élégant mais d'une élé
gance prétentieuse, le monocle enchâssé dans l'a

ide sourcilière, le chapeau sur l'oreille, était à
emière vue superlativement désagréable.

Il parlait beaucoup et très haut, au moins au-
nt pour la galerie que pour ceux auxquels il
adressait, et semblait désireux par-dessus tout
attirer l'attention sur sa personne.

Lionel Warton et le vaudevilliste, absorbés
ans leur causerie, ne s'occupaient pas de lui et
e songeaient point à l'écouter.

— Je vous donne ma parole d'honneur, mes-
eurs, — disait-il avec un fort accent tudesque, —
ue ces bruits de guerre avec lesquels on a révo-
tionné la Bourse étaient un pure et simple
lanœuvre, un véritable attrape-nigauds, et
eront officiellement démentis aujourd'hui... —
e m'en doutais, moi, très malin, et j'ai pris mes
lesures en conséquence... — Tant pis pour les
laisons qui se sont laissé pincer pour de fortes
ommes, et il y en a!

— Ces maisons sont-elle connues? — demanda
un des auditeurs du gros garçon aux yeux de
aïence.

— Oui, du moins trois ou quatre... — La plus
prouvée est celle de ***.

Et il nomma un agent de change.

— Tiens! — fit un des jeunes gens, — alors
Georges Dereyne est compromis dans cette débâcle
uisqu'il est l'associé de la maison.

En entendant prononcer le nom de Georges,

Lionel, Massol et Léopold devinrent attenti

— Parbleu ! — répliqua le gros garçon, — je
crois bien qu'il est compromis !

— S'agit-il d'une perte très considérable ?

— Sept ou huit cent mille francs, au moins

— Dans ce cas, Georges Dereyne est coulé

— Bah ! — reprit le narrateur, — c'est
depuis longtemps... — un peu plus, un peu moi
qu'importe ? puisqu'il ne marchait plus que
son crédit, et encore cahin-caha...

Léopold fit un geste d'impatience.

Lionel lui mit la main sur le bras, en murm
rant à son oreille :

— Silence !

Le gros garçon poursuivit :

— Mais qu'est-ce que vous voulez que ça
fasse ? — il s'en fiche pas mal ! — le gaillard
remonter sur sa bête et se trouvera dans quelqu
jours plus riche que jamais...

— Comment cela ?...

— Par son mariage...

— Dereyne se marie !

— Vons ne le saviez pas ? C'est pourtant
bruit de la Bourse.

— Et qui épouse-t-il ?

— Une des demoiselles de Saint-Ouen. — Je
demoiselles, parce que je suis un homme t
chic et que je gaze, en parlant des femmes !
Les *filles de bronze* — (c'est leur sobriquet)

t pas mal de millions, la chose est positive, mais
el argent drôlement gagné ? — Ces aventurières
ant jolies, les riches planteurs se montraient
néreux, et les petits ruisseaux font les grandes
vières ! — (je gaze toujours et plus que jamais !)
Georges Dereyne, remis à flot par une dot dont
rigine n'a rien de mystérieux, ne peut plus se
yer désormais ! — Quelle que soit la débâcle,
est *sûr de nager entre deux eaux!* Vous com-
enez ça !

Et le gros garçon accentua son *mot de la fin*
r un rire guttural.

Léopold furieux se leva brusquement et voulut
élancer.

Lionel le saisit par le bras et le contraignit à se
sseoir.

— Ceci me regarde ! — lui dit-il avec autorité.

Puis, quittant sa place d'un air très calme, il se
rigea vers la table où pérorait l'homme à l'ac-
nt tudesque.

Il lui toucha l'épaule.

Le narrateur malencontreux se retourna sur-
is.

Léopold et Massol attendaient, pâles tous les
ux, tremblants d'émotion, et prêts à intervenir
il le fallait.

— Hein ! qu'est-ce que c'est ? pourquoi me
uchez-vous ? — demanda le gros garçon d'un
n rogue.

— Monsieur, — fit Lionel toujours impassil
et maître de lui, — vous venez de parler en c
termes inqualifiables des châtelaines de Sair
Ouen, que vous nommez les *filles de bronze*

— Oui, après?

— Auriez-vous, par hasard, l'honneur de
connaître?

Le gros garçon se leva, et toisant Lionel de
tête aux pieds s'écria :

— J'ai dit ce qu'il m'a plu de dire... — A q
propos vous en mêlez-vous, et de quel droit vc
permettez-vous de m'interroger?

— Je suis le cousin de mesdemoiselles Wart
que vous insultez, monsieur! — répliqua Lioi
dont l'apparente froideur ne se démentait, poi
— J'ai donc le droit et le devoir de vous dire
de vous prouver que vous êtes un lâche, un c
lomniateur et un drôle! — Je vous le dis et
vous le prouve !

En même temps, de sa petite main dégantée
pseudo-nabab soufflait les deux larges joues
rustre !

— *Der teufel!!* — hurla ce dernier en deven
cramoisi de fureur.

Et il se rassembla pour bondir, le poing le
sur son frêle agresseur.

Mais déjà Léopold Dereyne et Lambert Mas
l'avaient saisi par les deux bras, et malgré s

efforts le contraignaient à l'immobilité, tandis que ses amis lui répétaient :

— Une lutte à coups de poing !... — un combat de crocheteurs !... fi donc !

— Il me faut son sang ! — s'écria-t-il — et je l'aurai !

— Monsieur — dit impérieusement Lionel — vous allez rétracter vos calomnies abjectes devant tous ceux qui les ont entendues...

— Je ne rétracterai rien ! — interrompit le drôle.

— Alors, nous nous battrons...

— C'est ce que je veux... et je vous tuerai !

— Peut-être... — répliqua Lionel avec un étrange sourire. — Voici ma carte, ajouta-t-il.

— Et voici la mienne.

Lionel jeta les yeux sur la carte de son adversaire et lut : *Jacob Schuler* et, entre parenthèses : *De Berlin.*

— J'aurais dû m'en douter... — murmura-t-il — La courtoisie allemande !

Puis, tout haut :

— Messieurs Léopold Dereyne et Lambert Massol, que voici, me feront l'honneur d'être mes témoins...

Le juif prussien répondit en désignant ses compagnons :

— Deux de ces messieurs seront les miens...

— Alors ces messieurs peuvent s'aboucher sur

le champ.... — reprit Lionel. — L'affaire sera
réglée sans retard...

Un cabinet fut mis à la disposition des quatre
témoins dont l'entretien dura tout au plus dix
minutes.

Au bout de ce temps Lambert Massol vint retrouver Lionel qui prenait son café en lisant un
journal et ne semblait pas le moins du monde
préoccupé.

— Voici ce qui est convenu, sauf votre appro-
bation... — lui dit-il à voix basse.

— Allez, j'écoute.

— Votre adversaire se prétendant insulté réclame le choix des armes... Mais sa prétention
peut se discuter très bien car, s'il est vrai qu'il a
reçu des soufflets, la première insulte venait de
lui...

— Je ne discute rien... — J'accepte.

— Dans ce cas il choisit le pistolet de tir.

— Je l'aurais choisi moi-même.

— Les deux armes seront chargées, — on se
battra à trente pas, avec le droit pour chacun des
adversaires de faire cinq pas en avant.

— A merveille... — Quand aura lieu la rencontre ?

— Demain.

— A quelle heure ?

— A huit heures du matin...

— Où ?

— Dans le Bois de Vincennes, près du restaurant de la *Porte Jaune*.

— Très bien.. — Veuillez dire aux témoins de ce Berlinois que vous êtes d'accord avec eux sur tous les points...

Les choses étant ainsi réglées Jacob Schuler, la mine farouche et ses favoris blonds hérissés, quitta le café Riche sans saluer son adversaire, ce qui fit hausser dédaigneusement les épaules à ce dernier.

— Ainsi donc, cher monsieur Lionel, — murmura Léopold dont la pâleur trahissait l'émotion, — c'est bien vrai, vous vous battez demain?

— Mais, oui... — répondit le pseudo-nabab en souriant, — est-ce que cette idée vous préoccupe ?.

— Beaucoup, je l'avoue...

— Pourquoi ?...

— Parce que vous allez exposer votre vie pour châtier un drôle...

— Ce drôle ne pouvait rester impuni, vous le savez comme moi... — La cause que je défends est juste et je ne cours aucun danger, j'en ai la conviction absolue... — Donc ne vous étonnez pas de mon calme, et gardez-vous de prendre pour de l'héroïsme ce qui n'est que de la confiance...

— Cependant, — poursuivit Léopold, — la réunion qui devait avoir lieu ce soir dans votre hôtel de la rue de Londres sera décommandée, je pense...

— En aucune façon...

— Quoi ! vous passerez la nuit à jouer au baccarat ou au lansquenet quand vous devez vous
battre presqu'au point du jour...

— Le mieux du monde...

— Mais ne craignez-vous point la fatigue ?...

— Je suis infatigable...

— L'agitation nerveuse ?...

— Mes nerfs sont à l'épreuve, et vous verrez s
ma main tremble en tenant un pistolet... — Don
ne parlons plus de mon duel... renouvelez-moi la
promesse de venir rue de Londres en sortant de
chez madame votre sœur... et amenez votre beau
frère, le comte de Lasseny, qui d'ailleurs est invité déjà.

— Ah ! certes, je vous le promets.

— Je compte aussi sur vous, mon cher Massol,
— reprit Lionel. — Nous ne quitterons les tables
de jeu que pour aller sur le terrain... Une rencontre en costume de soirée, ce sera très original
et tout à fait charmant.

— C'est une *situation*... — répliqua le vaudevilliste. — Je la mettrai dans une pièce en trois
actes que j'écris pour le Gymnase...

— Et que nous irons applaudir, mes cousines
et moi ! — dit Lionel en riant.

En quittant le café Riche et les deux jeunes

gens qui devaient l'assister le lendemain au bois de Vincennes, la vengeresse regagna Saint-Ouen.

— Le docteur Jocelyn est-il au château ? — demanda-t-elle à Robinson.

— Oui, maître..

— Dans son appartement ?

— Non, maître ; — je crois l'avoir vu tout à l'heure entrer au salon...

Robinson ne se trompait pas.

Cora Bernier trouva en effet le docteur noir au salon, mais sa surprise fut grande en ne le trouvant pas seul.

Jocelyn était en compagnie d'un personnage de haute taille et de forte carure, inconnu de la jeune fille et qui mérite assurément les honneurs d'un croquis rapide.

LVI

Le personnage inconnu de Cora avait un visage rubicond, couronné par une chevelure courte et crépue d'un blond ardent, et encadré dans les massifs de superbes favoris roux.

Son col de chemise, très haut et raide comme du carton de Bristol, arrivait au niveau de ses oreilles écarlates.

Sur son complet de drap quadrillé il portait en sautoir un étui de maroquin renfermant une énorme jumelle.

De larges souliers carrés à fortes semelles, de petites guêtres grises et des gants de peau de chien rouge complétaient son costume d'Anglais cosmopolite faisant le tour du monde.

Il ne manquait point de distinction et toute sa personne offrait un indiscutable cachet de *haute respectabilité,* comme disent nos voisins d'outre-Manche.

Cora, quoique surprise de la présence de cet

tranger, lui rendit son salut avec une parfaite
courtoisie.

— Maître, — fit Jocelyn en souriant, — je sol-
cite l'autorisation de vous présenter monsieur
Williams Dickson, Esquire, gentleman distingué,
t propriétaire de Dickson-Parck dans le Mid-
and...

— Un de vos anciens amis, sans doute? —
emanda la jeune fille.

— Aoh! yes, sir... — répliqua le visiteur.

— Alors, monsieur, — reprit Cora dans l'an-
lais le plus pur, — soyez le bienvenu au château
e Saint-Ouen... — Les amis de mon cher doc-
ur sont chez eux quand ils sont chez moi...

Williams Dickson, — employant à son tour l'i-
iome dont le pseudo-nahab venait de se servir, —
xprima chaleureusement la gratitude que lui
isait éprouver cet excellent accueil puis, aus-
tôt après, poursuivit en bon français et sans le
oindre accent :

— Puisque vous ne m'avez pas reconnu, maître,
ui donc pourrait me reconnaître?

— Michel Servan! — murmura Lionel stu-
fait.

— En personne... — répondit Jean Renaud.
Jocelyn m'a blanchi en douze heures, et je me
is fait en dix minutes la tête que vous voyez...

— Vous seriez un acteur de premier ordre,
on ami! — s'écria Lionel.

— Je l'ai pensé plus d'une fois...

— Mais pourquoi ce travestissement sing
lier ?...

— Pour une foule de raisons que j'aurai l'ho
neur de vous soumettre dans un instant... — Pe
mettez-moi d'abord de vous demander s'il y a
nouveau ?...

— Il y en a, et beaucoup... — Je me bats
duel demain matin...

Jean Renaud et Jocelyn firent à la fois
geste de stupeur.

— Vous vous battez en duel !...—répéta l'éva
de *la Dorade* — Est-ce sérieux ?

— Parfaitement... — Au pistolet... à h
heures... au bois de Vincennes... près du r
taurant de la *Porte Jaune*...

— Avec qui, bon Dieu ?

— Avec un drôle qui se nomme Jacob Schu
et que j'ai souffleté.

— A quel propos ?

Lionel raconta rapidement la scène du C
Riche.

— Il fallait dédaigner les ineptes calomnies
ce pleutre qui ne s'adressait point à vous !...
reprit Jean Renaud.

— Je ne le pouvais pas... Je ne le devais pas
— Pour Léopold Dereyne et pour Lambert Mas
je suis un homme... je me déshonorais à leu

éux en laissant insulter mesdemoiselles Warton
— mes cousines — en ma présence...

— Mais si ce duel allait mal tourner...

— Si j'étais tuée, n'est-ce pas? — Je n'en crois
ien, mais tout est possible... — Eh bien ! dans
e cas, c'est à vous mes amis que je confierais la
âche de mener jusqu'au bout l'œuvre que nous
vons commencée ensemble et, la vengeance ac-
omplie, le soin de veiller sur mes sœurs... — Je
ous laisserai même à ce sujet des instructions
crites, et j'ai la confiance absolue que vous les
uivrez religieusement... — Ne répondez pas...
'est inutile... Je suis sûre de vous... — Jocelyn
n'accompagnera sur le terrain... — les soins d'un
nédecin peuvent être indispensables.

— Pas pour vous, maître, je l'espère... — dit
ivement le docteur noir.

— Je l'espère aussi, — répliqua Lionel en sou-
iant, — mais il est bon de tout prévoir...

Puis, s'adressant à Jean Renaud, le pseudo-
abab ajouta :

— On jouera cette nuit rue de Londres... —
J'aurai besoin de vous...

— J'y serai, maître, et Williams Dickson rem-
placera sans désavantage Doménico Séballa...

— Je vous expliquerai le rôle que je vous des-
ine.

— Quel qu'il soit, je l'accepte, et vous serez
content de moi, je vous le promets...

— Autre chose, et ceci vous regarde cher do[c]
teur... — Si d'aujourd'hui en trois jours l'e[x]
Blanche Hervieux, maintenant comtesse doua[
rière de Lasseny, ne vous a pas fait appeler r[u
Saint-Dominique, je vous présenterai moi-mê[m
au comte Gontran, le mari d'Amélie Dereyne, [
je le prierai d'avoir en vous une confiance sa[n
bornes...

— Puis-je vous demander pourquoi? — m[u
mura Jocelyn.

— Parce qu'on va commettre un crime à l'hôt[
de Lasseny, et que vous seul pourrez, sinon l'e[m
pêcher de s'accomplir du moins en paralyser l[
effets.

— Un crime! — répétèrent à la fois Jean R[e
naud et le médecin mulâtre.

— Oui.

— Lequel?

— Un empoisonnement... — On essayera [
tuer le comte, et je ne veux pas qu'il meure.

— Si cela dépend de moi, maître, il ne mour[
pas... — Mais, prévoyant le crime, que ne l'e[m
pêchez-vous?...

— Il faut qu'il s'accomplisse... et vous all[
savoir pourquoi...

Laissons Lionel Warton en conférence av[
ces deux incarnations du dévouement qui se non[
maient Jean Renaud et Jocelyn, et prions n[o
lecteurs de nous accompagner à l'hôtel de la r[u

aint-Dominique où nous savons que Léopold
)ereyne dînait chez sa sœur avant de se rendre
ue de Londres.

Rien ne pressait l'étudiant, les soirées de jeu ne
ommençant guère qu'à onze heures et demie ou
ninuit.

Le dîner réunissait une quinzaine de personnes;
uelques amis devaient venir ensuite prendre une
asse de thé.

On quitta la table vers neuf heures.

Léopold s'était bien gardé de dire un seul mot
e l'événement du jour... — Il devinait par ins-
inct la malveillance de la douairière à l'endroit
e Lionel Warton et des châtelaines de Saint-
)uen, et il redoutait ses commentaires.

Depuis dix minutes tout au plus on était au
alon quand arriva l'un des habitués de l'hôtel,
n charmant garçon qui, s'il n'eût été million-
aire, se serait sans aucun doute lancé dans le *re-*
ortage, car il avait la prétention d'être l'homme
e mieux informé de Paris.

— Vous savez la nouvelle? — s'écria-t-il après
voir salué Amélie et sa belle-mère et serré la
nain de Gontran.

— Quelle nouvelle?... — demanda le jeune
omte.

— Vous avez entendu parler du duel? du fa-
neux duel?

— Quel duel?

— Mais alors, vous ignorez tout !...

— Tout absolument...

— Est-ce possible? — Cette ignorance de vo
part me semble d'autant plus inouïe que le hér
de l'aventure est de vos bons amis...

— De grâce, expliquez-vous... — L'un de n
amis s'est battu?...

— Pas encore, mais il se battra demain matin

— De qui parlez-vous?...

— De l'homme à la mode, parbleu !... Du gel
leman archi-millionnaire... — De Lionel Warl
en un mot...

La comtesse Amélie devint pâle.

— M. Warton va se battre?... — balbut
t-elle.

— Oui madame... — Demain matin... — M
comment votre frère Léopold ne vous a-t-il p
raconté tout cela?... — il assistait tantôt à la pr
vocation, et il doit être un des témoins du jeu
nabab.

— Est-ce vrai? — demanda fiévreusem
Amélie.

— C'est vrai... — répondit l'étudiant en ba
sant la tête et en rougissant.

— Et tu ne nous as rien dit!

— M. Warton m'avait prié de garder le
lence...

— Ce n'est pas une raison! — A quel pro
se bat-il? — Pour une femme?

— Ah! non par exemple!

— Enfin, pourquoi?

— Pour corriger l'insolence d'un drôle, d'une sorte de boursier allemand nommé Jacob Schuler, qui méritait cent fois les deux soufflets qu'il a reçus...

— Il faut t'arracher les paroles! — reprit la comtesse en piétinant d'impatience. — Ne vois-tu pas que tu nous fais mourir à petit feu? — Tu étais là... tu as tout vu... tout entendu... tu sais tout... — Dis ce qui s'est passé... n'oublie rien...

Léopold ainsi poussé dans ses retranchements raconta de façon sommaire la scène du matin, en atténuant autant que possible la crudité cynique des injures adressées par le Prussien à Georges Dereyne et aux châtelaines de Saint-Ouen.

Un éclair brilla dans les prunelles de l'ex-Blanche Hervieux.

— Si ce Lionel Warton en qui je sens un ennemi pouvait être tué, — pensa-t-elle avec une joie haineuse, — quelle délivrance!

Elle s'empressa d'ajouter tout haut, en regardant sa belle-fille:

— Il me semble, ma chère amie, que l'alliance de votre frère avec cette famille Warton pourra grossir notablement sa fortune, mais n'ajoutera pas grand'chose à la considération dont il jouit.

La jolie comtesse allait répondre avec aigreur à cette attaque mal déguisée.

Son mari ne lui en laissa pas le temps.

— Je crois, ma mère, que vous avez tort... — dit-il. — L'insulte d'un abject drôle ne saurait atteindre ni mon beau-frère, ni Mlles Warton dont la réputation est inattaquable... — Lionel s'est conduit en galant homme... en homme de cœur... Tout le monde approuvera sa tenue si correcte, et l'estime que j'éprouvais déjà pour lui grandit encore...

La douairière se contenta de hausser les épaules.

Gontran reprit :

— Quelle est l'arme choisie ?...

— Le pistolet... — répliqua Léopold.

— Alors le Prussien peut écrire son testament ce soir car, pour peu que Lionel le veuille, il ne rentrera pas vivant à Paris demain.

Amélie se souvint de la prodigieuse adresse du pseudo-nabab.

Elle respira plus librement et les couleurs revinrent à ses joues.

Le comte poursuivit :

— Je conseillerai cependant à notre ami de faire feu dès le signal donné, sans attendre la balle de son adversaire... — Un maladroit, servi par le hasard, peut être dangereux...

La comtesse pâlit et frissonna de nouveau.

Gontran reprit :

— J'avais promis à Lionel d'aller souper à son petit hôtel de la rue de Londres et de risquer quelques louis au baccarat mais, puisqu'il se bat demain, il est clair que la réunion n'aura pas lieu...

— C'est ce qui vous trompe... — répliqua Léopold, — on soupera, et après souper on jouera jusqu'au matin ; M. Warton m'a donné mission de vous rappeler votre promesse... — Il compte absolument sur vous et j'ai pris l'engagement de vous amener...

— Nous irons donc ensemble... — Je me souviens du nom de la rue, mais j'ai oublié le numéro de l'hôtel...

— N° 17... — fit Léopold, — je donnerai l'adresse à votre cocher.

Amélie prêtait l'oreille avec une attention avide.

— Je ne veux pas qu'on le tue... — pensait-elle, — il ne faut pas qu'il se batte!...

LVII

— C'est un étrange jeune homme que Lionel Warton, — reprit Gontran. — Tout autre à sa place aurait des préoccupations, sinon des inquiétudes, et tâcherait de prendre un repos nécessaire avant une rencontre de ce genre... — Lui, au contraire, semble ne pas songer au péril... — Il va passer joyeusement la nuit avec ses amis, jusqu'au moment de se rendre à Vincennes pour y tuer ou pour y mourir !... — On ne saurait lui refuser une force d'âme incomparable !...

— Bah ! — répliqua la comtesse douairière — c'est un original, voilà tout... — Il veut se singulariser, faire parler de lui, se poser enfin *excentricman*, comme disent les Anglais... — C'est à mes yeux un assez mince mérite...

Les prunelles d'Amélie étincelèrent.

— Pourquoi donc attaquez-vous toujours M. Warton, ma mère ? — demanda-t-elle avec animation.

— Peut-être parce que vous le défendez trop, ma chère... — répondit ironiquement l'ex-Blanche Hervieux.

— Je préfère mon rôle au vôtre, ma mère...

— J'en suis bien convaincue, ma chère, mais ce n'est pas une raison pour qu'il soit préférable...

Ces répliques échangées d'un ton aigre doux menaçaient de se prolonger, et le dialogue courait grand risque de s'envenimer.

Amélie jugea prudent et sage d'y couper court en ne répondant pas,

Et le combat finit faute de combattants.

A onze heures et demie du soir Gontran de Lasseny reconduisait jusqu'au vestibule de l'hôtel ses derniers invités.

En rentrant dans le salon il dit à Léopold, resté seul avec sa sœur et la douairière :

— J'ai donné l'ordre d'atteler... — Dans cinq minutes nous pourrons partir...

En effet, avant que les cinq minutes fussent écoulées, le valet de chambre annonça :

— La voiture de monsieur le comte est prête.

Gaston baisa la main de sa mère et les joues un peu pâles d'Amélie.

— A quel heure reviendrez-vous ?... — lui demanda la jeune femme.

— Je n'en sais rien... — répondit-il. — Probablement fort tard... — Je veux rester le plus longtemps possible avec Lionel qui m'est très sympathique et que peut-être je ne reverrai pas vivant, ce dont j'aurais peine à me consoler... — Dormez d'un bon sommeil ; je ne vous réveillerai point à mon retour et j'irai droit à mon appartement.

Le comte et Léopold prirent ensemble le chemin de la rue de Londres.

— Bonsoir, ma mère... — fit Amélie d'un ton glacial.

— Bonsoir, ma chère... — répliqua Blanche de Lasseny en touchant du bout des lèvres le front que sa bru lui tendait machinalement.

Puis les deux femmes se séparèrent et Amélie remonta chez elle.

Sa camériste l'attendait.

— Déshabillez-moi vite, Julie, — lui dit-elle, — je tombe de sommeil...

En quelques secondes la robe de faille grise à longue traîne fut enlevée, laissant voir les bras ronds, les épaules tombantes et la naissance des seins orgueilleux d'Amélie.

Un peignoir flottant, qu'une large ceinture attachait à la taille, remplaça la toilette de soirée.

Déjà la femme de chambre portait la main sur le peigne d'ivoire retenant à grand peine les masses opulentes de la chevelure parfumée.

Amélie détourna vivement la tête.

— Inutile... — dit-elle. — Je me décoifferai moi-même...

— Madame la comtesse n'a plus besoin de moi ?

— Non... Vous pouvez vous retirer...

La camériste quitta la chambre.

Aussitôt seule, la fille de Martial Dereyne alla fermer sa porte à double tour, revint s'asseoir ou plutôt tomber sur une chaise longue faisant face à la cheminée et, sans quitter des yeux le cadran d'une adorable pendule de Vieux-Saxe, elle s'absorba dans une rêverie profonde dont il nous semble facile de deviner la nature, et que pour ce motif nous n'analyserons pas.

Les douze coups de minuit sonnèrent, puis la demie.

Quand le marteau frappa sur le timbre Amélie se leva brusquement, en femme dont la décision est prise.

Elle éteignit les bougies de ses candélabres, sauf une seule.

Ceci fait elle se dirigea vers une fenêtre, écarta les rideaux et jeta au dehors un coup d'œil investigateur.

Aucune lumière ne brillait derrière les vitres des différents étages de l'hôtel. On en pouvait conclure que la douairière et tous les serviteurs étaient endormis.

Amélie ouvrit le tiroir d'un chiffonnier, y prit une clef qu'elle glissa dans la poche de son pei-

gnoir, en même temps que son porte-monnaie
qui contenait quelques pièces d'or.

Elle jeta sur ses épaules une grande pelisse
de couleur sombre, tombant presque jusqu'à ses
pieds.

Elle attacha sur sa jolie tête un chapeau noir
muni d'un voile de dentelle très épais, cachant le
visage comme un *loup*.

Elle mit des gants noirs, éteignit la dernière
bougie, sortie de sa chambre par le cabinet de
toilette communiquant avec l'escalier de service,
descendit au rez-de-chaussée, traversa les salons
déserts, gagna les serres aux coupoles vitrées,
puis le jardin vaste et ombreux qui, nous le savons, s'étendait jusqu'à la rue voisine.

Une petite porte, à demi-cachée sous les lierres
dont les guirlandes lui faisaient un cadre pittoresque, trouait la muraille de clôture.

Amélie se servit pour ouvrir cette porte de la
clef dont elle avait eu soin de se munir.

Elle en franchit le seuil et la referma derrière
elle.

Nous ignorons si la jeune femme, en se voyant
seule à cette heure nocturne dans une rue soli-
taire, ressentit un mouvement d'inquiétude ou de
frayeur, mais nous pouvons affirmer que son attitude ne décela rien de pareil.

Après s'être orientée pendant deux ou trois secondes, elle prit d'un pas rapide le chemin de la

rue du Bac dont une courte distance la séparait, et que par conséquent elle atteignit très vite.

Quelques passants attardés circulaient encore le long des trottoirs.

Des voitures de maître passaient rapides avec leurs lanternes flamboyantes.

La jeune comtesse, à demi-cachée dans l'encoignure d'une porte, attendit.

Au bout de cinq minutes elle vit un coupé de régie émerger lentement des profondeurs de la rue du Bac, du côté de la rue du Cherche-Midi, et se diriger vers le Pont-Royal.

Amélie, quittant son poste d'observation, héla le cocher qui fit halte aussitôt.

— Qu'est-ce qu'il y a pour votre service, ma petite dame?... — demanda-t-il.

— Je vous offre quarante francs si vous voulez me conduire, m'attendre et me ramener ici...

— Hein? vous dites?..

— Je dis quarante francs...

— Ça me va bigrement ; mais, vous savez, on a vu des gens qui promettaient beaucoup et qui, lorsqu'il s'agissait de tenir, n'avaient pas de monnaie... je veux être payé d'avance.

Amélie ouvrit son porte-monnaie et fit sonner l'or qu'il contenait.

— Voici un louis... — répliqua-t-elle. — Au retour je vous en donnerai un second.

— C'est entendu... — Où allons-nous?

IV   13.

— Rue de Londres, numéro 17...

—La course est bonne... Le poulet d'Inde ne se
tient plus sur ses pattes, mais nous y serons tout
de même dans une demi-heure...

La comtesse monta légèrement en voiture et le
cocher fouetta son cheval éreinté.

Nous précéderons Mme de Lasseny à l'hôtel de
la rue de Londres.

Il était une heure et quart du matin... —Les
convives venaient de quitter la salle à manger pour
le salon de jeu.

Jamais les parties n'avaient offert, dès le début,
une telle animation.

Le maître du logis semblait non seulement in-
souciant mais joyeux.

La faconde inépuisable, le baragouin comique et
les saillies naïves d'un Anglais présenté à ses
hôtes par Lionel sous le nom de Williams Dickson
mettaient tout le monde en gaîté.

L'insulaire, ayant pour adversaire à l'écarté
Georges Dereyne, jouait gros jeu, perdait coup sur
coup, et prenait son parti de la mauvaise chance
avec une philosophie merveilleuse.

Il était le premier à rire de sa déveine.

Le fils aîné de Martial gagnait déjà une douzaine
de mille francs et se promettait bien de ne pas
s'arrêter en si beau chemin.

Pour des motifs que nous ne tarderons pas à

connaître il entrait dans les plans de Jean Renaud de se laisser battre cette nuit-là.

Gontran de Lasseny, très peu joueur et fort indifférent au gain ou à la perte, taillait une banque de baccarat, et ses *abattages* successifs décavaient tous les pontes.

L'or et les billets de banque s'entassaient devant lui, ce qui faisait dire à Lambert Massol :

— Si le proverbe est vrai, ce cher comte ne doit pas être follement heureux en amour !

La déveine de l'Anglais continuait sans intermittences.

Il perdit un dernier coup.

— Votre revanche, monsieur... — fit Georges avec empressement. — Vous convient-il de jouer quitte ou double ?...

Williams Dickson se leva en riant.

— Aoh ! s'écria-t-il — cette chose ne convenait pas du toot à moâ... — je havais trop mauvaise chance contre voô, master Dereyne... — Je perdrais le *inexpressible* de moâ... — Je devais à voô, sur pérole, vingt-cinq mille francs, que mon ami Lionel Warton prêtera à moâ pour payer voô...

— Je vais vous signer un chèque, mon ami... — dit Lionel.

— Vous plaisantez !... — répliqua Georges, tandis que le maître du logis écrivait trois lignes sur une feuille de son carnet. — La parole de l'hono-

rable monsieur Dickson me suffit amplement et
je ne veux pas autre chose.

— Aoh ! yes ! — interrompit l'Anglais prétendu
— je remercié boocoup... boocoup... Mais je volé
payer toot de souite... et si je empruntais le chèque
de mon ami, si je hâvais pas de grosses bancknotes
dedans le portefeuille de moâ, ce été le résioultat
d'un petit anecdote toot à fait curieux et véritablement stioupéfiant qui été arrivé à moâ...

— Une anecdote ? — répéta Georges.

— Aoh! yes ! un petit aventure...

— Racontez-nous ça, monsieur Dickson... —
dirent plusieurs voix.

— L'Anglais ne se fit pas prier.

— Je sortais de l'hôtel de moâ, Rivoli-Street,
— commença-t-il, — et je marchais toot dioucete-
ment avec les pieds de moâ, pour amener le personne de moâ chez l'honorable Lionel Warton,
l'ami de moâ... Toot à coup, au coin de Castiglione-
Street et de Vendôme-Square, je havais reçu dans
le thorex de moâ le personne d'une gentleman qui
ne regardait pas devant les pieds de loui... — Le
carambolage de nos fit pirouetter loui, et pirouetter aussi moâ... — Dans le pirouettement le
chaîne de montre de moâ se prit dans un bouton
de l'ulster de loui...

— C'était un pur et simple filou !... — s'écria
Georges.

— Nô! Je disé à voo... ce été une gentleman.

— Cependant la montre...

— Attendez, *if you please*... laissez expliquer noâ... — Après le pirouettement, je regardai le gentleman.

« —Aoh!—que je fis—Sir William Leisterbury!

« Il regarda môa.

« — Aoh ! — qu'il fit — l'honorable Williams Dickson!...

« Ce été une connaissance très confortable de noâ...

« Il prit le main de moâ... — je pris le main de oui, et je demandai où il allait sans regarder devant les pieds de loui. — Il répondit :

« — Je vais casser le tête de moâ...

« — Casser le tête de vôô !

« — Aoh ! yes !

« — Pourquoi cette cassement ?

« — Je hâvais emprunté cinquante mille francs que, sur l'honneur de moâ, je devais payer cette matin. — Je hâvais télégraphié au banquier de moâ pour envoyer l'argent. — L'argent il était pas venu. — Je souis déshonoré et je vais faire sauter le cervelle de moâ.

« Je répondit à loui :

« — Il faut rien faire sauter... — où demeurait le prêteur de vôo ?

« Il répondit à moâ:

« — A Montmartre, rue des Nonnes... non... des Abbesses... »

— Tiens ! — dit un jeune homme en interrompant le prolixe récit de Williams Dickson. — A Montmartre... rue des Abbesses... Un prêteur d'argent... — je parie qu'il s'agit de René Matiffet..

L'Anglais fit un signe affirmatif.

— Aoh ! yes ! — Voô gagneriez le gégeure, sir, — reprit-il. — L'honorable usurier de moâ se nomme véritabelement René Mattifet.

LVIII

Williams Dickson poursuivit :

— Natiourellement je logeai mon honorable ami sir Humbert Leisterbury dedans une petite fiacre, e montai aussi dedans, et je conduisis loui à Montmartre, rue des Abbesses, où je payai les sinquante mille francs à René Mattifet... — Bref 'ami de môa n'a pas cassé le tête de loui, mais vidé le bourse de môa, ce qui été pas le même shose.

— Bravo ! — dit en riant l'un des joueurs. — Un hourrah pour l'honorable Williams Dickson.

Et les invités crièrent en chœur, à la manière anglaise :

— Hip !... hip !... hourrah !...

Georges Dereyne avait écouté ce qui précède avec une attention profonde.

— Ah ça ! — demanda-t-il, — cet homme d'affaires, ce René Mattifet dont vous parlez, est

donc assez riche pour disposer de sommes impor-
tantes !

— Ce été ioune capitéliste très confortèble, —
répliqua Williams Dickson. — Il avé prêté plus
de deux cent mille francs à l'ami de moâ...

Le jeune homme élégant, que son visage pâle et
sa petite toux sèche et fréquente dénonçaient comme
ayant usé et abusé de la vie, s'empressa d'ajouter :

— René Mattifet, un charmant garçon ! — Il
faut être associé d'agent de change, et par conséquent millionnaire, comme notre ami Georges
Dereyne, pour n'avoir jamais entendu parler de
Mattifet. — Je ne sais d'où lui vient son argent,
mais il remue de gros capitaux. — Il m'a prêté,
à moi, soixante-quinze mille francs que je lui ai
remboursés sur l'héritage de ma tante, et le petit
baron de Percival lui doit cent mille francs qu'il
va lui rembourser sur l'héritage de son oncle. —
Aimable tout à fait, ce bon René ! — Très cou-
lant en affaires ! — De relations faciles ! — Dame !
il fait payer ça, vous comprenez, mais quoi de
plus juste ? — D'ailleurs, quand on en a besoin,
l'argent n'est jamais trop cher...

Cora, qui ne perdait pas de vue Georges Dereyne, le vit tirer de sa poche un agenda et
tracer quelques mots au crayon.

Elle devina qu'il venait d'écrire le nom et
l'adresse de René Mattifet, et elle échangea un
coup d'œil rapide avec Williams Dickson.

Ce dernier tendit à Georges le chèque signé par Lionel.

Le fiancé de Paula Warton répéta qu'un paiement si prompt était bien inutile, mais finit néanmoins par glisser dans son agenda le précieux chiffon.

Le jeu, un instant interrompu par le récit humoristique de l'Anglais, reprit avec une animation nouvelle.

Georges s'assit à la table de baccarat et se mit à ponter contre la banque de son beau-frère Gontran de Lasseny.

La demie après une heure du matin sonnait aux pendules du petit hôtel quand un valet de pied entra dans le salon, s'approcha du maître du logis et lui parla tout bas.

Lionel fit un mouvement brusque. — Une expression d'étonnement se peignit sur son visage.

Il attendit quelques secondes, se leva, rejoignit le domestique dans le vestibule et lui dit :

— Ainsi, la personne qui désire me parler est une dame ?...

— Oui, monsieur...

— Une dame jeune ?

— Je le crois, à en juger par sa tournure et par le timbre de sa voix, car un voile épais cache sa figure.

— Lui avez-vous demandé son nom ?

— Oui monsieur ; — cette dame refuse de le

dire, mais elle affirme qu'il est de très haute importance qu'elle parle à monsieur cette nui
même... — La communication pouvant être sé-
rieuse en effet, j'ai cru devoir prévenir monsieur..

— Où avez-vous conduit cette personne ?

— Dans le boudoir qui touche à la chambre
à coucher...

— C'est bien...

Puis Lionel, fort intrigué, ne devinant pas
quelle pouvait être cette inconnue qui sollicitai
une entrevue au milieu de la nuit et s'obstinait a
cacher son nom, franchit le seuil du boudoir oi
la visiteuse l'attendait.

C'était une petite pièce décorée et meublée de
façon fort galante par un tapissier artiste à qui
Doménico Séballa avait donné carte blanche et
qui croyait travailler pour un jeune homme a
bonnes fortunes.

Des étoffes d'Orient anciennes, brodées de soie
aux tons très doux rehaussées de vieil or, ten-
daient les murailles et le plafond.

Un divan bas, large comme un lit, garni de
grands coussins en guise d'oreillers, et deux ou
trois chauffeuses amplement capitonnées, semblaient attendre et provoquer les causeries sans
fin des amoureux.

Quatre grands miroirs de Venise, encadrés de
cristal aux facettes multicolores, occupaient chacun des quatre panneaux.

Ces miroirs étaient destinés sans doute à repro-
duire sous tous leurs aspects les jolies têtes brunes
et blondes qui viendraient se poser sur la poitrine
du maître du logis.

Dans ce boudoir, foulant de ses pieds charmants
l'épais tapis de Smyrne, la comtesse Amélie de
Lasseny debout, immobile, cachée sous la dentelle
comme sous un masque, comprimant de sa main
droite les battements impétueux de son cœur,
avait les yeux tournés vers la porte prête à
s'ouvrir.

Ni la décision, ni l'audace ne lui manquaient,
nous le savons ; cependant elle éprouvait quelque
trouble en commençant à se rendre compte de
l'incroyable excentricité de sa démarche.

Assurément elle ne regrettait rien, mais elle
s'étonnait d'avoir osé.

Lionel entra.

Le trouble d'Amélie, au lieu de grandir à sa
vue, se dissipa comme par enchantement et son
aplomb lui revint tout entier.

— Quand je sortirai d'ici, — pensa-t-elle, —
j'aurai un maître, mais qu'ai-je à craindre d'un
servage où l'esclave sera la maîtresse ?...

— Vous avez insisté, madame, pour être cette
nuit même admise auprès de moi... — dit Lionel en
saluant. — Mes habitudes de courtoisie m'ont fait
céder à votre requête, qui pouvait cependant me
paraître insolite... — Permettez-moi de vous de-

mander, madame, qui j'ai l'honneur de recevoir...

Pour toute réponse Amélie, d'un geste rapide et gracieux, leva son voile et découvrit son visage.

Lionel tressaillit.

— Vous, madame! — balbutia-t-il. — Vous chez moi! à cette heure!

— Oui,— répliqua la jeune femme en souriant — Oui, c'est bien moi, à cette heure, et chez vous...

— Quelle folie et quelle imprudence!

— Imprudence et folie? Pourquoi?

— Votre mari est ici! — L'ignorez-vous?

— Je le sais et c'est pour cela que je suis bien tranquille... — Puisqu'il joue au baccarat rue de Londres, il ne peut s'apercevoir que j'ai quitté la rue Saint-Dominique...

— S'il pénétrait dans cette pièce à l'improviste?... s'il vous surprenait? quel scandale!

— Vous avez raison... — répondit la comtesse avec un nouveau sourire. — Je vais rendre une surprise impossible.

Et se dirigeant vers la porte qui donnait accès dans le boudoir, elle poussa d'une main ferme les verrous intérieurs.

Rien de plus significatif que cet acte si simple.

Un homme en aurait à l'instant compris le sens et la portée, et se serait dit :

— Voici la contre-partie du fameux tableau de
ragonard : *Le Verrou !* — Ce sera piquant !

Mais Cora était une jeune fille chaste d'esprit
utant que de corps, et ne pouvait deviner cer-
aines impudeurs à peine vraisemblables. — A
oup sûr elle n'ignorait point que sous son cos-
ame masculin elle avait inspiré des sentiments
ès vifs à la fille de Martial Dereyne, mais elle
e soupçonnait pas qu'une femme jeune et char-
aante, une femme bien élevée, une femme du
aonde, pût s'offrir ainsi brusquement, ou pour
aieux dire brutalement, au mépris de toute dé-
ence et de toute dignité.

— Enfin, madame la comtesse, — reprit le
seudo-Lionel, — cette visite nocturne, à laquelle
étais si loin de m'attendre et qui me cause autant
e surprise que d'orgueil, a certainement une
ause grave...

— Elle en a une, et la plus grave de toutes...
– répondit Amélie.

— Puis-je la connaître ?

— Vous le pouvez et vous le devez... — Je
uis venue pour vous empêcher de jouer votre vie
ans un duel absurde et odieux...

— Quoi ! — s'écria Lionel — vous savez ?

— Que vous devez vous battre au pistolet avec
an cuistre allemand, à huit heures, au bois de
Vincennes, près du restaurant de la Porte Jaune,
aui...

— Mais, qui vous a dit ?

— Ce duel est le bruit de Paris... Chez moi, ce soir, tout le monde en parlait.

— Vous comprenez alors combien est sérieux le motif de cette rencontre ?

— Sérieux !... — répliqua la comtesse en haussant les épaules. — Une parole ridicule, dite dans un café, par un drôle qui ne s'adressait point à vous ! — Voilà ce que vous appelez un motif sérieux ! Allons donc !

— Songez qu'on calomniait votre frère et qu'on insultait mes cousines...

— Mlles Warton sont trop au-dessus de toute attaque pour avoir besoin d'être défendues, et quant à mon frère Georges, s'il se trouve offensé il peut fort bien se défendre lui-même !

Cette logique féminine fit naître un sourire involontaire sur les lèvres de Lionel qui reprit :

— Vous ignorez sans doute, madame, que j'ai souffleté l'insulteur...

— Vous l'avez souffleté !! — s'écria vivement Amélie.

— Sur les deux joues !...

— Bravo !! — Vous vengiez du même coup vos cousines et mon frère... — vous n'avez rien à réclamer...

— Aussi, je ne réclame rien... Mais mon adversaire ne veut pas garder ses soufflets, et je dois me tenir à sa disposition.

— Allons donc! — répéta la comtesse. — Pour
re agréable à ce drôle, vous risqueriez de rece-
oir une balle dans la tête... — C'est ça qui serait
isensé!

— C'est une dette d'honneur!

— Vous ne la paierez pas, voilà tout!

— Chère madame, vous figurez-vous vraiment
ue ce soit possible?...

— Possible et facile... — On ne saurait vous
rcer à vous battre...

— Sans doute, mais si demain matin je ne me
attais point, demain à midi Paris entier dirait
ue je suis un lâche, et vingt personnes, avant le
oir, vous l'auraient répété.

— Vous savez bien que je ne les croirais pas.

— D'autres les croiraient.

— Que vous importe l'opinion des indifférents
t des sots?

— Eh! madame, je n'accepte pas le mépris de
ies ennemis!... — Je veux le respect de tous!...

— Ainsi, par amour-propre, vous irez à la
iort?...

— Toutes les chances ne sont pas contre moi...
— D'ailleurs la certitude même d'un dénouement
ineste ne me ferait pas hésiter...

— Si vous mouriez, qui donc protégerait vos
ousines?...

— Mlles Warton, grâce au ciel, peuvent se
asser de moi... — Les millions qu'elles possè-

dent leur assurent une indépendance absolue... — Dans quelques jours l'aînée sera la
femme de Georges, qui deviendra son protecteur
légitime... — Si je mourais, elles auraient un gros
chagrin, pleureraient beaucoup, croiraient leur
douleur inguérissable, se consoleraient ensuite et
finiraient par oublier... — L'apaisement d'abord...
l'oubli après... — C'est la loi commune et personne ne peut s'y soustraire...

LIX

Mme de Lasseny attacha sur Lionel un long regard.

La physionomie du pseudo-nabab exprimait une inébranlable résolution.

— Allons, — pensa la jeune comtesse, — vaincre ne sera point facile, et je vaincrai pourtant... il le faut... je le veux...

Elle ajouta tout haut, en portant la main tour à tour à son front et à sa poitrine :

— La chaleur est étouffante ici... je me sens suffoquée...

— Je vais donner de l'air à cette pièce en ouvrant cette fenêtre... — dit Lionel.

— C'est inutile... — répliqua vivement Amélie, — n'ouvrez pas...

En un tour de main elle enleva son chapeau, se dépouilla de la longue pelisse de soie qui l'enveloppait tout entière, et se trouva tête nue, vêtue simplement de son peignoir mal attaché.

— Ah ! je suis mieux ainsi... — murmura-t-elle en poussant un soupir de soulagement, — je respire...

Lionel, sans deviner encore où la visiteuse en voulait venir, pensait au vers mis par Racine sur les lèvres de Phèdre brûlée d'incestueux désirs :

Que ces vains ornements, que ces voiles me pèsent !

Amélie continua :

— Que me disiez-vous tout à l'heure ? — Croyez-vous vraiment qu'on se console et qu'on oublie si vite ?

— Je le crois, oui, madame... — La vie serait un long supplice si l'on devait pleurer sans fin chaque fois qu'un lien de famille est brisé par la mort...

— Eh ! qui vous parle des liens de famille ? — reprit la comtesse impétueusement. — Que sont-ils à côté des liens du cœur ?...— Si vous mouriez demain vos cousines se consoleraient peut-être, la femme qui vous aime ne se consolerait pas...

— La femme qui m'aime... — répéta Lionel avec un indéfinissable sourire, — existe-t-elle ?

— Elle existe... vous le savez bien...

Lionel secoua la tête.

— Et vous la connaissez...—acheva la comtesse.

— Vous vous trompez, madame, je ne la connais pas...

— Je dis que vous la connaissez et que vous connaissez aussi son amour ! — poursuivit Amélie. — Je dis que dès le premier jour où le hasard vous a mis face à face, dès la première minute où ses yeux ont rencontré vos yeux, vous avez compris qu'elle allait vous aimer... vous avez deviné qu'elle vous aimait déjà !... — Je dis que vous avez tout fait pour encourager sa tendresse, pour aviver le feu qui la brûlait !... — Votre voix prenait en lui parlant des intonations molles et caressantes, vos regards cherchaient ses regards et descendaient jusqu'à son cœur, votre main tremblait en touchant la sienne, allumant dans son sang des fièvres inconnues... — Et vous l'avez partagé, cet amour ! — Le don des fleurs mystérieuses, des fleurs d'émail, des fleurs de Danaées, futile souvenir pour les indifférents, n'était-il pas pour moi le plus clair des aveux ?

— Quoi ! — s'écria Lionel avec une apparente stupeur, — cette femme...

— Cette femme, — interrompit la jeune comtesse, — pourquoi feignez-vous de l'ignorer ? C'est moi ! Moi qui vous aime. — Moi qui, sans hésiter, suis venue plaider ici la cause de mon bonheur en péril !... — Moi qui tombe à vos pieds pour vous dire : — Lionel, tu ne te battras pas, car ma vie c'est ta vie, et je veux que tu vives !...

Amélie, joignant la pantomime aux paroles, se laissa tomber à genoux devant le pseudo-nabab et lui saisit les mains qu'elle appuya contre ses lèvres.

Sa chevelure, dénouée dans ses brusques mouvements, ruisselait sur ses épaules presque nues et sur sa gorge dévoilée par le peignoir entr'ouvert.

Dans ce désordre voluptueux, dans cet affolement des sens, elle était splendidement belle, et le chaste Joseph n'aurait résisté qu'à grand'peine à cette enivrante Putiphar.

Un immense dégoût, une répulsion profonde s'emparèrent de Lionel en présence de tant d'impudence et de cynisme. — Son être entier se révolta. — Il lui sembla que les lèvres d'Amélie mettaient une souillure à ses mains. — Son premier mouvement fut de la repousser avec mépris, avec indignation ; mais il se souvint du rôle qu'il s'était tracé et reconquit la présence d'esprit nécessaire pour jouer ce rôle jusqu'au bout.

— Relevez-vous, madame... — Relevez-vous, je vous en supplie... — dit-il d'une voix basse et tremblante, en se penchant vers Amélie qu'il attira doucement à lui.

— Ai-je gagné ma cause ? — demanda la comtesse, — renoncez-vous à ce duel ?...

— Hélas ! — murmura le prétendu jeune homme. — Pourquoi sollicitez-vous de moi la seule chose qu'il me soit impossible de vous accorder ?...

Mme de Lasseny se releva d'un bond.

— Vous refusez ? — s'écria-t-elle.

— Il le faut.

— Vous vous battrez ?...

— Je le dois...

— Mes prières sont vaines !... — Mes supplications restent inutiles !... Rien ne prévaut contre votre volonté !

— Rien ne prévaut contre mon honneur, et mon honneur est en jeu.

— En venant ici j'ai fait le sacrifice du mien !! — Ne pouvez-vous me sacrifier le vôtre ?

— Je peux tout, excepté cela...

— C'est qu'alors vous ne m'aimez pas !

— Je vous aime, madame, mais j'ai la certitude que vous cesseriez de m'aimer demain si je me déshonorais aujourd'hui...

— Je vous aimerais toujours... je vous aimerais cent fois plus encore...

— Vous vous trompez en croyant cela.

— Mon Dieu !... que faut-il pour vous convaincre ?... que faire ?... que dire ?...

— Ne faites rien ! Je ne peux pas, je ne veux pas être convaincu...

— Ainsi, le duel aura lieu quand même et malgré tout ?...

— Oui, madame.

Amélie regarda la pendule et reprit :

— Il est trois heures du matin... — A quelle heure partirez-vous pour le bois de Vincennes ?

— A sept heures...

— Eh bien! non, tu ne partiras pas, car tu seras endormi sur mon sein quand sonnera l'heure du départ...

Et la comtesse, jetant ses bras autour des épaules de Lionel, l'étreignit avec une violence de passion irrésistible et chercha ses lèvres en murmurant :

— Je t'adore et je suis à toi...

Le rôle du pseudo-nabab devenait insoutenable si la marche de cette étrange scène ne se modifiait sans retard.

Lionel recula brusquement en dénouant l'étreinte des bras voluptueux qui l'enlaçaient.

Amélie le regarda stupéfaite.

Elle se savait si belle et si désirable qu'aucune humiliation ne se mêlait à son étonnement.

— Vous me repoussez... — balbutia-t-elle, — et tout à l'heure vous m'avez dit : *Je vous aime!*

— Je l'ai dit, et c'est vrai... Je vous aime...

— Et cependant vous me repoussez! — répéta la comtesse.

— Écoutez-moi, madame... — reprit Lionel, — le moment est venu d'une explication que j'aurais voulu reculer, mais que les circonstances m'imposent... — Oui, j'en conviens, je n'ai pas lutté contre la domination que votre beauté radieuse exerçait sur mon cœur... — Je me sentais entraîné vers vous et je m'abandonnais... Je sentais d'ail-

eurs que toute résistance serait vaine car le courant était irrésistible... — Aujourd'hui je vous
appartiens comme vous m'appartenez, et nos âmes
sont unies indissolublement...

Lionel se tut pendant une seconde.

Amélie, ne comprenant pas grand'chose à cette
quintessence de sentiments raffinés, se demandait :

— Où veut-il en venir !... — J'attendais de lui
les baisers et non pas des paroles !

Il reprit :

— Oui, nos âmes sont unies, mais notre union
ne saurait devenir plus complète... — Il existe
entre nous un obstacle...

— Un obstacle ? — répéta la jeune femme.

— Insurmontable...

— Lequel?...

— Le comte de Lasseny.

— Comment ? — Je ne vous comprends pas...

— On n'est point le maître de son cœur, mais
on est le maître de ses actes... — continua Lionel.
— L'idée du partage en amour me fait horreur, et
je me suis juré de n'être jamais l'amant d'une
femme à qui un autre homme que moi aurait le
droit de dire : — Je t'aime ! ! — Or, M. Lasseny
a ce droit.

— Le comte est mon mari ! — répondit Amélie.

— Qu'importe ? — Je sais qu'ils sont nombreux
ceux à qui ma façon d'envisager les choses du

cœur semblerait insensée ! — je suis un excentrique peut-être, mais ni mon amour, ni mon orgueil n'admettent les droits du mari, ce tyran donné par la loi, vous l'avez dit vous-même ! — La femme dont je serai l'amant doit n'appartenir qu'à moi seul !

— Alors, si j'étais libre ? — murmura la comtesse haletante.

— A quoi bon supposer l'impossible ?...

— L'impossible ? pourquoi l'impossible ?

— Vous ne pouvez conquérir votre liberté que par le veuvage...

— Eh bien ?

— Le comte est jeune et fort...

— Combien on en a vu partir en pleine jeunesse, en pleine force...

— C'est vrai... la mort frappe au hasard...

— Enfin, si j'étais veuve ?...

— Je serais tout à vous qui ne seriez qu'à moi...

— C'est ce que je voulais savoir ! — s'écria Mme de Lasseny. — Va donc te battre puisqu'il le faut, mais souviens-toi que je t'adore et défends bien ta vie qui m'appartient...

Elle s'enveloppa dans sa pelisse avec rapidité, elle tordit sur sa tête sa longue chevelure aux tons de cuivre dont son chapeau contint à peine les masses révoltées.

— Adieu, — dit-elle, — ou plutôt au revoir... Je serai bientôt libre...

Elle saisit des deux mains la tête de Lionel, lui mit un baiser sur les lèvres sans qu'il pût s'en défendre, puis, abaissant son voile, se dirigea vers la porte, tira les verrous et sortit.

En sentant la bouche d'Amélie effleurer la sienne, Cora Bernier avait tressailli comme au contact d'un reptile.

Pendant quelques secondes l'étonnement la paralysa, elle qui ne s'étonnait de rien.

A plusieurs reprises, avec un immense dégoût, elle passa son mouchoir sur sa figure qui lui semblait flétrie par le baiser de la comtesse.

— Ah! misérable créature, — murmura-t-elle enfin, — que tu es bien digne de ton père! — Le sang qui coule dans tes veines est du sang d'assassin! — Martial Dereyne tuait pour s'enrichir... — Tu vas tuer pour satisfaire un caprice de ta luxure! — Race de meurtriers! Race infâme! — Heureusement Dieu est juste et je veille! — Gontran vivra malgré ton crime, et c'est toi qui seras frappée!

Cora, par un effort inouï de volonté, chassa les pensées noires qui l'obsédaient.

Elle se regarda dans un des grands miroirs de Venise occupant les quatre panneaux du boudoir; — elle rasséréna son visage assombri et regagna le salon de jeu où son retour fut accueilli par des plaisanteries gauloises au sujet des jolies femmes qui venaient le relancer au milieu de la nuit.

— Bah ! — s'écria en riant Gontran de Lasseny
— Notre ami Lionel a vingt-cinq ans à peine ! —
Il faut que jeunesse se passe ! !

— Vous avez raison, cher comte, — répondit le
pseudo-nabab en souriant.

Georges Dereyne était en train de perdre au
baccarat ce qu'il venait de gagner à l'écarté à l'an
glais Williams Dickson.

LX

Amélie, en sortant de l'hôtel, regagna sa voiture et donna l'ordre au cocher de la reconduire à l'endroit où il l'avait prise, c'est-à-dire au point d'intersection de la rue du Bac et de la rue Saint-Dominique.

Tandis que la voiture roulait elle se pelotonna dans un des angles et se mit à rêver toute éveillée.

D'abord un sourire de Ménade entr'ouvrit ses lèvres pourpres et découvrit ses dents éblouissantes.

Elle pensait à Lionel que son imagination délirante lui montrait à ses genoux ou plutôt dans ses bras.

Quelques secondes plus tard un nuage obscurcit sa figure; — ses yeux se voilèrent; — ses sourcils contractés creusèrent un pli sur son front pur.

Elle venait de voir l'image de Gontran, son mari, son maître, se dresser ainsi qu'une barrière entre elle et celui qu'elle aimait.

Un frisson convulsif passa sur sa chair.

Ses mains s'étendirent machinalement, comm
pour repousser une apparition odieuse.

— Je ne me trompais pas! — dit-elle presqu
à voix haute. — J'avais compris le sens mysté
rieux des fleurs de Danaées. — Lionel, ardem
ment épris de moi, n'admet pas de rival!... —
est jaloux des droits d'un mari!... — il veut qu
je sois veuve... il m'ordonne d'être libre... — j'o
béirai au maître que mon cœur se donne ! — j
serai libre, car je serai veuve !...

La jeune femme s'abandonnait à sa rêverie s
menaçante pour le comte Gontran de Lasseny.

Le fiacre l'interrompit en s'arrêtant à l'endroi
désigné.

Amélie descendit, donna au cocher la pièce d'o
promise, gagna la rue parallèle à la rue Saint
Dominique, rouvrit la porte pratiquée dans l
muraille d'enceinte, traversa le jardin, franchit l
seuil de l'hôtel et regagna son appartement san
que personne eût constaté ou même soupçonn
son absence.

Rentrée chez elle, son premier soin fut de s
débarrasser de sa pelisse et de son chapeau ains
qu'elle l'avait fait chez Lionel, mais au lieu d
les jeter sur un meuble elle eut soin de les repor
ter à leur place habituelle, afin que sa femme d
chambre ne s'aperçût point qu'ils avaient été com
plices de quelque sortie nocturne et clandestine

Elle quitta son peignoir de couleur claire pour en revêtir un autre plus sombre. — Elle mit dans sa poche un petit flacon de cristal et un canif dont elle se servait au pensionnat pour tailler ses plumes; elle alluma un bougeoir, redescendit au rez-de-chaussée par l'escalier de service, gagna de nouveau le vestibule, traversa les salons et pénétra dans le jardin d'hiver.

Au moment de s'enfoncer sous la voûte que formaient les végétations entrelacées, elle s'arrêta, prêta l'oreille et, faisant de sa main une sorte de réflecteur, jeta les yeux autour d'elle.

Tout était silencieux et calme comme deux heures auparavant, au moment de son départ.

Cette immobilité absolue, ce profond silence que troublait seul le murmure doux et monotone du filet d'eau tombant dans la vasque de marbre rouge, lui donnèrent une sécurité complète.

Elle se dirigea d'un pas rapide, par une allée sinueuse pratiquée entre les massifs, vers l'extrémité du jardin d'hiver voisine du tir au pistolet.

A la voir glisser ainsi parmi les arbustes et les plantes aux formes bizarres éclairées vaguement par la lumière qu'elle portait, on l'eût prise pour une apparition fantastique suivant un feu follet dans sa course.

Un peu avant d'arriver au tir, Amélie s'arrêta.

Elle se trouvait en face d'une caisse carrée de

grande dimension, de laquelle émergeait un ar-
buste ou plutôt un arbre au feuillage pâle.

De jolis fruits roses, ressemblant beaucoup à la
pomme d'api des potagers d'Europe, tranchaient
çà et là sur ce feuillage.

Nos lecteurs ont déjà reconnu cet arbre.

C'était le mancenillier qui quelques soirs auparavant avait servi de prétexte au petit cours de
toxicologie végétale fait par Lionel Warton devant un auditoire de jolies femmes.

La comtesse regarda l'arbre meurtrier.

Quoiqu'il ne fût pas de très haute taille elle n'en
pouvait atteindre que les basses branches, et c'est
aux rameaux les plus jeunes, par conséquent les
plus élevés, qu'elle voulait demander leur sève.

Elle jeta de nouveau les yeux autour d'elle et
vit à quelques pas, dans une allée voisine, une
de ces échelles doubles roulantes que la plus lé-
gère secousse met en mouvement et dont se ser-
vent les jardiniers dans les serres, où l'on ne peut
appuyer contre les vitrages les montants d'une
échelle ordinaire.

Amélie la poussa vers l'arbre, gravit quelques
échelons puis, quand elle se trouva à une hauteur
suffisante, elle ouvrit le canif qu'elle avait apporté, incisa presque au niveau de la tige trois ou
quatre rameaux naissants, et attendit.

Son attente fut courte.

Au bout de quelques secondes une goutte laiteuse apparut sur chacune des incisions et grossit rapidement.

Lorsque ces gouttes furent au moment de se détacher, Amélie les reçut dans son flacon ; — d'autres se reformèrent aussitôt, qu'elle recueillit de même.

Avant qu'un quart d'heure se fût écoulé le récipient de cristal était à demi plein.

La comtesse le referma, le glissa dans son corsage, descendit les échelons qu'elle venait de gravir, fit rouler l'échelle à la place où les jardiniers l'avaient laissée, et reprit pour la seconde fois le chemin de son appartement, où elle arriva sans encombre et où elle s'enferma.

Retirant alors le flacon de sa cachette embaumée elle l'approcha de la lumière et le regarda avec un étrange sourire.

— Que de choses et de grandes choses sous ces frêles parois de cristal ! — murmura-t-elle. — La mort ! la liberté ! l'amour !

Le flacon disparut ensuite dans le tiroir d'un meuble dont la clef ne quittait jamais Mme de Lasseny qui, brisée de fatigue, se mit au lit vers cinq heures du matin, presque au moment où le jour allait paraître, et s'endormit d'un profond sommeil.

*
* *

Rose Bonchamp, — nous croyons l'avoir indi-

qué plus haut d'une façon suffisamment explicite,
— prenait l'habitude de quitter mystérieusement
l'hôtel de l'ex-armateur, deux ou trois fois par
semaine, quand le valet de chambre et la cuisinière étaient couchés.

Elle se faisait conduire à Montmartre et passait
le reste de la soirée et une partie de la nuit près
de René Mattifet, son ami de cœur, son mari
futur.

Presque au moment où la comtesse Amélie s'en-
dormait rue Saint-Dominique, Rose Bonchamp se
réveillait rue des Abbesses et s'empressait de se
lever et de s'habiller pour retourner prendre ses
fonctions de garde-malade à côté de Martial Dereyne.

L'agent d'affaires, très matinal, était depuis
longtemps levé et classait des dossiers dans la
pièce étroite et poudreuse qui lui servait de cabinet de travail.

Rose, coiffée, chaussée, gantée, son chapeau
sur la tête, et tenant de la main gauche le petit
sac en cuir de Russie où elle mettait son corset
roulé dans un journal du soir, ouvrit la porte de
ce cabinet et entra.

— Tu pars ? — lui demanda Mattifet.

— Oui, mon chéri. — Hélas ! il le faut. — Mon
bonheur est ici, tu le sais bien ! — Sans toi, je
suis comme une pigeonne dont on a mangé le pi-
geon aux petits pois... — Je sens un vide énorme

et je roucoule avec mélancolie... — Mais il faut penser à l'avenir, pas vrai, et avaler sans mot dire bien des couleuvres? — Je viens donc, mon chéri, t'embrasser sur tes *œils* et te demander si tu as décidé quelque chose...

— Oui, — répondit René.

— Quoi? — reprit Rose.

— Il faut agir.

— Quànd?

— Dès aujourd'hui...

— C'est bon, j'agirai... — Donne-moi ce que tu sais...

Mattifet quitta son siège, ouvrit un tiroir, y prit une petite fiole enveloppée de papier bleu, pas beaucoup plus grande que le flacon de la comtesse Amélie, et tendit cette fiole à Rose qui la mit dans son sac.

— Alors tu crois, — fit-elle ensuite, — que ça suffira pour en finir?...

— Ça suffirait pour envoyer dans un monde meilleur trois ou quatre gaillards plus solides que Martial Dereyne...

— Comment ça s'emploie-t-il?

— De la façon du monde la plus simple... — il me semblait te l'avoir déjà dit...

— C'est possible, mais j'ai oublié...

— Écoute donc, et souviens-toi : — Une goutte aujourd'hui...

— Bon !...

— Demain, DEUX...

— Parfait !

— Pendant deux jours rien, et après ces deux jours QUATRE gouttes...

— Et ensuite ?

— Ensuite, nous verrons. — Je te donnerai des instructions nouvelles si c'est nécessaire...

— Et rien à craindre de la justice ? — Tu sais comme elle est bégueule, la justice...

— Absolument rien...

— Tu en es sûr ?

— Oui. — Le poison que tu emportes tue sans laisser de traces...

— C'est ce qu'il faut... — A bientôt mon grand chien-chien...

— A bientôt ma grosse poulette...

Après avoir échangé ces petits noms d'amitié accompagnés de baisers sonores, les deux misérables se séparèrent.

— Il sera bientôt riche, grâce à moi, mon René, cet amour d'homme ! — se disait Rose Bonchamp en s'éloignant.

— Oui vraiment, la brucine est un poison commode ! — pensait Mattifet resté seul. — C'est lui qui me débarrassera de cette vieille folle de Rose quand je tiendrai l'argent...

L'ex-femme de charge prit à la barrière une voiture qui la conduisit rue du Rocher.

Le valet de chambre et la cuisinière faisaient

la grasse matinée depuis la maladie du maître, ce qui permit à Rose de rentrer sans être vue.

Elle quitta sa toilette de ville pour une robe de chambre, glissa la petite fiole dans sa poche et franchit le seuil de l'appartement de Martial avec autant de précautions qu'en avait pris la comtesse Amélie pour aller recueillir dans le jardin d'hiver le poison qui devait tuer son mari...

Dereyne, étendu sur le dos et les yeux fermés, dormait d'un profond sommeil.

Rose s'approcha du lit.

Sur la table de nuit se trouvaient, comme d'habitude, une carafe de tisane et un verre.

Ce verre était à demi plein.

Rose Bonchamp déboucha la fiole donnée par Mattifet, et d'une main qui ne tremblait pas laissa tomber dans le verre une goutte de son contenu.

Martial fit un mouvement.

La garde malade fit disparaître la fiole sous la guimpe de son plantureux corsage.

Le paralytique ouvrit les yeux.

Rose aussitôt se pencha vers lui, et l'embrassa du bout des lèvres en lui disant d'un ton câlin :

— Je viens voir, mon ami, si vous avez dormi d'un bon sommeil ?

Les paupières de Martial s'abaissèrent affirmativement.

— Alors, — reprit Rose, — vous vous trouvez mieux ce matin ?...

Même réponse.

— Ah ! que vous me rendez contente ! — s'écria la maîtresse de René Mattifet. — Vite, buvez un verre de votre potion, et vous serez tout à fait bien, c'est moi qui vous le dis !...

LXI

Rose Bonchamp passa le bras droit sous les épaules du paralytique pour le soulever, puis elle prit de la main gauche le verre qu'elle venait de remplir jusqu'aux bords, et l'approcha des lèvres de Martial qui le vida d'un trait.

Ses yeux remercièrent Rose de sa sollicitude.

L'hypocrite créature remit le verre sur la table et, après avoir arrangé les oreillers, laissa retomber doucement la tête de Martial.

Elle l'embrassa de nouveau sur le front en lui disant d'un ton enfantin :

— Là, maintenant, cher bon ami, il faut faire dodo, bien gentiment, une heure ou deux... — Je reviendrai vous éveiller moi-même quand il sera temps de déjeuner.

Ensuite elle sortit de la chambre, calme, contente d'elle-même et le sourire aux lèvres.

L'œuvre de mort était commencée.

Retournons à l'hôtel de la rue de Londres.

On avait joué jusqu'au point du jour, mais à six heures du matin il ne restait plus dans le salon que Lionel Warton, Léopold Dereyne, Lambert Massol et le docteur noir.

Un peu avant sept heures nos quatre personnages prirent place dans un landau qui les attendait à la porte et qui partit à la plus vive allure de ses grands trotteurs anglo-normands.

On arriva de dix minutes en avance près du restaurant de la Porte Jaune, lieu du rendez-vous.

Jacob Schuler (de Berlin) ne se mit d'ailleurs point en retard, et à huit heures moins cinq minutes descendit d'une voiture de louage avec ses témoins, non moins Allemands et non moins boursiers que lui.

Les adversaires échangèrent un salut et prirent le chemin d'une allée voisine, très propice pour un duel au pistolet.

Des deux côtés on avait apporté des armes.

On tira au sort pour savoir desquelles on se servirait, et le hasard favorisa Jacob Schuler.

Lionel Warton et le Berlinois furent placés à trente pas l'un de l'autre, un pistolet chargé à la main.

Ils devaient faire feu au signal convenu, à moins que l'un d'eux n'usât de son droit après avoir essuyé le feu de son adversaire, et ne parcourût un espace de cinq pas avant de riposter.

Jacob Schuler était pâle. — Un cercle de bistre entourait ses orbites. — Un tressaillement nerveux agitait ses paupières et ses lèvres.

Ayant appris par hasard dans la soirée que Lionel Warton était un tireur de premier ordre, il avait peur, effroyablement peur.

Par avance il lui semblait se voir étendu sur la mousse, sanglant, inanimé, une balle dans la tête ou dans la poitrine.

Malheureusement, après avoir reçu des soufflets en plein café Riche, reculer était chose impossible, à moins de s'exposer aux railleries sans fin et aux quolibets incessants de tous ses collègues de la Bourse.

Donc il allait de l'avant, mais sans la moindre conviction, et — (pour emprunter une expression pittoresque du langage populaire) — *comme un chien qu'on porte à la chasse.*

Lionel Warton, aussi calme qu'aux Champs-Élysées chez Gastinne-Renette, ou dans le tir du jardin d'hiver de l'hôtel de Lasseny, attendait le signal.

Le témoin désigné par le sort frappa trois coups de suite dans ses mains.

Au troisième coup une seule détonation retentit.

Jacob Schuler abaissa son pistolet fumant.

— Le pseudo-nabab restait debout et le sourire aux lèvres.

Il fit cinq pas en avant et s'arrêta.

— Tirez! mais tirez donc! — crièrent les témoins du Prussien.

Ce dernier s'efforçait de sembler résolu, mais il tremblait de tous ses membres et de grosses gouttes de sueur perlaient sur son front livide.

— Je tirerai, — répondit Lionel, — mais uniquement pour prouver à monsieur que je lui fais grâce.

Une hirondelle passait au-dessus de l'allée, théâtre de la rencontre.

Lionel leva son arme sans presque viser, et pressa la détente.

La pauvre hirondelle tomba morte aux pieds du Prussien terrifié.

Le pseudo-nabab s'approcha de lui.

— Vous le voyez, monsieur — dit-il — je n'avais qu'à vouloir pour vous tuer... — En convenez-vous?...

— J'en conviens... — balbutia Schuler.

— Convenez-vous que vous avez eu tort de porter atteinte par des propos calomnieux à la bonne renommée de Mlles Warton que vous n'avez pas l'honneur de connaître?

— J'en conviens... — répéta l'Allemand.

— Regrettez-vous cette conduite inconsidérée?

— Je la regrette.

— Regrettez-vous également d'avoir tenté de nuire à la considération de M. Georges Dereyne?

— Certes, monsieur, et j'aurais fait cet aveu plus tôt, mais mon honneur me défendait de paraître reculer devant le péril...

— C'est bien... — Je n'en voulais pas davantage... — Vos témoins et les miens répéteraient au besoin les paroles qu'ils viennent d'entendre...

— Adieu, monsieur, que ceci vous serve de leçon... — Messieurs, je vous salue...

Lionel prit le bras de Lambert Massol puis, suivi de Léopold et de Jocelyn, il regagna le landau, jeta ses deux témoins sur le boulevard des Italiens et regagna Saint-Ouen avec le docteur noir.

Au moment de se séparer du plus jeune fils de Martial Dereyne, il lui avait dit :

— Mon cher Léopold, voulez-vous me rendre un service ?

— J'espère que vous n'en doutez pas ?

— Je n'en doute pas, c'est vrai.

— De quoi s'agit-il ?

— Tout simplement d'aller rue Saint-Dominique apprendre l'heureuse issue de ce duel à votre beau-frère, qui m'a témoigné cette nuit beaucoup d'intérêt et m'a fait promettre de le rassurer le plus tôt possible... — Chargez-vous d'acquitter ma parole.

— Regardez la chose comme faite.

Léopold s'empressa de se rendre à l'hôtel de Lasseny, et Gontran se hâta de raconter à sa

femme que Lionel, sain et sauf, venait de se conduire avec la plus chevaleresque générosité en
épargnant un adversaire qui ne méritait aucune
pitié.

Deux heures plus tard on parlait dans tout
Paris du duel de la Porte Jaune, et la sympathie
qu'inspirait généralement le cousin des *filles de
bronze* grandissait encore.

Dans l'après-midi Georges Dereyne vint à
Saint-Ouen.

Cette visite avait un double but : — Faire sa
cour de fiancé à Paula Warton, et remercier
Lionel qui, somme toute, s'était battu le matin
pour son compte.

Le pseudo-nabab l'attendait, le retint à dîner et
lui dit :

— Vous ne serez pas seul avec nous... — J'attends d'un moment à l'autre votre adversaire de
la nuit passée, mon ami Williams Dickson...

— Un très galant homme qui n'est pas heureux
à l'écarté... — fit Georges en souriant.

— Vous lui avez gagné vingt-cinq ou trente
mille francs, je crois.

— Oui, mais je n'ai pas su les garder... — le
baccarat m'a fait rendre gorge, et j'ai dû en-
dosser au profit d'un plus heureux que moi le
chèque remis par vous à M. Dickson pour s'acquitter...

— Vous êtes joueur comme les cartes, mon

her Georges... — fit Lionel en riant. — Je comprends la passion du jeu, et je la partage dans une certaine mesure, mais elle est bien dangereuse et je vous engage à rompre avec elle aussitôt après votre mariage... — Il ne faut pas risquer de ruiner ma cousine, que diable !...

— Ah ! — s'écria l'associé d'agent de change avec chaleur, — dès que l'adorable Paula sera ma femme, je ne toucherai plus une carte ! — Je me suis juré cela à moi-même et je tiendrai mon serment.

— Bravo ! — J'aime à vous voir aussi carré dans vos résolutions, et je suis convaincu que ma cousine sera très heureuse avec vous.

Rien en apparence ne pouvait entraver désormais le mariage de Georges et de Paula Warton.

L'immense fortune de la jeune fille paraissait acquise au fiancé puisque, moins de trois semaines plus tard, un bon contrat bien en règle lui donnait le droit de disposer à sa guise de cette fortune.

En réalité la situation du fils aîné de Martial Mereyne était effroyablement difficile.

Ruiné de fond en comble — (et même plus que ruiné puisque, son actif étant nul, la dette le débordait) — il se voyait dans la nécessité absolue de faire de grandes dépenses, la corbeille de noces devant être digne d'une fiancée six fois millionnaire.

Georges ne s'était point inquiété d'abord de ces détails.

Il comptait trouver partout un très ample c:
dit, et ses prévisions avaient paru d'abord
réaliser.

Sa qualité d'associé d'agent de change et
richesse princière de la future Mme Dereyne i
piraient une confiance à peu près sans bornes.
Les marchands ne demandaient qu'à lui ven(
les choses les plus plus belles et les plus chèr
— Ils savaient trop bien vivre pour parler d'
paiement prochain. — Ils s'estimaient heure
d'avoir à faire de grosses fournitures donnant li
à de plantureux mémoires, et trouvaient natu
d'accorder terme et délai.

— Les choses iront sur des roulettes... —
disait Georges en se frottant les mains, et
voyant plus que jamais l'avenir à travers
prisme couleur de rose.

Un beau jour, et pour ainsi dire d'une heure
l'autre, tout changea.

Les fournisseurs, très chauds la veille, devi
rent subitement plus froids que glace, sans qu
fût possible à Georges de deviner la cause de
brusque revirement.

Certes ces industriels voulaient vendre et
raient de leur mieux pour satisfaire un clie
aussi distingué, mais les temps étaient durs, l
affaires difficiles, les banquiers soupçonneux, l
escompteurs rapaces, bref ils ne pouvaient trait
que contre argent comptant, ou du moins cont

une somme représentant au moins les deux tiers de la valeur des objets vendus.

— Sauf le cas, — ajoutaient-ils, — où M. Lionel Warton consentirait à donner sa garantie, car la garantie de M. Lionel Warton vaut des billets de banque.

Or, cette garantie, Georges ne pouvait la demander, et cela pour une foule de raisons péremptoires que nous jugeons superflu d'énumérer...

Le plus splendide avenir que pût rêver le jeune homme allait-il donc s'écrouler au dernier moment, faute d'une corbeille de mariage?...

Ce n'est pas tout.

Les fournisseurs dont les livraisons avaient eu lieu déjà, tapissiers, carrossiers, marchands de chevaux, etc., et qui s'étaient contentés de la promesse d'un paiement prochain, devinrent intraitables comme si quelque mystérieuse influence les faisait agir.

Ils demandaient, ils exigeaient même des acomptes avec une insistance médiocrement polie et, n'obtenant rien, ils menaçaient d'envoyer du papier timbré, ou — (chose plus effrayante encore) — de s'adresser à Lionel Warton et de lui demander si leurs factures seraient soldées le lendemain de la noce, sur la fortune personnelle de sa cousine...

LXII

Bref il fallait de l'argent à Georges Dereyne, il lui en fallait à tout prix et sans le moindre retard.

Aussi nous l'avons vu prendre l'adresse de René Mattifet, l'homme d'affaire escompteur de la rue des Abbesses, en état, disait-on, de prêter une forte somme.

Le fils aîné de Martial avait assez d'empire sur lui-même pour cacher ses préoccupations à tous les yeux, sauf à ceux de Lionel et, quand Paula vint le rejoindre au salon, il se montra près d'elle galant et empressé, comme il convenait à un fiancé bien épris.

Un peu avant l'heure du dîner arriva Jean Renaud sous les traits de Williams Dickson esquire, propriétaire de Dickson-Park dans le Midland.

L'Anglais apocryphe qui jouait son rôle avec une perfection dont Brasseur, Dupuis ou Berthe--

lier auraient été jaloux, serra chaudement les mains de son adversaire de la nuit précédente et se félicita de la rencontre.

A table il fut étourdissant d'humour britannique et, après avoir fait honneur dans les proportions les plus larges aux grands vins de la cave du château, il annonça que le lendemain il comptait partir pour *le Souisse,* et que son absence durerait au moins un mois.

— Comment, — s'écria Lionel, — vous quittez Paris après demain?...

— Aoh! yes...

— Je vous croyais très amateur des choses du sport.

— J'e été boocoup... boocoup... aoh! yes.

— Et vous ne serez pas à Chantilly dimanche?

— J'ai deux chevaux engagés, *Blue Devil* et *Miss Lowe...* — Mon entraîneur me promet un succès...—J'espérais que vous en seriez témoin...

— Aoh! je regretté véritabelement... Je souis peiné toot à fait, mais je avé donné rendez-vous à sir Arthur Lesling, un honorable ami de moâ, sur la plus haute étage de le Mont-Blanc..

— En ce cas je n'ose insister...

Dans les hasards de la conversation — hasards fort habilement combinés sans doute—Lionel parla de l'agent de change dont Georges était l'associé.

— Vôos été le associé?... — fit l'Anglais.

—Oui, cher monsieur, tout à votre service...

— Je volé, alors, véritabélement, demander un
petite service à vôôs...

— Disposez de moi... — De quoi s'agit-il.

— Donnez à moâ, *if you please,* l'adresse d
voos... — J'irai demain faire le petit visite à voos

— Voici ma carte... — J'aurai le plaisir d
vous attendre jusqu'à midi.

Le lendemain, à onze heures, Williams Dicks
arrivait rue de la Chaussée-d'Antin, tenant sou
son bras gauche un volumineux portefeuille d
maroquin noir.

Après les premiers compliments il tira de c
portefeuille des liasses de titres, et il expliqu
qu'il priait Georges de vouloir bien, en sa qualit
d'intéressé dans une charge d'agent de change
prendre en dépôt pendant son absence des action
nominatives de chemin de fer, représentant un
somme de trois cent vingt mille francs, et le
enfermer dans sa caisse où elles seraient beau
coup plus en sûreté qu'au fond de la valise d'u
touriste.

— Je m'en chargerai volontiers pour vous obli
ger... — répondit le fils de Martial.

— Aoh ! yes ! voos obligerez moâ, boocoup.

— Ces actions représentent, m'avez-vous di
rois cent vingt mille francs ?...

— Yes... — Comptez...

Georges feuilleta rapidement les titres qu
l'Anglais tirait du portefeuille et étalait devant lui

— C'est parfaitement exact... — reprit-il. — Je vais vous faire un reçu.

— Je volé bienne, pour le régularité de le opération, quoique je havais toote confiance...

Le fiancé de Laura écrivit et signa un reçu bien en règle que Williams Dickson mit dans son portefeuille à la place qu'occupaient les titres un instant auparavant, puis il se répandit en protestations de gratitude, serra les mains de Georges à lui faire craquer lee phalanges, et se retira.

Il alla s'attabler à la Maison d'Or, se fit servir un déjeuner copieux, arrosé de deux bouteilles, l'une de Pontet-Canet, l'autre du merveilleux Latache-Romanée du clos fameux de Jules Régnier, de Dijon, prit son café brûlant, dégusta deux ou trois petits verres de fine champagne, alluma un cigare d'une grande marque de la Havane, et fit un tour sur le boulevard pour aider à la digestion.

Vers une heure il gagna la rue Drouot, et entra dans l'hôtel des commissaires priseurs.

C'était le jour désigné pour la vente des meubles achetés à Vincennes par le marchand de vin logeur de la route d'Ivry, et saisis après faillite.

Williams Dickson, ou plutôt Jean Renaud, franchit le seuil de la salle numéro 11, la première à droite dans la galerie du rez-de-chaussée, en entrant par la rue Drouot.

La salle numéro 11 est vaste, mais exclusivement consacrée à des ventes de mobiliers qui sont rarement luxueux.

Les amateurs millionnaires de tableaux, d'objets d'art, de bibelots précieux, ne s'y donnent jamais rendez-vous.

Au moment de l'arrivée de Jean Renaud il y avait déjà beaucoup de monde.

Le banc le plus voisin de la rangée de tables séparant le public de l'espace réservé au bureau du commissaire priseur et de son greffier, et où circulent le crieur et les commissionnaires de l'hôtel, était occupé par les gens dont le métier est de suivre les ventes par autorité de justice, offrant généralement de *bons coups* à faire, c'est-à-dire des objets mobiliers à acheter bien au-dessous de leur valeur réelle et parfois presque pour rien.

Marchands de meubles d'occasion, marchandes à la toilette, auvergnats jargonnant un *charabia* incompréhensible, brocanteurs sordides entassant dans des boutiques poudreuses des objets disparates, qui semblent invendables et qui pourtant trouvent des acquéreurs, se livraient à des colloques animés, en attendant l'ouverture de la séance.

Le faux Anglais se faufila à travers la foule et vint se placer derrière ce banc, dans un angle, près du mur de gauche.

Il examina très attentivement ceux qui l'avaient précédé et ne parut pas découvrir ce qu'il cher-

chait, car une sorte de désappointement se peignit
sur sa figure.

Le commissaire-priseur fit son entrée, suivi de
son greffier, par la porte des magasins situés derrière les salles et dont une consigne rigoureuse
interdit l'accès au public ; — il prit place au bureau, sortit d'une serviette d'avocat différents papiers qu'il étala devant lui, donna quelques ordres
au crieur et aux commissionnaires, frappa deux
petits coups avec son marteau d'ivoire à manche
d'ébène, et dit, ou plutôt bredouilla la phrase sa-
cramentelle :

— Messieurs, la vente commence... — Elle sera
faite au comptant... — Les adjudicataires paie-
ront cinq centimes par franc en sus du prix d'adjudication...

Les commissionnaires firent alors passer sur
les tables des lots de menu bric-à-brac qui ne va-
laient pas grand chose et se vendaient à des prix
dérisoires.

Quelques objets d'une valeur plus appréciable
quoiqu'encore minime vinrent ensuite, et c'est à
peine si les prix montèrent.

Les enchères ne marchaient pas, malgré les
louables efforts du crieur qui s'enrouait à vanter
le mérite transcendant des plus misérables loques.

La vente s'annonçait mal. — Les ventes ont
leurs destins ! — Le succès en ces matières est
une affaire de concurrence. — Si la concurrence

fait défaut, c'est un désastre pour le vendeu

La batterie de cuisine, la vaisselle, la verreri
les lithographies mal encadrées qui faisaie
l'ornement des chambres garnies, s'adjugeaie
sans la moindre lutte pour des sommes insigni
fiantes.

Jean Renaud commençait à trouver le temp
long et, malgré le flegme imposé par son traves
tissement d'insulaire, il donnait malgré lui quel
ques signes d'impatience.

Le défilé d'une dizaine de lits de noyer ou d'a
cajou, *munis de leur literie,* acheva de mettre s
patience à une rude épreuve.

Enfin le crieur public fit entendre ces mots :

— Nous allons vendre un secrétaire... un jo
secrétaire en très bon état...

Les commissionnaires prirent le meuble e
question et le placèrent bien en vue du public su
l'une des tables formant la séparation.

Le crieur continua :

— Examinez, messieurs... — C'est un secré
taire Louis XVI... garni de cuivres de l'époqu
avec son dessus en marbre... le tout en parfa
état... — Le panneau s'abaisse... — Dix tiroirs
l'intérieur... — Un joli meuble, messieurs, et ga
ranti du temps... — Il y a de l'argent à gagne
pour l'acquéreur en redorant les cuivres... on l
vendrait cher aux amateurs de meubles ancien
au premier étage... — Ici, nous donnons tout pou

rien... — Y a-t-il marchand à cent cinquante francs?

Personne ne répondit.

— Y a-t-il marchand à cent francs? — reprit le crieur.

Même silence.

— Y a-t-il marchand à quatre-vingt? — Messieurs, ne parlez pas tous à la fois...

Un rire universel accueillit cette plaisanterie qui ne manque jamais son effet.

Sans se décourager, et tout en riant lui-même, le crieur poursuivit :

— Y a-t-il marchand à soixante?

— Marchand à trente-cinq... — répondit un brocanteur.

— Trente-six... — fit une voix enrouée qui partait de l'extrémité opposée du banc, tout près de la muraille de droite.

Jean Renaud tressaillit, se pencha vivement et jeta un regard sur l'enchérisseur.

C'était un personnage qu'il n'avait pas remarqué d'abord, un petit vieux malpropre et mal vêtu, à barbe inculte, et coiffé sous son chapeau râpé d'un bonnet de soie noire descendant sur ses oreilles.

A côté de lui se tenait une femme très simplement vêtue mais de tournure élégante. — Un voile épais cachait son visage.

L'évadé de *la Dorade* ne reconnut positivement

ni l'un ni l'autre, mais avec son instinct presqu'infaillible il devina Remy Chomin et la comtesse Blanche de Lasseny.

Un sourire d'une expression indéfinissable passa sur ses lèvres.

— Quarante... — dit le brocanteur.

— Quarante-cinq... — répliqua le petit vieux.

La lutte entre ces deux amateurs se prolongea par sommes minimes jusqu'à quatre-vingt-dix francs.

Lorsque l'enchère atteignit ce chiffre le brocanteur lâcha prise.

— Quatre-vingt-dix-francs... — répéta le commissaire-priseur. — C'est bien vu, bien entendu ? — Pas de regrets ? — Personne ne dit mot ? — Vu ? — non ? — vu ? — Je vais adjuger...

Et il leva son marteau d'ivoire.

Jean Renaud eut un nouveau sourire.

— Cent francs, — fit-il d'une voix très nette, avant que le marteau ne fût retombé.

Remy Chomin et la femme voilée se tournèrent vers lui et le regardèrent avec attention, en se demandant quel pouvait être cet homme d'apparence britannique qu'ils ne connaissaient pas et qui allait sur leurs brisées. — Était-ce un ennemi ? — Connaissait-il le secret du meuble ? — Cela paraissait peu probable.

— Cent francs... — s'écria le commissaire-priseur. — C'est par monsieur, à droite, pas par vous à gauche... — Cent francs... on a dit cent francs... suivez... — Le secrétaire vaut beaucoup mieux... nous en avions demandé cent cinquante francs et ce n'était pas cher.

— Poussez donc! — murmura la dame voilée à l'oreille du petit vieillard.

— Cent cinq francs, — dit ce dernier.

— Cent cinquante, — riposta l'Anglais.

— Cent cinquante-cinq.

— Deux cents.

— Deux cent cinq.

— Cinq cents.

— Cinq cent cinq.

— Mille francs.

Ces enchères invraisemblables se succédaient avec une rapidité vertigineuse. — Les spectateurs de cette lutte ne cachaient point leur ahurissement. — Le commissaire-priseur semblait fort inquiet.

LXIII

Après le chiffre de mille francs, formulé par l'Anglais, il se fit un silence.

Le commissaire-priseur se composa une physionomie solennelle et dit d'un ton péremptoire :

— Si c'est une plaisanterie, messieurs, elle est du plus mauvais goût et pourrait entraîner pour vous, sachez-le bien, de sérieuses conséquences.

— Aoh! — répliqua l'Anglais — ce été pas un plaisanterie... — je havais envie de le petite secrétaire... — Adjugez à moâ, if you please, et je payé voôs toot de souite...

Un murmure entremêlé de ricanements courut dans la foule.

— C'est un original... — dirent les uns.

— C'est un toqué... — répliquèrent les autres.

L'offre d'un paiement immédiat avait complètement rassuré le commissaire-priseur.

L'arc froncé de ses sourcils s'était détendu.

Il souriait.

— Nous avons marchand à mille francs, — reprit-il, — une fois... deux fois... trois fois... est-ce bien vu? — je vais adjuger...

— Aoh! yes... — appuya Williams Dickson — adjugez à moâ...

— Mille cinq francs... — lança le petit vieux.

— Quinze cents... — répliqua l'Anglais.

— Quinze cent cinq.

— Deux mille.

— Deux mille cinq francs.

L'Anglais laissa s'écouler deux ou trois secondes, et reprit d'une voix de fausset :

— Dix mille...

Ce chiffre formidable (étant donnée la piètre valeur de l'objet en vente) changea l'étonnement en stupéfaction.

Personne n'en croyait ses oreilles, et le commissaire-priseur pas plus que les autres.

— Encore une fois, messieurs... — commença-t-il.

L'Anglais lui coupa la parole en agitant au-dessus de sa tête une liasse imposante de billets de banque, et en s'écriant :

— Adjugez... adjugez à moâ et je payé voôs toot de souite...

— Dix mille cinq francs... — fit Remy Chomin d'une voix étranglée.

— Quinze mille... — riposta Jean Renaud.

— Quinze mille cinq francs...

— Vingt mille...

— Vingt mille cinq francs...

— Vingt-cinq mille....

— Vingt-cinq mille cinq francs...

Nouveau silence.

On ne chuchotait même plus dans la foule... — Chacun s'absorbait dans une stupeur inexprimable.

— Quelle vacation ! — pensait le commissaire-priseur. — Sabre de bois, quelle vacation !!...

Il ajouta tout haut :

— Vingt-cinq mille cinq francs... — Le meuble est joli, messieurs, voyez-le... — il vaut l'argent... — Une fois, deux fois, trois fois, personne ne dit mot?... pas de regrets?... je vais adjuger...

— Enfin ! — murmura sous son voile la comtesse Blanche de Lasseny.

— Attendez... — dit Jean Renaud — je demandé à revoir le petite secrétaire...

Il escalada lentement le banc, puis la table, sauta dans l'enceinte réservée, s'approcha du vieux meuble et l'examina avec son lorgnon comme il aurait fait d'un tableau de maître.

— Aoh ! — s'écria-t-il tout à coup avec un brusque haut-le-corps.

— Quoi? — qu'est-ce que c'est? — demanda le commissaire-priseur.

— Il manqué le petite roulette du pied gauche...

—répliqua le faux Anglais — je voulé plus de loui...

Et il regagna sa place avec un flegme tout britannique au milieu d'un immense éclat de rire de l'auditoire.

— Adjugé pour vingt-cinq mille cinq francs... — dit le commissaire-priseur, et un coup de marteau d'ivoire termina sa phrase.

— Cé été véritabélement un peu cher, à cause de le petite roulette...— murmura Williams Dickson.

Puis il sortit gravement de la salle, escorté par un éclat de rire non moins universel et non moins retentissant que le premier.

En voyant l'Anglais renoncer à la lutte, Mme de Lasseny éprouva un mouvement de joie remplacé presque aussitôt par une poignante angoisse.

— Que signifie tout cela? — se demanda-t-elle. — Quelle comédie a joué cet homme? — Dans quel nouveau piège suis-je tombée?

Le crieur s'approcha du petit vieux.

— Votre carte, monsieur, s'il vous plaît... — lui dit-il.— et un acompte... c'est l'usage...

Remy Chomin tendit une carte que la douairière venait de lui remettre, et répliqua :

—Donnez-moi le bordereau... — Je solde et j'enlève...

Le commissaire-priseur, après avoir regardé la

carte, jeta un coup d'œil surpris à la dame voilée
assise à côté de l'acquéreur, puis donna l'ordre à
son greffier de dresser le bordereau.

La somme à payer s'élevait, avec les frais, au
chiffre de *vingt-six mille deux cent cinquante*
francs cinq centimes.

L'ex-Blanche Hervieux tira de sa poche un portefeuille bourré de billets de banque, paya, et immédiatement après quitta la salle numéro 11 à son
tour.

Cinq minutes après Remy Chomin vint la rejoindre dans la cour où elle l'attendait.

Un commissionnaire l'accompagnait portant le
secrétaire qui fut placé sur un fiacre, et ce fiacre
conduisit à l'hôtel de la rue Saint-Dominique la
comtesse escortée de l'ancien ami de Claire Bonchamp.

Grande fut la surprise des valets quand ils
reçurent l'ordre de monter dans l'appartement de
la douairière ce vieux meuble poudreux et dislo-
qué, et quand ils virent l'étrange mine et le costume plus étrange encore du compagnon de leur
maîtresse.

Mais qu'importaient les commentaires de ses
gens à Blanche de Lasseny dominée par une poignante préoccupation?

Une fois dans sa chambre avec Remy Chomin
elle ferma les portes à clef.

— Ouvrez ce meuble... — dit-elle ensuite impérieusement... — J'ai hâte de savoir si mes craintes sont fondées...

— Vos craintes?... — répéta le vieux bandit. — Madame la comtesse me permettra-t-elle de lui demander quelles craintes?...

— Ouvrez! — répéta Blanche au lieu de répondre. — Ouvrez vite!...

Remy fit jouer le panneau qui s'abaissa.

— Le secret!... — Cherchez le secret!... — reprit la comtesse... '

Les tiroirs furent enlevés l'un après l'autre et posés sur le tapis, puis le voleur émérite explora de la main toutes les cavités, toutes les cloisons.

— Rien... — murmura-t-il.

— Cherchez mieux! — s'écria Blanche avec impatience — il existe certainement un ressort... — Trouvez-le!...

— Du calme, madame la comtesse... — Je le trouverai, mais il faut le temps... — Au besoin je démolirais le secrétaire... Nous en avons le droit... il est payé...

— Plus de vingt-six mille francs!... — fit la douairière avec amertume.

— Une bagatelle pour vous!...

— Ah! je ne les regretterai pas si vous m'avez dit vrai.

— J'ai dit vrai; vous en aurez la preuve...

— Cherchez donc au lieu de parler!

Remy Chomin allongea le bras de nouveau et

palpa minutieusement les cloisons intérieures,
promenant ses doigts sur chaque millimètre de
bois, appuyant sur chaque nœud.

Cet examen fut long et ne donna d'abord aucun
résultat.

— Mon Dieu, — fit la douairière d'une voix qui
sifflait entre ses dents serrées, — si vos souvenirs
vous avaient mal servi... si ce n'était pas ce
meuble...

— Impossible... — ma mémoire est bonne... —
du premier coup je l'ai reconnu...

— Et cependant vous ne trouvez rien !

— Ah ! — s'écria Remy tout à coup.

— Qu'y a-t-il? — balbutia la comtesse qui ne
respirait plus.

— Je sens quelque chose...

— Quoi?

— Un bouton mobile... — Je parierais tout ce
qu'on voudrait que j'ai la main sur le ressort!...
Seulement faut-il tirer ou pousser?

Il poussa d'abord et rien ne bougea. — Il donna
une forte secousse. — On entendit un craque-
ment. — Une des parois du secrétaire s'enfonça
démasquant un double fond.

— Nous y sommes! — dit Remy Chomin trion-
phant.

La douairière se pencha sans répondre et plongea
ses deux mains dans le tiroir secret.

— Vide!—balbutia-t-elle avec un désappointe-ment immense. — Il est vide !

— Pas possible !

— Voyez vous-même...

— Ah! sacrebleu! pas de chance!...

Le vieux coquin fouilla à son tour.

— Un papier... — dit-il.

— Un papier... — répéta la comtesse — un in-dice peut-être... — Donnez vite...

Remy Chomin lui tendit sa trouvaille.

C'était un carré de papier à lettre pas beaucoup plus grand qu'une carte de visite.

Quelques mots s'y trouvaient écrits au crayon.

Blanche jeta les yeux sur ces mots; — elle pâlit aussitôt; — l'effroi se peignit dans son re-gard; — un tremblement convulsif agita ses membres; — elle se laissa tomber sur un siège et le papier s'envola de ses mains.

Remy le ramassa.

Il lut à haute voix :

« JACQUES HERVIEUX

« Vincennes, le 29 décembre 1828. »

— Tonnerre ! — s'écria-t-il. — Nous sommes volés!... volés par cet Anglais qui n'est pas plus Anglais que moi! Il connaissait le secret! il avait ouvert le meuble avant la vente!... il se moquait de nous!...

Mme de Lasseny s'était relevée, les narines fré-missantes et les yeux flamboyants.

— Mais quel est-il donc, cet homme? — de-manda-t-elle avec rage.

— Cet homme, madame la comtesse, c'est l'ennemi!... — répliqua Remy Chomin.— Ce faux Anglais, j'en suis sûr à présent, c'est le faux mu-lâtre dont je vous ai parlé et dont je soupçonne le vrai nom, dont je devine le vrai visage... — Entre lui et moi la lutte est engagée... — Il m'a *roulé* deux fois, car il est rudement fort et bigre-ment malin, mais avant quinze jours je saurai qui il est... — Il croit vous tenir aujourd'hui, madame la comtesse, eh bien! si je ne me trompe pas, ce n'est plus vous qui tremblerez... c'est lui qui demandera grâce!...

— Avant quinze jours? — balbutia la douai-rière.

Avant quinze jours, — répéta Remy Chomin. — J'ai bien l'honneur d'être votre humble serviteur, de tout mon cœur...

Et le bandit quitta la chambre, puis l'hôtel.

*
* *

En sortant de la salle numéro 11 Jean Renaud, ou plutôt Williams Dickson, monta dans une voiture de place et se fit conduire à Montmartre, rue des Abbesses.

Il descendit à la porte de l'homme d'affaires et sonna.

La femme de ménage vint lui ouvrir.

René Mattifet venait de rentrer et reçut le faux Anglais dans son cabinet.

— Ce fils d'Albion m'est inconnu... — se dit-il après l'avoir examiné avec une attention défiante, car l'amant de Rose Bonchamp se défiait de tout le monde, et pour cause...

———

LXIV

Mattifet désigna de la main un siège placé près de son bureau.

— Veuillez vous asseoir, monsieur, — dit-il à son visiteur, — et m'apprendre le motif qui vous amène chez moi.

— Aoh ! yes ! — répliqua Jean Renaud, continuant à jouer son rôle avec un talent de premier ordre. — Je venais apporter de l'argent à vôo...

L'homme d'affaires regarda l'Anglais d'un air étonné.

— Vous m'apportez de l'argent ? — répéta-t-il.

— Yes.

— Pour le compte d'un tiers, alors ? — reprit Mattifet.

— No... — Ce été pour le propre compte de moâ...

— Cependant, — poursuivit l'amant de cœur de Rose Bonchamp, — n'ayant jamais eu, jusqu'à

ce jour, l'occasion de me rencontrer avec vous, je
n'ai certainement rien à vous réclamer...

— Aoh ! yes... — je devais pas un penny à vôo...

— Quel est donc cet argent dont vous parlez ?..

— Expliquez-vous clairement, je vous prie, car il
existe sans doute entre nous quelque malentendu...

— Ce été un chose toute simple... — je apporté
à voo vingt mille livres sterling...

— Cinq cent mille francs ! — s'écria Mattifet.

— Yes, en un petite chèque à vue et au porteur
sur le maison *** de Laffitte-Street... Voici le
petite chèque...

— A merveille, mais je comprends de moins en
moins... — Pourquoi me remettez-vous ce chèque ?
quelle est la destination de l'argent ?

— Un ami de moâ il été dedans le embarras
un peu, beaucoup, fort... — répliqua l'Anglais. —
Il osé pas demander à moâ le somme qui fésé défaut à loui... — Je été certaine que il viendra
s'adresser à voô, et je disé à voô de obliger loui
jusqu'à conquiourrence de le somme de cinq cent
mille francs, en faisant signer à loui des petites
reconnaissances que voô remettrez entre les mains
de moâ.... — Comprenez-voôs maintenant ?

— Très bien... — Vous déposez dans ma caisse
l'argent qu'on viendra m'emprunter... — Vous
vous servez de moi pour obliger votre ami sans
qu'il s'en doute... — Vous devenez mon bailleur
de fonds à son intention...

— Aoh! yes...

— C'est tout naturel en effet... — Je servirai purement et simplement d'intermédiaire, chose qui se fait tous les jours.

L'Anglais se frotta les mains.

Mattifet poursuivit :

— Il ne me reste plus qu'à vous demander quels seront mes petits bénéfices dans une opération si honorable, et qui prouve jusqu'à l'évidence la délicatesse de vos sentiments...

— Je donne à vôo vingt-cinq mille francs... — voici une autre petite chèque.

— Vingt-cinq mille francs! — s'écria René. — Vous êtes généreux, monsieur... monsieur? au fait comment vous appelez-vous?..

— Williams Dickson, esquire...—répondit Jean Renaud. — Propriétaire de Dickson-Park, dedans le Midland.

— Comptez, monsieur Dickson, que vos intentions seront scrupuleusement remplies... —.Quel taux d'intérêt devrai-je exiger! — Dix ou douze, je pense... — On pourrait peut être aller jusqu'à quinze.

— Aoh! no!.. Demandez à l'ami de moâ, cinq pour cent... pas une penny de plus...

— Le taux légal! Peste! vous êtes un ami comme on en voit peu! — Devrai-je prêter les cinq cent mille francs en une seule fois?

— No! — Le première fois vôo donnerez

deux cent mille... le seconde fois trois cent mille.

— Demanderai-je des billets à courte ou à longue échéance? Accorderai-je trois mois, six mois ou davantage?

— Trois mois, ce était siouffisant...

— Me contenterai-je d'une simple signature, sans garantie, sans dépôt?

— Le première fois yes... le seconde, no...

— J'exigerai donc un dépôt pour garantir le prêt de trois cents mille francs?

— Aoh! yes...

— Votre ami pourra-t-il satisfaire à cette exigence?

— Aoh! yes! — répéta l'Anglais.

— Il ne me reste qu'à vous prier de m'apprendre le nom de l'emprunteur.

— Georges Dereyne...

Mattifet tressaillit visiblement.

— Georges Dereyne! — dit-il avec stupeur. — L'associé d'agent de change?

Jean Renaud fit un signe affirmatif et demanda :

— Vôo connaissez loui?

— Seulement pour en avoir entendu souvent parler, — répliqua Mattifet. — Je le savais un peu gêné, mais non pas au point de recourir à l'emprunt, ce qui est grave dans sa position presque officielle...

— On affirme qu'il va faire un mariage très riche.

— Ce été le vérité... Aussi je obligé loui sans

le moindre inquiétude. — Je recommandé à vôo
le secret...

— Soyez tranquille, monsieur. — Si la discrétion n'existait pas, je l'aurais inventée. — Elle est
d'ailleurs pour moi un devoir professionnel... —
Je fais un peu d'escompte, par obligeance pure,
mais je suis surtout homme de loi... — Le conten-
tieux, les affaires litigieuses, voilà ma spécialité.

Williams Dickson se leva.

— Je reviendrai voir vôo, — dit-il.— Je sohêté
le bonjour à vôo.

Et il fit mine de se diriger vers la porte.

— Attendez donc, monsieur, — s'écria René
Mattifet, — vous oubliez quelque chose.

— Quelle été cette chose?

— De prendre le reçu de cinq cent vingt-cinq
mille francs que je vais écrire et vous donner...

L'Anglais prétendu secoua la tête.

— Aoh, no! — répliqua-t-il. — Ce été iniou-
tile.

— Comment, inutile?

— Toot à fait...

— Mais, monsieur, c'est une fortune que vous
mettez dans mes mains avec une confiance que
j'ai peine à m'expliquer, car enfin vous ne me
connaissez pas.

Un malicieux sourire vint aux lèvres de Williams Dickson.

— Je connaissais... — répliqua-t-il — je connaissais...

— Vraiment ? — fit l'homme de loi très étonné et encore plus inquiet.

— Oui, parbleu, et depuis longtemps, — reprit Jean Renaud en bon français, sans le moindre accent britannique, ce qui redoubla la stupeur de l'ami de Rose — et j'ai la certitude que M. René Mattifet ne songera même pas à prendre le train des caissiers et à gagner Bruxelles avec mon argent, d'abord parce que la somme est minime pour lui qui rêve des millions, ensuite parce qu'il sait qu'en cas de fuite de sa part on obtiendrait une extradition immédiate, surtout si l'on avait soin d'avertir le préfet de police et le procureur impérial que René Mattifet n'est autre qu'un certain clerc de notaire condamné jadis à cinq ans de réclusion pour vol qualifié et qui se nomme René Tessandier...— N'est-ce pas votre avis, cher monsieur ?

En entendant ces paroles auxquelles il s'attendait si peu, l'homme de loi était devenu pâle comme un mort.

Un tremblement convulsif agitait ses mains.

— Oh ! par pitié, monsieur, — dit-il d'une voix suppliante, — ne rappelez ni ce passé maudit, ni ce nom flétri que je croyais aujourd'hui oublié du monde entier... — Je ne vous ai jamais fait de mal, ne me perdez pas !

— Je ne songe guère à vous perdre, puisque je

vous témoigne une confiance illimitée et que je vous apporte des fonds... — répliqua Jean Renaud en souriant.

— Enfin vous possédez mon secret, — poursuivit l'homme d'affaires, — et vous menacez de vous en servir...

— Je m'en servirais si vous abusiez de ma confiance ! Or vous déclarez vous-même que cette hypothèse est inadmissible...

— Certes !

— Donc que pouvez-vous craindre ? — Absolument rien.

— C'est vrai... — murmura René Mattifet, puis après un court silence il ajouta : — Enfin vous avez besoin de moi...

— Oui...

— Eh bien, vous trouverez en moi un serviteur intelligent et fidèle, obéissant à la moindre de vos volontés, quelle qu'elle soit.

— J'y compte.

— Mais ne troublez pas mon existence nouvelle par une épée de Damoclès planant incessamment sur ma tête... — Sans la certitude de votre mutisme je n'aurais plus une heure de repos, plus une minute de sommeil...

— Vivez calme et dormez en paix... je me tairai si vous êtes docile...

— Je serai votre esclave.

— C'est ce qu'il faut !...

— En vous servant de moi pour prêter de l'argent à Georges Dereyne, vous avez un but mystérieux?...

— C'est probable...

— Ce but n'est point d'obliger ce jeune homme?...

— Qu'en savez-vous?...

— Je suis assez malin, croyez-le, pour deviner ce qu'on ne me dit pas... — Vous êtes l'ennemi du fils aîné de Martial Dereyne... Vous voulez sa perte....

— Pourquoi supposez-vous cela?... — demanda Jean Renaud surpris d'une perspicacité si grande.

— Je ne suppose pas, je suis sûr, et je vous servirai d'autant plus volontiers que cet associé d'agent de change ne m'inspire aucune sympathie... — Faudra-t-il vous prévenir quand il sera venu pour un premier emprunt?

— C'est inutile, je le saurai avant qu'il soit sorti de chez vous, et vous recevrez ma visite ou tout au moins mes ordres.

— Je les attendrai pour agir.

— C'est bien.

— Maintenant, monsieur, me permettez-vous de vous adresser une question?

— Je vous le permets à coup sûr, mais je n'ai garde de prendre l'engagement d'y répondre... — Enfin, cette question?

— Vous que je ne connais pas et qu'il me

semble voir aujourd'hui pour la première fois de
ma vie, vous qui savez mon nom, mon passé,
mon secret, qui êtes-vous ?...

Jean Renaud se mit à rire, et reprenant l'accent
britannique, répondit :

— Je été Williams Dickson, sudjet anglais...
— Je sôhétai le bonne jour à vôô..

Il s'inclina devant l'homme d'affaires avec la
raideur caractéristique d'un fils d'Albion, prit son
chapeau, sortit du cabinet poudreux, puis de la
maison, et regagna la voiture qui l'attendait dans
la rue des Abbesses.

Mattifet resté seul se demanda à plusieurs reprises :

— Quel est cet homme ?

Mais il interrogea vainement sa mémoire ; — il
fouilla vainement la nuit du passé ; — sa mémoire fut infidèle ; les ténèbres restèrent inson-
dables.

— Peu m'importe, après tout, l'identité de ce
faux Anglais... — se dit l'agent d'affaires. — Il
ne veut pas me perdre puisqu'il me prévient du
péril qu'entraînerait une trahison, puisqu'il paie
largement ma collaboration à une œuvre dont je
devine le but... œuvre de haine contre Georges
Dereyne... — D'un côté le danger, de l'autre le
profit... — Nulle hésitation n'est possible. — Mon
intérêt est de servir cet inconnu, quel qu'il soit,
et je le servirai.

Le lendemain, dans la matinée, Georges De-reyne se présentait rue des Abbesses.

La démarche qu'il allait tenter,— peut-être sans résultat,— auprès d'un escompteur de bas étage, lui causait une humiliation profonde, mais acculé complètement il devait, comme le nageur imprudent qui se noie, se raccrocher à toute branche.

C'était l'heure où Mattifet donnait audience à ses clients.

Une demi-douzaine d'individus, dont la mise et la mine annonçaient de petits négociants fort gênés et n'ayant de crédit chez aucun banquier, faisaient antichambre sur les chaises de paille de la première pièce.

On entendait dans le cabinet de René des murmures de voix suivis de bruits d'écus.

— Asseyez-vous, monsieur, et attendez...— dit la femme de ménage à Georges — vous passerez à votre tour...

L'attente, d'ailleurs, ne fut pas bien longue.

L'ami de Rose, connaissant le prix du temps, ne se dépensait point en paroles avec ses emprunteurs habituels.

Au bout d'une demi-heure Georges se trouva seul.

Cinq minutes encore s'écoulèrent, puis le dernier client se retira et le jeune homme put franchir le seuil du cabinet de l'usurier.

LXV

Il est presqu'inutile d'affirmer à nos lecteurs que René Mattifet connaissait de vue depuis très longtemps le fils aîné de Martial Dereyne.

Néanmoins il n'en laissa rien paraître.

Saluant le visiteur avec courtoisie il lui désigna le siège placé près de son bureau et il lui dit :

— Vous venez me parler d'affaires, monsieur ?

— Oui, — répondit Georges.

— Affaires litigieuses ? — Procès à suivre ? — Recouvrements difficiles à opérer ?

— Rien de tout cela.

— Alors expliquez-vous, s'il vous plaît, sans ambages et sans périphrases. — Mes instants sont comptés... — *Times is money.*

— Je serai très bref ; mais avant de vous apprendre le motif qui m'amène, je souhaite obtenir de vous la promesse d'un silence absolu sur ma visite...

— Eh ! monsieur — répliqua Mattifet en souriant — aux demandes du genre de la vôtre mes confrères ont l'habitude de répondre : *C'est ici le tombeau des secrets !* — Je vous dirai, moi, tout simplement, que la discrétion la plus absolue m'est imposée par ma profession même... — Une parole inconsidérée me causerait un irréparable préjudice en m'enlevant la confiance de ma clientèle... — Mon intérêt vous garantit donc mon silence... Vous pouvez parler sans crainte...

— C'est ce que je vais faire... et d'abord sachez qui je suis : — Je me nomme Georges Dereyne.

Mattifet salua de nouveau.

— Vous êtes le fils de M. Martial Dereyne, ex-armateur au Havre? — demanda-t-il.

— Oui, monsieur.

— Vous avez un intérêt dans la charge de M. *** agent de change?

— Parfaitement... — Je vois, monsieur, que je ne suis pas tout à fait un inconnu pour vous...

— Certains détails, lorsqu'ils concernent des individualités en vue comme la vôtre, ne sont ignorés de personne... — Veuillez continuer, monsieur Dereyne, ou plutôt commencer, car j'ignore toujours ce qui vous amène...

— C'est juste... — répondit Georges. — Voici le fait : — Abusé sottement par des bruits menteurs courant à la Bourse, j'ai fait des pertes qui, sans compromettre sérieusement ma position, me causent une gêne momentanée...

— Vous avez perdu une grosse somme ces jours
derniers en jouant à la baisse sur la nouvelle d'une
guerre chimérique. — interrompit René Mattifet.

— Vous le savez? — s'écria Georges stupéfait.

— Cela vous étonne?...

— Un peu...

— Cependant rien n'est plus simple... — Je
vois tant de monde!... — Sans sortir de mon cabinet je suis au courant de tout ce qui se passe à
la Bourse...

— Alors vous êtes au fait de ce qui me con-
cerne?

— Très bien...

— Vous n'ignorez pas que ma situation finan-
cière est bonne.

Mattifet sourit.

— Je suis, au contraire, parfaitement certain
qu'elle est mauvaise....

— Que dites-vous là, monsieur?

— La vérité littérale... — Ne vous donnez pas
la peine de nier, ce serait inutile.... — Toutes les
paroles du monde ne parviendraient point à dé-
truire un fait! Or, le fait en question est indiscutable... — Vous êtes ruiné, et même un peu plus
que ruiné...

— Mais, monsieur... — commença Georges en
se cabrant.

— Ruiné! Ruiné! Ruiné! — interrompit de nouveau l'agent d'affaires — et vous venez, comme tant d'autres, me demander de vous ouvrir ma caisse et de vous tirer du marécage où vous êtes embourbé jusqu'au cou, et où vous le serez bientôt jusque par-dessus la tête...

Après cette dernière phrase Mattifet garda le silence pendant un instant.

Georges songeait à se lever, à mettre son chapeau, et à s'en aller sans ajouter un mot.

L'ami de Rose Bonchamp reprit :

— Bref il vous faut un sauveteur, et vous avez compté sur moi pour vous remettre à flot. — Pourquoi ne le ferais-je pas?...

A cette conclusion inattendue Georges leva les yeux sur René avec une expression de stupeur qui n'échappa point à ce dernier.

— Vous vous demandez si je perds la tête ou si je me moque de vous... — reprit-il en souriant de nouveau. — Ni l'un, ni l'autre, je vous assure.

— J'ai tout mon bon sens et je me garderais de railler sottement. — Votre position est détestable, je l'ai dit et je le répète, — voilà pour le présent, — mais votre avenir est beau et l'homme le plus prudent peut vous obliger sans courir des risques absurdes...

— Mon avenir? — répéta le fils de Martial.

— Sans doute... — Votre mariage...

— Quoi! vous savez aussi?...

— Que vous devez, à bref délai, épouser une des belles cousines du richissime Lionel Warton... Que votre contrat se signera dans quelques jours au château de Saint-Ouen, et que vous palperez une dot de six millions... — Oui parbleu je sais cela et, le sachant, je suis prêt à servir dans la mesure de mes moyens un gentleman charmant et sympathique comme vous...

Georges respira librement, son visage s'épanouit.

Il bénit du fond du cœur sa bonne étoile qui l'avait conduit à Montmartre, rue des Abbesses, chez René Mattifet.

— Croyez, monsieur, — fit-il avec effusion, — que je m'estimerai très heureux de reconnaître la bienveillance exceptionnelle de votre accueil, et que ma plus vive reconnaissance vous est dès à présent acquise...

— Votre reconnaissance, monsieur ? — répliqua René. — Vous ne m'en devez aucune... — Si vous n'aviez en perspective les millions de la dot de Mlle Warton je ne vous prêterais pas un sou... — Les affaires sont les affaires, que diable !... Un homme sage ne compromet point de gaieté de cœur son argent ou celui des autres !... — Combien vous faut-il ?...

Georges parut se consulter.

— Soyez modéré dans votre demande... — poursuivit Mattifet. — J'attends il est vrai des rentrées prochaines, mais pour le moment ma caisse est assez mal garnie...

Le fils de Martial sentit un petit frisson courir sur son épiderme.

La précaution oratoire de Mattifet lui causait une extrême inquiétude.

— Sa caisse est mal garnie pour le moment... — se dit-il. — Tout à l'heure il offrira de me prêter mille écus!...

— Eh bien? — demanda l'escompteur — ce chiffre?...

— Deux cent mille francs... — murmura Georges d'une voix tremblante.

Il s'attendait à un brusque haut-le-corps de René.

Ce dernier répondit, en souriant pour la troisième fois :

— Je vois avec plaisir, monsieur et cher nouveau client, que vous êtes raisonnable et que vos prétentions n'ont rien d'exagéré...

Le fiancé de Laura Warton en croyait à peine ses oreilles.

— Ainsi, ces deux cent mille francs? — reprit-il.

— Sont à votre disposition...

— Et quand me les remettrez-vous?...

— Dans cinq minutes... — Avec moi jamais de retards... Une affaire consentie est une affaire faite... — Vous me réglerez la somme en deux billets à quatre-vingt-dix jours... — Cela vous convient-il ?

— Admirablement et, quant à la question de la prime et des intérêts, nous ne la discuterons même pas. — J'accepte votre chiffre les yeux fermés, quel qu'il soit.

— Je ne veux pas la moindre prime,— répliqua Mattifet d'un air très digne,— et les intérêts seront de cinq pour cent.

— Par mois ?...

— Non, monsieur, par an !... — Ah ! ça, mais, on croirait que cela vous étonne...

— Et l'on aurait bien raison de le croire ! — s'écria Georges. — Je n'aurais trouvé des conditions pareilles chez aucun banquier, et j'étais loin de m'attendre...

— Je comprends... je comprends... — interrompit René. — On vous avait dit : — *Mattifet, de la rue des Abbesses, un usurier de la pire espèce ! — il écorche ses clients jusqu'au vif!...* — Et vous êtes venu vous faire écorcher ! — Vous saurez désormais à quoi vous en tenir... — Si vous le voulez absolument j'accepterai pour ma maîtresse quelque bijou coquet, sans grande valeur, mais rien de plus... — Ne me remerciez pas... — Voici du papier timbré... — Préparez vos effets, je vais compter les billets de banque...

Dix minutes plus tard Georges Dereyne remontait en voiture, emportant dans ses poches avec une indicible allégresse diverses liasses de papier Garat représentant la somme de cent quatre-ving-dix-sept mille cinq cents francs.

Le cas n'ayant point été prévu par Williams Dickson, René Mattifet prenait soin de retenir l'intérêt à cinq pour cent pour trois mois, de même qu'il stipulait comme épingle un bijou destiné à Rose.

En supposant que le faux Anglais fût par hasard instruit de ces détails, il ne pourrait s'en formaliser.

— Ce Mattifet est assurément la plus honnête créature que j'aie jamais rencontrée! — murmurait Georges tandis que sa voiture descendait les hauteurs de Montmartre. — Prêter à cinq pour cent à un homme fort mal dans ses affaires, et ne lui demander aucune autre garantie que sa signature, c'est si complètement invraisemblable, si parfaitement incroyable, que personne ne le croirait et que c'est tout au plus si je le crois moi-même... — René Mattifet, la chose est positive, n'est point dans son bon sens, mais heureusement sa folie est douce !

Nos lecteurs savent quelle était la destination des deux cent mille francs empruntés à l'homme d'affaires de Montmartre.

Georges devait employer la plus forte partie de cet argent à obtenir la livraison des objets nécessaires à la corbeille de mariage de Laura Warton, et adoucir l'humeur farouche des créanciers les plus exigeants en les *arrosant* avec le reste de la somme.

Dans le langage des débiteurs, *arroser* un créancier signifie lui faire prendre patience grâce à l'application calmante de quelques légers acomptes.

Mais le fils de Martial était joueur dans toute la force du terme, et ce serait mal connaître un joueur que de le supposer capable d'employer au paiement des dettes les plus urgentes un argent qui peut dans ses mains, — il en est du moins convaincu, — se doubler, se décupler, se centupler en quelques heures.

Les pertes successives et énervantes du jeune homme avaient momentanément diminué l'attraction que le tapis vert exerçait sur lui.

A la passion fort mal récompensée qu'il éprouvait pour la *Dame de pique* et pour la *Dame de cœur* se mêlait une sorte d'épouvante superstitieuse.

Georges aurait hésité peut-être avant de hasarder sur une carte la meilleure part d'une somme à peine suffisante pour le tirer d'embarras et le conduire au port du salut, c'est-à-dire au mariage, mais l'écarté ou le baccarat ne sont pas les seuls moyens de sacrifier au dieu Hasard.

Le dimanche suivant devaient avoir lieu à Chantilly des courses — presque les dernières de l'année.

Lionel Warton avait deux chevaux engagés, *Blue-Devil* et *Miss Lowe*.

Un de ces pressentiments mystérieux auxquels les joueurs attachent une importance énorme et qu'ils prennent pour des *révélations* faisait croire à Georges que la victoire de *Miss Lowe* ou celle de *Blue-Devil* était absolument certaine.

L'un ou l'autre arriverait premier, mais lequel ?

— Je le saurai... — se dit le jeune homme. — Je questionnerai adroitement Lionel... Je ferai causer l'entraîneur, le jockey, les palefreniers. — Ils m'apprendront sans le vouloir si le cheval a plus de chances que la jument, ou si c'est la jument qui doit l'emporter... — Maître du secret de l'écurie, je marcherai presqu'à coup sûr, je tiendrai tous les paris, je décuplerai en quelques minutes les cent mille francs engagés avec une apparente imprudence sur la casaque d'un jockey ! — C'est décidé... mes créanciers n'auront aujourd'hui que cent mille francs... — Ils attendront à lundi pour le reste...

LXVI

Le soir de ce même jour Cora prévint le docteur noir qu'elle irait le lendemain rue du Colysée.

En effet, à onze heures du matin elle descendait de voiture en compagnie de Jean Renaud, montait à l'entresol et franchissait le seuil du petit appartement que nous avons antérieurement décrit.

L'ex-condamné de la Roquette causait avec Jocelyn.

Sa convalescence avait fait des progrès si rapides depuis deux semaines qu'on pouvait le regarder comme presque complètement guéri.

Quelques jours encore d'un régime fortifiant, quelques repas composés principalement de viandes saignantes arrosées de vieux vin de Bordeaux, et Blancheton serait plus gaillard qu'avant sa maladie.

Quiconque l'aurait vu jadis, couché presque mourant sur son lit d'infirmerie, émacié, livide, les yeux hagards et brillants du feu de la fièvre, les cheveux collés aux tempes par la sueur, ayant l'air de ce qu'il était, c'est-à-dire d'un pilier d'hôpital et d'un gibier du bagne, devait positivement refuser de le reconnaître.

Jamais en effet changement ne fut plus rapide et plus complet.

Blancheton conservait il est vrai dans son apparence quelque chose d'un peu vulgaire, mais les côtés sinistres de sa physionomie avaient entièrement disparu et sa transformation tenait du prodige.

Son visage toujours pâle, mais d'une pâleur teintée de rose, était calme et reposé ; — des favoris grêles, d'un blond de paille, l'encadraient et lui donnaient l'air vaguement anglais.

Les yeux que n'entouraient plus leur auréole de bistre semblaient agrandis.

Blancheton, en tenue du matin simple mais très soignée, portait sans la moindre gaucherie des habits du bon faiseur.

Sous cette mise élégante il n'avait pas l'air déguisé — son attitude et ses manières ne le signalaient point comme un de ces bandits qui grouillent dans les bouges des barrières, et qu'on est certain de voir assis, un peu plus tôt ou un peu plus tard, sur les bancs de la Cour d'assises.

Son langage, sans être celui d'un homme du monde, était convenable, presque correct, et ne trahissait point la fange dans laquelle, si peu de temps auparavant, on avait ramassé ce misérable.

Tous ces changements étaient l'œuvre du docteur noir.

Jocelyn s'était donné la tâche de modifier les manières du ressuscité, de réformer son esprit, de le refondre en quelque sorte pour le couler dans un autre moule.

Il avait réussi au delà même de ses espérances.

Nous devons ajouter que Blancheton s'était prêté de la meilleure volonté du monde à l'expérience qui devait — il le sentait bien — tourner à son profit.

Une curiosité toute naturelle dévorait l'ancien numéro 7 de l'infirmerie de la Roquette.

Blancheton interrogeait sans cesse Jocelyn.

Il voulait savoir nombre de choses :

Comment il était sorti de prison sans en avoir conscience?

Comment il se trouvait libre ?

Pourquoi de puissants protecteurs s'étaient tout à coup occupés de lui? — De lui, dont personne jusqu'alors n'avait pris le moindre souci...

Pourquoi le docteur le dépouillait de sa grossière écorce et s'efforçait de lui donner les dehors d'un homme bien élevé...

Il voulait savoir tout cela, nous le répétons, et plus encore, et ne se lassait pas de questionner.

Jocelyn de son côté ne se lassait pas de répondre ceci :

— Votre curiosité sera satisfaite avant peu, mais par un autre que moi... — J'ai mission d'agir, et non de parler... — Celui dont j'exécute les ordres ne tardera pas à vous apprendre lui-même quels sont ses projets sur vous...

Au moment où Cora et Jean Renaud montaient à l'entresol, le docteur mulâtre disait au ressuscité :

— Le moment approche... — Vous allez voir votre protecteur...

— Quand ? — demanda Blancheton.

— Aujourd'hui même...

— Ce matin ou ce soir ?

— Ce matin... dans quelques instants...

— Eh bien ! vrai, cher docteur, — s'écria le jeune homme en se frottant les mains, — je n'en suis pas fâché... — Entre nous, le temps commençait à me paraître bigrement long !...

— Vous trouviez-vous malheureux ici, par hasard ? — fit Jocelyn d'un ton de reproche.

— Malheureux ici ? — répliqua Blancheton. — Ah ! non, par exemple, pas si sot !... — Très heureux au contraire, grâce à vous !... Et croyez que j'en suis reconnaissant !... — Vous m'avez soigné, vous m'avez guéri, je suis bien vivant au lieu d'être dans le trou des fosses communes... — C'est déjà gentil, ça, et je sais l'apprécier...

IV   18

— Vous manque-t-il quelque chose ? —reprit le
médecin mulâtre.

— Rien du tout... — Je mange à mon appétit
de bonnes choses dont je ne savais pas même les
noms... — Je bois à ma soif du vrai vin, fait avec
du vrai raisin, mûri dans de vraies vignes... —
Je fume des cigares d'ambassadeur, moi qui ne
connaissais que les *voyoutellas* et les *infeciados*...
— Je dors dans des draps fins, sur des matelas
où l'on enfonce... — Je suis nippé en linge, j'ai
des habits neufs faits exprès pour moi et des bot-
tines vernies, mon rêve !... — J'ai un moricaud
qui me cuisine des petits plats et qui me parle
nègre tout le temps comme dans les *mélos* du
boulevard : — *Petit blanc, mon bon maître, oh !*
petit blanc si doux... — J'ai même des louis d'or
que vous m'avez donnés, dans un porte-monnaie
qui sent bon et dont vous m'avez fait cadeau, car
vous me criblez de prévenances, je vous rends
cette justice !... — J'aurais donc grand tort de
me plaindre et je ne me plains point, mais...

Blancheton s'interrompit :

— Mais ? — répéta Jocelyn avec un accent in-
terrogatif.

— Mais je ne peux pas sortir, donc je suis toujours en prison... — acheva le ressuscité en
reprenant, sans le vouloir et sans le savoir, un
accent canaille, — or la prison a beau être
douce... il n'en faut plus !... — Je réclame la clef

des champs... et, n'ayez crainte, on peut me
lâcher, je reviendrai de bon cœur à la niche...
seulement j'ai besoin d'air...

— Votre protecteur vous délivrera s'il le veut...
— répondit Jocelyn.

— Aussi me tarde-t-il bigrement de le voir...

En ce moment le timbre de l'antichambre résonna.

Le docteur noir s'approcha de la fenêtre et regarda dans la rue.

— La voiture est là... — dit-il. — Celui que
vous attendez arrive.

Et il courut ouvrir.

Lionel Warton et Jean Renaud franchirent le
seuil.

Blancheton les salua en se disant :

— Tiens! il paraît que j'ai deux protecteurs! —
Abondance de biens ne nuit pas...

Après avoir rendu le salut, Lionel prit son lorgnon et étudia de la tête aux pieds le ressuscité
qui supporta sans le moindre embarras cet examen
minutieux.

— Mes compliments, cher docteur! — fit ensuite le pseudo-nabab, — mes compliments sin-
cères! — Voici un élève qui me paraît avoir
merveilleusement profité de vos leçons... —
Quelle métamorphose depuis le jour où je l'ai vu
sur votre lit à Saint-Ouen, avec une mine de
brute et de bandit! — Il est inadmissible que ce

cocodès d'agréable tournure soit le condamné Blancheton qu'attendaient les garde-chiourmes du bagne !

Blancheton baissa les yeux malgré lui et devint écarlate.

— Ne rougissez pas, jeune homme.... — lui dit Lionel. — On ne saurait se dissimuler que Blancheton était un affreux drôle, mais qu'est-ce que ça peut vous faire ? — Le passé de Blancheton ne vous regarde pas, puisque Blancheton est mort...

— Mort ! — répéta le condamné stupéfait.

— Et enterré, parfaitement.

— C'est impossible !

— Vous faut-il une preuve ?

— Une preuve ? Ah ! oui, par exemple ! — Donnez-moi une preuve de la mort de Blancheton... Je serai bien aise de voir ça...

Lionel tira de sa poche un carnet et prit dans ce carnet une feuille de papier timbré qu'il tendit à son interlocuteur en disant :

— Voici l'acte de décès.

Blancheton saisit le papier d'une main tremblante et le parcourut des yeux.

A mesure qu'il avançait dans sa lecture son visage devenait plus pâle et des gouttes de sueur sur son front.

Quand il eut achevé, il balbutia :

— Qu'est-ce ça signifie ? — Cet acte paraît en

règle... Je lis que je suis mort... et cependant... cependant...

— Jeune homme, — interrompit Lionel, asseyez-vous et causons... — Je vais répondre aux questions que vous adressiez sans relâche et sans résultat à mon cher ami le docteur... — Je vais vous expliquer comment il se fait que Blancheton soit mort et que vous soyez vivant, et pourquoi vous êtes vivant... — M'écoutez-vous ?

— Ah ! de toutes mes oreilles !...

— D'abord, que croyez-vous être ?...

— Dame... il me semble...

— Ne cherchez pas, je vais vous l'apprendre... — interrompit de nouveau Lionel. — Vous êtes tout simplement un mort évadé de sa tombe...

— Vous avez des manières de dire les choses qui donnent le frisson... — murmura le ressuscité.

— Laissons de côté toute fantasmagorie... reprit Lionel. — Rien n'est plus simple que ce qui se passe... seulement il faut avoir le mot de l'énigme... — Ce mot, le voici...

Et le pseudo-nabab raconta brièvement ce que nos lecteurs savent déjà.

— Comprenez-vous ?... — demanda-t-il ensuite.

— Certes ! et vous aviez raison de l'affirmer tout à l'heure, je suis un évadé de la tombe...

— Maintenant, il s'agit de nous entendre...

— Je ne demande pas mieux...

— Votre situation est singulière... — Vous arrivez au monde comme un enfant qui vient de naître et vous n'occupez aucune place sur un état-civil quelconque... — Légalement vous n'existez pas encore... — Nous ne pouvons aller déclarer à la mairie votre naissance, puisque vous paraissez avoir vingt-cinq ans.... — on trouverait sans doute que nous avons trop longtemps attendu...

Blancheton sourit.

— C'est probable... — répliqua-t-il.

— Cependant il vous faut un nom... — poursuivit Lionel.

— Ça n'est pas difficile à trouver... — On n'a qu'à prendre le premier venu...

A quoi cela servirait-il, sans acte de naissance à l'appui ?... — demanda le pseudo-nabab avec ironie.

— Mieux vaudrait en avoir un, j'en conviens ; mais le moyen ?...

— Soyez tranquille, en vous donnant le nom on vous donnera l'acte de naissance en même temps...

— Faux, bien entendu ?

— Tout ce qu'il y a de plus vrai ! — Indiscutable pour tout le monde, même pour vous...

— C'est-à-dire que vous me mettrez dans la peau d'un autre ?

— Positivement.

— Si cet autre réclame ?...

— N'ayez crainte... il ne réclamera pas, et pour cause... il est mort...

— Mais on l'a connu quand il vivait ?

— Personne !... — Et le nom qu'il aurait eu le droit de porter n'a pas été inscrit sur sa tombe...

— Tout un roman, alors ?...

— Un de ces romans inconnus qu'on rencontre à chaque pas dans la réalité...

— Enfin, ça ne me regarde ni peu ni beaucoup, et je porterai volontiers le nom qu'il vous plaira que je porte... — Quel est celui que vous me destinez ?...

LXVII

— Quel est le nom que vous me destinez ? — demandait Blancheton.

— Je vous le dirai tout à l'heure... — répliqua Lionel — mais d'abord réfléchissez, et apprenez-moi quel serait le maximum de vos désirs et le *nec plus ultra* de votre ambition s'il dépendait de vous seul d'arranger votre avenir...

— Inutile de réfléchir... — répondit le ressuscité. — Pour être parfaitement heureux deux choses me suffiraient...

— Lesquelles ?

— Six mille francs de rentes et rien à craindre de la police.

Lionel sourit.

— En vérité, jeune homme, — fit-il, — votre idéal est par trop modeste ! — Je vous propose mieux que cela...

— Quoi ? que m'offrez-vous donc ?

— Vingt-cinq mille livres de rentes, et une

somme de cinquante mille francs, une fois payée, pour premiers frais d'installation dans un joli appartement de garçon.

— Ça me va beaucoup... ça me va même énormément... mais la police ?

— Je vous garantis une sécurité absolue... — A quel titre d'ailleurs la préfecture s'occuperait-elle de vos affaires ?... — Blancheton est mort... — Vous n'avez rien de commun avec lui...

— C'est juste... je ne pensais plus à cela ! — Je suis votre homme, mais en échange de la position que vous me donnerez que comptez-vous exiger de moi ?..

— Qu'une fois l'*avatar* accompli vous poursuiviez hautement la reconnaissance de vos droits...

— A qui demanderai-je cette reconnaissance?

— A votre mère d'abord...

— Et si elle refuse d'admettre les droits en question ?

— Vous vous adresserez aux tribunaux en réclamant justice... — La recherche de la maternité n'est point interdite... — Vous aurez dans les mains des preuves indiscutables que vos assertions sont fondées... — Comprenez-vous ?

— Je comprends que je vais jouer le rôle d'un enfant naturel...

— C'est parfaitement cela.

— Ma prétendue mère ne connaît donc pas son fils ?

— Elle ne l'a vu qu'à l'heure de sa naissance et croit qu'il a vécu seulement quelques jours.

— Très bien... — Aurai-je aussi un père ?

— Sans doute...

— Me ferez-vous faire sa connaissance ?

— Aussitôt que nous l'aurons retrouvé, oui...

— Bref, je serai à la tête d'une famille au grand complet. — Ça me semblera drôle, à moi qui n'en ai pas l'habitude...

— Acceptez-vous ?

— Parbleu ! si j'accepte ? je le crois fichtre bien !... — Mais pour soutenir agréablement mon rôle il me faudra ces preuves convaincantes dont vous parliez...

— Nous vous les donnerons, et je vous répète que personne au monde n'aura l'idée de les discuter.

— Suis-je changé au point d'être méconnaissable ?

— Non, pas absolument.

— Ah ! diable !

— Mais ceci importe peu... — reprit Lionel. — Le décès de Blancheton ayant été constaté légalement, on ne pourrait que signaler une ressemblance accidentelle et très vague entre ce pauvre garçon et vous... — D'ailleurs un abîme sépare le condamné mort à la Roquette et le brillant gentleman que vous allez être.

L'idée de devenir un *brillant gentleman* fit sourire le ressuscité.

— Comment m'appellerai-je ? — demanda-t-il.

— Jacques Hervieux... — répondit le pseudonabab.

— Cela sonne assez bien... — Avec un nom pareil on peut se présenter n'importe où...

— Et voici votre acte de naissance... — ajouta Lionel en tirant de sa poche une seconde feuille de papier timbré. — Vous avez été déclaré à la mairie de Vincennes, vous le voyez, comme fils de Blanche Hervieux et de père inconnu.

Blancheton jeta les yeux sur la feuille.

— C'est bien en règle... — dit-il d'un air soucieux — mais quelque chose me chiffonne...

— Quoi?

— Les champignons seuls éclosent et grandissent en une nuit sans qu'on s'en étonne... — Or, j'ai vingt-cinq ans... — Des gens curieux et indiscrets voudront peut-être savoir où s'est passée ma vie...

— Hors de France, répondrez-vous à ces curieux. — Vous apprendrez par cœur un petit roman très vraisemblable composé à votre intention... — il vous suffira de le débiter d'un air naturel et convaincu... — Des instructions spéciales vous seront données, et je suis certain qu'intelligent comme vous l'êtes vous jouerez votre personnage à merveille...

— Je ferai de mon mieux... — Dans tous les cas vous me trouverez docile et je servirai consciencieusement vos projets sans même vous demander quel en est le but...

— En échange de ce zèle et de cette soumission vous aurez une fortune assurée et le plus brillant avenir...

Blancheton soupira d'un air mélancolique.

— Qu'y a-t-il ? — lui demanda Lionel.

— La fortune... l'avenir... — murmura l'ex-condamné — c'est très bien... — mais je m'ennuie bigrement ici !

— Vous voudriez sortir ?

— Ah ! oui !

— Eh bien ! sortez tant qu'il vous plaira... — Vous êtes libre...

— Vrai de vrai ?

— Oui, parbleu ! vous n'avez même jamais été prisonnier... — On vous retenait ici par intérêt pour vous... Vous étiez faible encore... en outre, il importait de nous entendre avant toute chose pour vous éviter quelque imprudence... — Vous avez maintenant la bride sur le cou, mais je vous recommande une réserve absolue... — Évitez les endroits où vous pourriez rencontrer quelques-unes de vos anciennes connaissances... ne vous liez avec personne... causez peu... ne prononcez jamais votre nom et ne parlez pas de votre naissance... — Je me réserve de vous présenter

moi-même à un certain nombre de mes amis, ce
qui constituera pour vous un petit cercle de relations agréables... — Je tiendrai mes promesses...
N'oubliez pas les vôtres et que jamais une idée de
trahison ne germe dans votre esprit car, pour
vous replonger dans la tombe d'où je vous ai tiré,
il me suffirait de le vouloir...

Blancheton frissonna malgré lui en entendant
ces mots.

— Trahir ! — s'écria-t-il — jamais de la vie !...
— Mon intérêt vous répond de moi !

— C'est vrai, fit Lionel avec un sourire.

Le ressuscité demanda :

— Continuerai-je à loger dans cette maison ?

— Oui, jusqu'au moment très prochain où l'installation dont on va s'occuper dès aujourd'hui
pour vous sera complète...

Blancheton poursuivit :

— Quand verrai-je la... la personne dont je
suis le fils ?

— Dans une douzaine de jours...

— Par qui lui serai-je présenté ?

— Vous vous présenterez vous-même au milieu d'une fête...

— Où donc ?

— Chez moi... au château de Saint-Ouen...

— Qu'aurai-je à dire à... à cette personne ?...

— Ne vous inquiétez pas de cela... Votre leçon

sera faite d'avance... vous n'aurez qu'à la réciter...

Lionel, Jean Renaud et Jocelyn quittèrent l'entresol de la rue du Colysée, laissant Blancheton libre d'agir à sa guise.

— Maître, — demanda le docteur noir en descendant l'escalier, — que pensez-vous de ce jeune drôle ?

— Je pense qu'il sera dans nos mains un instrument docile, et c'est tout ce qu'il faut, — répliqua le pseudo-nabab. — Il nous l'a dit tout à l'heure avec un cynisme inconscient, son intérêt nous répond de lui.

Le même jour, vers les dix heures du soir, la vengeresse et le docteur noir attendaient Jean Renaud dans le salon du petit hôtel de la rue de Londres.

L'évadé de *la Dorade* vint les rejoindre.

— Maître, — dit-il, — depuis neuf heures je faisais le guet rue du Rocher... — Je viens de suivre Rose Bonchamp... — Je l'ai vue monter en fiacre.—Je l'ai entendue donner l'ordre au cocher de la conduire à Montmartre... Elle est en ce moment rue des Abbesses chez René Mattifet... — Rien ne nous empêche d'agir...

— Allons... — répliqua Lionel. — A moins que mon instinct me serve mal aujourd'hui, nous allons avoir la preuve que mes soupçons étaient bien fondés...

De la rue de Londres à la rue du Rocher, la distance n'est pas longue.

Nos trois personnages la franchirent à pied et pénétrèrent, grâce à une clef que Jean Renaud tira de sa poche, dans l'hôtel contigu à celui qu'habitait Martial Dereyne.

Ils montèrent au premier étage et gagnèrent la chambre du fond, celle où l'ouverture pratiquée dans le mur mitoyen était cachée d'un côté par une haute glace et de l'autre par une bibliothèque.

Jean Renaud ouvrit la mystérieuse issue comme il l'avait fait la nuit où Remy Chomin et le Gosse s'étaient introduits dans l'hôtel de Martial pour essayer de mettre la main sur les neuf cent mille francs touchés par Rose Bonchamp chez le banquier de la rue Laffitte.

Seulement, au lieu de s'aventurer presque à tâtons, il se servit d'une petite lanterne à réflecteur pouvant fournir soit une clarté pâle, soit une lueur vive et brillante, et au lieu de laisser Cora entrer seule il la suivit avec Jocelyn.

La première pièce qu'ils traversèrent était inhabitée, nous le savons.

L'une des portes donnait accès dans la chambre à coucher du paralytique.

L'évadé de *la Dorade* fit jouer sans bruit le bouton de la serrure.

La porte tourna sur ses gonds.

La veilleuse que le valet de chambre avait l'habitude d'allumer chaque soir était éteinte.

Les reflets de la lanterne presque close tracèrent une raie lumineuse sur le tapis et semblèrent inonder de sang tout frais les rideaux d'un rouge sombre.

Pendant une seconde la vengeresse, près de franchir le seuil, s'arrêta.

Un bruit bizarre frappait son oreille.

Ce bruit rauque et sifflant ressemblait à un râle d'agonie et partait de la couche de Martial Dereyne.

Sans se préoccuper de trahir sa présence, Cora Bernier traversa vivement la chambre, s'approcha du lit, souleva l'un des rideaux et dirigea la clarté de sa lanterne sur le visage de l'ex-armateur.

Ce visage était effrayant.

Les traits gonflés et presque méconnaissables se contractaient comme sous les morsures d'une effroyable douleur.

Les yeux ouverts au point de paraître arrondis n'avaient pas de regards. — Ils roulaient dans leurs orbites charbonnées.

De la bouche entr'ouverte s'échappait le râle qui tout d'abord avait attiré l'attention de Cora.

Chose plus étrange encore et même tout à fait incompréhensible, les membres de Martial, ces membres que la paralysie raidissait comme des

barres de fer, avaient recouvré leur souplesse et
se tordaient en des convulsions tétaniques.

La jeune fille sentit un frisson passer sur sa
chair.

— Docteur, — dit-elle en se retournant à demi,
— venez vite.

Jocelyn s'empressa d'obéir à cet appel et s'a-
vança suivi de Jean Renaud.

Cora mit de nouveau le visage de Martial en
pleine lumière.

— Regardez... regardez... — poursuivit-elle.

La crise atteignait son maximum d'intensité.

Les dents du moribond se heurtaient. — Une
écume rougeâtre apparaissait sur ses lèvres.

Le docteur noir se pencha vers le corps.

— Mes soupçons étaient fondés, n'est-ce pas?
— lui demanda la vengeresse. — On empoisonne
ce misérable?...

LXVIII

Après un examen qui dura tout au plus une minute, Jocelyn répondit :

— Maître, vous ne vous trompiez pas.

— L'œuvre est commencée ? — reprit Cora.

— Oui, et je vous assure que les **meurtriers** n'ont point ménagé le poison.

— Alors, Martial Dereyne est perdu ?

— Non. — Par un hasard providentiel l'assassin, en croyant lui donner la mort, lui rendait la vie et le mouvement...

— Expliquez-vous, mon ami, je ne vous comprends pas... — dit la jeune fille stupéfaite.

Jocelyn trempa l'un de ses doigts dans le verre à moitié plein placé sur la table de nuit, et fit tomber sur le bout de sa langue une gouttelette de liquide.

— C'est bien ce que je supposais... — dit-il ensuite. — C'est par la *brucine* qu'on veut tuer Martial Dereyne, c'est la brucine qu'on lui verse à haute dose, mais l'empoisonneuse et son complice ignorent que la paralysie est le résultat d'un toxique dont la brucine est l'antidote. — Le misérable souffre horriblement, mais sa souffrance n'est point dangereuse et quelques gouttes du même poison suffiraient pour lui rendre la parole, en même temps que l'usage de ses membres...

— Et il y a des gens qui refusent de croire à la Providence! — murmura Jean Renaud. — Quels idiots!

— Dieu est juste! — il n'aurait pas permis que ma vengeance me fût volée, car cet homme m'appartient... — dit la jeune fille.

— Je vais enrayer la crise, — reprit le docteur noir.

Il tira de sa poche une sorte de trousse qu'il portait toujours sur lui et dont les compartiments renfermaient une demi-douzaine de petits flacons de cristal parmi lesquels il en choisit un.

Ce flacon était aux trois quarts plein de la liqueur aux reflets d'émeraude dont nous avons vu Cora se servir à deux reprises.

Jocelyn le déboucha.

Il prit la cuillère de vermeil placée près du verre, il y versa quelques gouttes d'eau puis une seule goutte de la liqueur verte et, écartant avec une spatule tirée de sa trousse les mâchoires contractées de Martial, il fit couler dans la gorge le contenu de la cuillère.

Le résultat ne se fit pas attendre.

Au bout d'un instant l'expression de douleur aiguë empreinte sur le visage de l'ex-armateur s'amoindrit et disparut bientôt tout à fait.

Les yeux se fermèrent.

Le râle cessa de se faire entendre, les membres redevinrent inertes.

— Il ne souffre plus? — demanda la jeune fille.

— Non... — Il dort d'un sommeil presque cataleptique qui se prolongera jusque bien avant dans la matinée...

— Et au réveil?

— Au réveil, il se retrouvera dans la situation où il était avant l'empoisonnement. — La brucine avait vaincu la paralysie. — Mon toxique anéantit l'effet de la brucine, et la paralysie va plus que jamais enchaîner le corps. — Vous savez ce que voulez savoir, Maître... — Nous avons fait ce que nous devions faire. — Rien ne nous retient plus ici, nous pouvons partir...

Cora ne bougea pas.

Elle réfléchissait.

— Partir! — répéta-t-elle au bout d'un instant, partir quand le hasard nous donne le moyen de rendre plus solides les chaînes qui font de Rose Bonchamp et de Mattifet nos esclaves! — Non! Non! — Nous connaissons la main qui verse le poison, et le poison lui-même doit être ici caché.

— Il nous le faut. — Ce sera la preuve matérielle du crime !

— C'est vrai, — s'écria Jocelyn.

— Fouillons la maison, — appuya Jean Renaud. — Personne ne troublera nos recherches.

— Les domestiques dorment au second étage, et Rose Bonchamp est rue des Abbesses.

Le docteur noir jeta un regard autour de la chambre.

— Les meubles sont fermés, — dit-il, — comment les ouvrir ?

L'évadé de *la Dorade* secoua la tête et répliqua :

— Inutile de songer à l'effraction... — Le poison n'est point dans cette chambre, je vous en réponds... — Je connais mieux les femmes que vous ne les connaissez, ami Jocelyn, les ayant pratiquées beaucoup, pour mon malheur... — Rose est une coquine très adroite, elle sait par instinct, comme le savait par réflexion le héros de certain roman bien connu d'Edgard Poë, que les objets les mieux cachés sont ceux qui n'ont pas l'air d'être cachés du tout...

— Vous pourriez avoir raison... — fit le médecin mulâtre.

— J'ai raison certainement... — Vous en aurez la preuve... — Où est la chambre de la drôlesse ?

— Près de celle-ci, sans doute — répondit Cora.

— Cherchons.

En même temps elle ouvrait une porte et pénétrait dans une pièce coquettement meublée.

De violentes émanations d'*eau de Mousseline* et de *bouquet du Jockey-Club* flottaient dans l'atmosphère lourde.

De petites mules enrubannées reposaient sur une peau de tigre au pied du lit.

Deux ou trois robes et un peignoir traînaient accrochés aux patères.

— Nous y sommes... — dit Jean Renaud. — Cette créature adore les odeurs capiteuses... — On la suivrait à la piste de ses parfums!... — Maître, confiez-moi la lanterne pour commencer l'exploration et, rapportez-vous-en à moi, elle sera bien faite...

La besogne du reste semblait facile, les clefs étant sur tous les meubles.

Les tiroirs furent minutieusement passés en revue les uns après les autres sans résultat.

— Il est invraisemblable pourtant que Rose aille rejoindre le Mattifet avec du poison dans ses poches! — reprit l'évadé de *la Dorade*. — Visitons le cabinet de toilette.

Ce cabinet, contigu à la chambre à coucher, était de dimensions restreintes et fort en désordre. Sur une table de marbre blanc surmontée d'une glace biseautée et garnie de porcelaines d'une grande richesse de décor mais d'un goût médiocre, se trouvaient des flacons de parfums, des boîtes

de savons, des boîtes à poudre de riz, des godets
de blanc et de rouge, des houppes, des estompes,
des crayons noirs et bleus, des pattes de lièvre,
enfin l'arsenal indispensable aux femmes d'un
certain âge pratiquant avec conviction un maquil-
lage nécessaire.

Jean Renaud passa les flacons en revue et les
approcha l'un après l'autre de ses narines.

Il ouvrit successivement toutes les boîtes.

— Rien de suspect! — dit-il. — C'est drôle! —
Allons-nous faire buisson creux? — Ah! j'oubliais
le tiroir de la toilette... — C'est là qu'est notre
dernière chance...

Le tiroir contenait un fouillis de vieux sachets,
de rubans fanés, de dentelles jaunies.

Sous ce fatras une boîte d'écaille pleine de gants
défraîchis attira l'attention de Jean Renaud qui,
avec un instinct de policier, souleva ces gants et
mit la main sur une petite fiole enveloppée de
papier bleu et ne sortant certainement pas de
chez un parfumeur en renom.

— Ah! pour le coup, — s'écria-t-il, — je crois
que voilà le pot aux roses!... — Mon cher docteur, examinez un peu cela.

Et il tendit la petite fiole à Jocelyn.

Ce dernier la déboucha, l'approcha de ses narines, humecta l'extrémité de son doigt avec le
liquide qu'elle contenait et dégusta ce liquide
du bout de la langue, comme il avait déjà

fait dans la chambre à coucher du paralytique.

— Eh bien ? demanda Jean Renaud.

— Vous ne vous trompez pas... — c'est la
brucine avec laquelle on empoisonne Martial
Dereyne... — Maître, que faut-il faire maintenant ?

— Prenez ce flacon, — répondit Cora, — et partons...

— Où allons-nous ?...

— A Montmartre, chez Mattifet...

— Ah! comme vous avez raison! — dit l'évadé
de *la Dorade* en se frottant les mains — il est bon
de battre le fer pendant qu'il est chaud !

Un peu avant minuit un fiacre s'arrêta dans la
rue des Abbesses en face du petit jardin entourant
la maison de René Mattifet.

L'homme d'affaires et Rose Bonchamp, après
avoir soupé en tête à tête et vidé deux bouteilles
de vin de Champagne, venaient de remonter au
premier étage et faisaient des projets d'avenir et
de fortune dans lesquels les six cent mille francs
de Martial Dereyne jouaient un rôle important.

— Il me semble que j'entends une voiture
s'arrêter à la porte... — dit Rose tout à coup.

— C'est peu probable... — répliqua Mattifet.

— Tu n'attends personne?

— Qui diable veux-tu que j'attende à minuit?...
Un violent coup de sonnette retentit soudain.
Les deux complices tressaillirent.

— C'est bien ici qu'on vient... — reprit Rose — qui ça peut-il être?

— Quelqu'un qui se trompe de porte...

— Alors tu ne vas pas répondre?

— Non.

— Si c'était?...

— Quoi?

— La police...

— Es-tu folle!! — Je n'ai rien à craindre.. absolument rien... —, dit l'agent d'affaires avec une assurance que démentaient sa pâleur et le tremblement de sa voix.

Un second coup de sonnette, plus énergique encore que le premier, interrompit le dialogue des deux complices.

En même temps on frappait vigoureusement contre la porte vermoulue.

— J'ai peur... — balbutia Rose. — Si on venait nous arrêter...

— A quel propos?

— Tu le sais bien... l'affaire de la rue du Rocher...

— Impossible! C'est tout au plus s'il y a commencement d'exécution...

Le carillon continuait. — La porte craquait.

Mattifet prit un parti brusque.

— Je vais voir... — dit-il.

— Prends garde. — Ne vaudrait-il pas mieux nous sauver?

— Par où ? — Aucune issue. — Si c'est la police, nous sommes pris.

L'agent d'affaires descendit au rez-de-chaussée
et gagna le jardin.

Aussitôt que de la rue on entendit quelqu'un
sortir de la maison le carillon cessa.

Rose effarée ouvrit la fenêtre derrière la persienne close et prêta l'oreille.

— Qui donc, — s'écria Mattifet d'un ton qu'il
voulait rendre menaçant, — qui donc se permet
de troubler à pareille heure par un vacarme incon-
venant le sommeil d'un citoyen paisible, et de
vouloir de force entrer dans sa maison ?

Une voix très calme, — celle de Jean Renaud,
— demanda avec une exquise politesse :

— Est-ce à monsieur René Mattifet que j'ai le
plaisir de parler?

— A lui-même...

La voix poursuivit :

— Eh bien, monsieur Mattifet, nous ne son-
geons pas le moins du monde à entrer de force
chez vous, et si nous vous avons réveillé — (ce
dont nous vous présentons nos excuses) — c'est
qu'il y avait urgence absolue... Veuillez donc
nous ouvrir de bonne grâce et ne point nous con-
traindre à recommencer bien malgré nous le tapage indécent dont vous vous plaignez à bon
droit, et qui ne manquerait pas d'amener à la
longue l'intervention des sergents de ville... —

vous ne tenez pas à l'intervention des sergents de ville, je suppose...

— Je refuse d'ouvrir à des inconnus... — Qui êtes-vous ?

— Nous sommes des gens animés à votre égard des meilleures intentions...

— Que voulez-vous ?...

— Obtenir de votre bienveillance une entrevue immédiate avec une charmante personne à laquelle nous venons annoncer une nouvelle qui l'intéresse... une nouvelle grave : — M. Martial Dereyne vient de mourir subitement dans son hôtel de la rue du Rocher...

Rose avait entendu.

Elle poussa un faible cri derrière la persienne.

FIN DU QUATRIÈME VOLUME.

Soc. anon. d'imp. P. Dupont, Directeur. Paris, 41 rue J.-J. Rousseau, 1. 2, 80.